AF540027

कहानी-संग्रह

सूखा तथा अन्य कहानियाँ

लेखक की कृतियाँ

कहानी-संग्रह

परिन्दे (1959), जलती झाड़ी (1965), पिछली गर्मियों में (1968), बीच बहस में (1973), कव्वे और काला पानी (1983), प्रतिनिधि कहानियाँ (1988), सूखा तथा अन्य कहानियाँ (1995), थिगलियाँ (2024)

उपन्यास

वे दिन (1964), लाल टीन की छत (1974), एक चिथड़ा सुख (1979), रात का रिपोर्टर (1989), अन्तिम अरण्य (2000)

यात्रा-संस्मरण/डायरी

चीड़ों पर चाँदनी (1963), हर बारिश में (1970), धुंध से उठती धुन (1997)

निबन्ध

शब्द और स्मृति (1976), कला का जोखिम (1981), ढलान से उतरते हुए (1985), भारत और यूरोप : प्रतिश्रुति के क्षेत्र (1991), इतिहास स्मृति आकांक्षा (1991), शताब्दी के ढलते वर्षों में (1995), दूसरे शब्दों में (1997), आदि, अन्त और आरम्भ (2001), साहित्य का आत्म-सत्य (2006), सर्जना पथ के सहयात्री (2006)

नाटक

तीन एकान्त (1976)

अनुवाद

पराजय : अलेक्सांद्र फेदेयेव (1954), बचपन : टाल्स्टॉय (1954), कुप्रीन की कहानियाँ : अलेक्सांद्र कुप्रिन (1955), रोमियो जूलियट और अँधेरा : यान ओत्चानाशेक (1964), खेल-खेल में : चेक कहानियाँ (1966), इतने बड़े धब्बे : चेक कहानियाँ (1966), झोंपड़ीवाले और अन्य कहानियाँ : मिहाइल सदौवेन्यु (1966), कारेल चापेक की कहानियाँ (1966), बाहर और परे : इर्षी फ्रीड (1967), आर.यू.आर. : कारेल चापेक (1972), एमके : एक गाथा : जोसेफ़ श्कवोरेस्की (1973)

पत्र

प्रिय राम, प्रिय निर्मल (2006), देहरी पर पत्र (2009), चिट्ठियों के दिन (2009)

साक्षात्कार

संसार में निर्मल वर्मा (2006)

संचयन

दूसरी दुनिया (1978)

सूखा
तथा अन्य कहानियाँ

निर्मल वर्मा

राजकमल प्रकाशन

पहली बार **राजकमल** से 1995 में प्रकाशित

ISBN : 978-93-6086-684-6

मूल्य : ₹895

पुनर्नवा संस्करण : अप्रैल, 2024

प्रकाशक : राजकमल प्रकाशन प्रा. लि.
1-बी, नेताजी सुभाष मार्ग, दरियागंज
नई दिल्ली-110 002

शाखाएँ : अशोक राजपथ, साइंस कॉलेज के सामने, पटना-800 006
पहली मंजिल, दरबारी बिल्डिंग, महात्मा गांधी मार्ग, प्रयागराज-211 001
1, अनमोल सोराबजी सन्तुक लेन, धोबी तलाव, मरीन लाइंस, मुम्बई-400 002

वेबसाइट : www.rajkamalprakashan.com
ई-मेल : info@rajkamalprakashan.com

मुद्रक : विकास कंप्यूटर एंड प्रिंटर्स
ट्रॉनिका सिटी-201 102

SOOKHA TATHA ANYA KAHANIYAN
Short Stories by Nirmal Verma

सूखा तथा अन्य कहानियाँ

क्रम

अन्तराल	9
पहला प्रेम	28
सूखा	48
बावली	104
किसी अलग रोशनी में	125
टर्मिनल	149
बुख़ार	167
जाले	216
ख़ाली जगह से	241

अन्तराल

मैंने सोचा था, वह बाहर चले गए हैं, इसलिए निश्चिन्त होकर बत्ती जलाई थी। उन्हें देखकर मैं डर-सा गया, जैसे पीले अँधेरे में कोई प्रेत-छाया दिखाई दे गई हो, हालाँकि वह वहीं बैठे थे, जैसे मैं उन्हें रोज़ देखता था, पलंग पर झुके हुए, पाटी पर टाँगें लटकाए हुए। रोशनी की चकाचौंध से वह कुछ हकबका-से गए, मिचमिचाती आँखों से मुझे देखने लगे।

"आज आप टहलने नहीं गए?" मैंने पूछा।

"बस, जाने ही वाला था।"

वह अपनी सिगरेट की डिब्बी खोलने लगे, एक के बाद एक सिगरेटों के टोटे बाहर झाँकने लगे। वह आधी पीकर आधी छोड़ देते थे। इससे एक सिरे पर अपनी इच्छा, दूसरे सिरे पर डॉक्टर की हिदायत आधे-आधे पूरे हो जाते थे। कुछ देर तक वह असमंजस में इन मुँहझौंसे टोटों से खेलते रहे, फिर उठ खड़े हुए।

मैं बेशर्म की तरह बैठा रहा। मुझे मालूम था, वह मुझसे छुटकारा पाना चाहते थे। मेरे जाते ही वह फिर बैठ जाएँगे, सिगरेट सुलगाकर हवा में ताकते रहेंगे। वह देखना भी नहीं था, जहाँ आँखें चीज़ों को पकड़ती हैं। न वह अपने भीतर की तरफ़ ताकना था। चूँकि आँखें खुली थीं, इसलिए वह देखते थे। उतना ही, जितना कमरा छूट देता था और वह छूट भी ज़्यादा नहीं थी—बिस्तर, दो कुर्सियाँ एवं अलमारी, टेलीविज़न, पत्नी का फ़ोटो और वह दरवाज़ा, जहाँ से मैं कभी-कभार भीतर आता था।

"खाने के बाद गोली ले ली थी?"

उन्होंने विरक्त निगाहों से मेज़ की ओर देखा, जहाँ बुझी हुई माचिस की तीलियों और सिगरेटों की बासी राख के बीच उनकी कैप्सूल पड़ी थी—वैसी ही, जैसी मैं छोड़ गया था। पानी का गिलास भी वैसा ही पड़ा था। मैं फ्रिज़ से ताज़ा पानी लाने मुड़ा ही था, कि उन्होंने जल्दी से कैप्सूल उठाकर मुँह में डाल ली और पानी का घूँट लेकर उसे एकदम गटक गए। फिर बिना मेरी ओर देखे कुर्सी के हत्थे पर लटकती पैंट-कमीज़ उठा ली, लेकिन तभी कुछ याद आया और कपड़ों को वहीं छोड़कर बाथरूम चले गए।

जब वापस लौटे तो माथे, मुँह, नाक से पानी की बूँदें टपक रही थीं। तौलिए से ज़रूर चेहरा पोंछा था, लेकिन पूरा नहीं, पूरी तरह नहीं। वह करते सबकुछ थे, किन्तु हर काम को कहीं आख़िरी लम्हे तक आते-आते छोड़ देते थे, मानो किसी काम को आख़िरी बूँद तक निचोड़ना छिछोरापन हो। वह वाक्य भी पूरा नहीं बोलते थे, उसे पूर्णविराम तक खींचने की अभद्रता उन्होंने कभी न की। मुझे ही उनके आशय का अन्तिम सिरा पकड़ना पड़ता था, उसे धीरे-धीरे अपने पास घसीटना पड़ता था।

वह बाहर जाने लगे तो मैंने कहा, "जल्दी लौट आइएगा, आज की फ़िल्म आपको देखनी चाहिए।"

"अच्छा?" उन्होंने मेरी ओर देखा।

"काफ़ी पुरानी है—आपको अच्छी लगेगी।"

"तब तो मैं जल्दी लौट आऊँगा," उन्होंने कुछ इतनी ललक से कहा कि एक क्षण के लिए मैं भी साँसत में पड़ गया। शायद उन्हें सचमुच दिलचस्पी हो और वह मुझे धोखा नहीं दे रहे। शायद पुरानी फ़िल्म देखकर उनका मन अटक सके जो उन्होंने जवानी के दिनों में देखी थी। कैसे भी हो, कहीं-न-कहीं इनके मन का तार अटकना चाहिए, डॉक्टर कहते थे...और जब वह 'तार' की बात करते थे तो मुझे लगता था कि कहीं बहुत-से सॉकेट लगे हैं जिनके सूराख़ों में तार लगाकर हम पता लगाते थे—क्या वहाँ कोई बत्ती जली है, जहाँ वह बैठे हैं?

वह जा रहे थे। मैं छज्जे पर खड़ा उन्हें देख रहा था। ज़ीना उतरते ही वह तेज़ क़दमों से चलने लगते—न दाएँ देखते, न बाएँ, जैसे वह टहलने नहीं, किसी की टोह लेने बाहर निकले हों! वह लम्बे क़द-काठी के थे। लेकिन चलते हुए सिर झुका रहता, जैसे सामने से आँधी आ रही है और वह उससे बचकर निकल रहे हों! पीठ की हड्डी पीछे की तरफ़ उभरी रहती जो नाटे क़द के आदमी में कूबड़ होने का भ्रम देती किन्तु उनकी झुकी देह में वह एक पोटली-सी दिखाई देती जो पीठ पीछे उनकी पीठ से उतर जाने के लिए मचल रही हो।

किन्तु जो चीज़ मुझे हैरत में डाल देती, वह उनके हाथ होते। वे हमेशा बन्द मुट्ठियों में कसे होते, जैसे वह किसी अदृश्य चीज़ को हथेलियों में भींचकर भागे जा रहे हों! गली के मोड़ पर पहुँचते ही वह एक क्षण ठिठक जाते। मैं अनुमान लगाने लगता—पता नहीं, वह आज कौन-सा मोड़ पकड़ेंगे! किन्तु इससे पहले कि वह कोई अगला क़दम ले पाते, कोई स्कूटर या ट्रक धड़धड़ाता हुआ निकल जाता, धूल के गुबार में वह छिप जाते और जब तक हवा साफ़ होती, तब तक उनका हर सुराग़ मिट जाता, जैसे धूल का थपेड़ा उन्हें भी अपने साथ वहाँ ले गया हो!

कुछ देर तक मैं देहरी पर खड़ा रहा। उनके ख़ाली कमरे को देखता रहा। वह इसी कमरे में रहते थे। दिन-रात चौबीस घंटे। कुछ देर के लिए बाहर या ऊपर छत पर आते थे, तो लगता था, जैसे वह कमरा भी उनके साथ है—ज़रा-सा खटका होते ही वह किसी चोर-दरवाज़े से उसमें लौट जाते थे।

सच पूछा जाए, तो उन्हें उनके कमरे से अलग करना उतना ही असम्भव था, जितना किसी लम्बी यात्रा के मुसाफ़िर को उसकी बोरी-बिस्तर से अलग करने की कोशिश करना। हर चीज़ पर उनकी छाप मुहर की तरह लगी थी, इज़ी चेयर की गद्दी पर छोटा-सा गड्ढा, जहाँ वह बैठते थे, पलंग की चादर पर उनकी पीठ का नक़्शा, जिसकी सीमाएँ पसीने की लकीरें पीछे छोड़ जाती थीं और राख...हर जगह राख—जली हुई माचिस की तीलियों की, अनबुझी सिगरेटों की, बाहर खिड़की से आती हुई...।

इन सबको देखा जा सकता था। किन्तु जो चीज़ देखने के परे थी, वह कमरे में हर जगह धुँधुआती रहती थी—अदृश्य और सर्वव्यापी। कोई बाहर का आदमी होता तो कहता, यह कैसी गन्ध आ रही है...जबकि उसका किसी गन्ध या दुर्गंध से दूर का सम्बन्ध नहीं बैठता था—यह मैं कह सकता था, जो उस घर में उनके साथ रहता था। मुझे नहीं मालूम था, वह क्या है—सिर्फ़ यह सन्देह बना रहता था कि उसका सम्बन्ध न उनके पसीने से था, न राख से, न उनकी देह से। देह से तो बिलकुल नहीं—जो बीत रही थी। वह बीतने की नहीं, अनबीतने की बू थी—अड़ी हुई नाली पर अटका हुआ समय, जो दरवाज़ा खोलते ही एक भभके की तरह बाहर आता था।

क्या अनबीते की अपनी अलग गन्ध होती है?

"आप कोई चिन्ता न करें...उन्हें कोई बीमारी नहीं। इस उम्र में बहुत-से लोग ऐसे हो जाते हैं..." हर हफ़्ते डॉक्टर सांत्वना देते थे।

"कैसे हो जाते हैं?" मैं उनसे पूछता और वह नुस्ख़े के पुराने, मुड़े-तुड़े काग़ज़ पर आँखें गड़ा देते। जब मैं बहुत कुरेदता, तो वह घड़ी देखकर मेरी ओर देखने लगते।

"वह सिर्फ़ थोड़ा-सा अकेलापन महसूस करते हैं, और कोई बीमारी नहीं...। इस उम्र में कुछ लोग दिलचस्पी लेना बन्द कर देते हैं..."

"दिलचस्पी?" मैंने डॉक्टर की ओर देखा।

"आसपास की ज़िन्दगी में...उन्हें इसकी ज़रूरत है, दवाओं की नहीं...आप समझते क्यों नहीं?"

वह शायद ठीक कहते हों। मैं समझने की कोशिश करता था। वह रिटायर होकर हमारे घर में आए थे और महीने में सिर्फ़ एक बार पेंशन लेने बैंक जाया करते थे। सिर्फ़ उस दिन वह प्रेस किया हुआ सूट और टाई पहना करते थे। उनके इन सम्भ्रान्त कपड़ों से मैं अनुमान लगाया करता था कि उनकी वह ज़िन्दगी वैसी रही होगी, जब वह अपनी दुनिया से नाता जोड़े थे...डॉक्टर जिसे दिलचस्पी कहते थे। वह शायद दिल और दुनिया के बीच की कोई जगह रही होगी, जिसके बारे में मुझे कुछ भी नहीं मालूम था। कम-से-कम यह वह जगह नहीं थी, जहाँ मैं उन्हें खींचने की कोशिश करता था।

सुबह का अख़बार मैं जैसा उनकी मेज़ पर छोड़ जाता, शाम तक वैसा ही पड़ा रहता, जब तक उसकी ख़बरें बासी न पड़ जातीं। खाने के बाद मैं टी.वी. खोलता, तो वह बहुत उत्सुकता से, आगे झुककर, कुछ ज़्यादा ही झुककर स्क्रीन की छायाओं को देखने लगते...और तब वह मुझे उन स्कूली लड़कों की याद दिलाते, जो टीचर को प्रभावित करने के लिए कुछ ज़्यादा ही चौकन्ने और सतर्क होकर ब्लैकबोर्ड पर लिखे अक्षरों को घूरते हैं। कुछ देर बाद जब मैं उन्हें देखता, तो धक्का-सा लगता—वह खुली आँखों से टी.वी. के ऊपर ख़ाली दीवार की ओर ताक रहे होते—इतने ध्यानमग्न और एकाग्र चित्त से कि मुझे भ्रम होता,

फ़िल्म की असली कहानी टी.वी. में नहीं, कहीं दीवार की टूटी दरारों के बीच खेली जा रही है।

उनका ध्यान तब टूटता, जब मैं टी.वी. बन्द कर देता। कुछ अपराधी भाव से मेरी ओर देखते, "क्यों, बन्द क्यों कर दिया?"

"अब आप सो जाइए...काफ़ी देर हो गई है।"

"नहीं, तुम देखो...मुझे अभी नींद नहीं आ रही," वह मेरा मन रखने के लिए कहते।

किन्तु मैं वहाँ नहीं रुकता था। मैं अपने कमरे में किताब लेकर बैठ जाता था। मुझे कभी-कभी लगता, मैं उनका मन लगाने नहीं, वह मेरा मन बहलाने की कोशिश कर रहे हैं...वह सबकुछ करते थे, जो मैं कहता था—कुछ इतनी तेज़ तत्परता से कि उनका कृत्य मुझे अपने कथन की पैरोडी-सा जान पड़ने लगता था।

सुबह उनके हाथ में अख़बार देता, तो वह बड़ी उत्सुकता से उसे पकड़ लेते, जैसे रातभर उसकी प्रतीक्षा कर रहे हों—किन्तु पन्द्रह मिनट बाद जब मैं खिड़की से झाँककर भीतर देखता, तो पाता, वह बिस्तर पर लेटे हैं, अख़बार मेज़ पर...पंखे के नीचे फड़फड़ा रहा है।

पहले शाम को टहलने जाते थे, तो मैं भी उनके साथ हो लेता था। सोचता था, इस बहाने मेरी भी कसरत हो जाएगी, लेकिन वह सिर्फ़ बहाना था। असली कारण मेरे भीतर का डर था कि कहीं वह अधबीच में न लौट आएँ...ऐसा एक बार हुआ था। मैंने सोचा, वह बाहर गए हैं और जब ऊपर छत पर पौधों को पानी देने आया, तो देखा, वह कोने में कुर्सी डाले पड़े हैं—एकटक पीपल के पेड़ को देख रहे हैं, जो छत की टंकी के पास अपने आप उग आया था।

इससे पहले कि मैं उनसे कुछ पूछूँ, उन्होंने मेरी ओर देखा, "तुमने इसे देखा?"

"आप गए नहीं?" मैंने कुछ दबे स्वर में कहा।

"कहाँ नहीं गया?" उनके स्वर में गहरा विस्मय था।

"टहलने।"

"मैं तो हो आया...लौटकर सीधा यहाँ चला आया...इसीलिए शायद तुम्हें पता नहीं चला।"

मैं उनकी ओर देखता रहा।

"यह ठीक नहीं है," उन्होंने कुछ सोचते हुए कहा, "पीपल का पेड़ घर पर..."

"क्या इसे कटवा दें?" मैंने कहा।

"नहीं-नहीं, ऐसे नहीं। अगली बार जब बिन्नो आए, तो उससे पूछना...वह कुछ उपाय बताएगी।"

अचानक पीपल के पेड़ में उनकी दिलचस्पी मुझे अजीब-सी जान पड़ी, जैसे पहले कभी उनकी निगाह उस पर न गई हो...या शायद सचमुच उन्होंने उसे पहली बार देखा हो! वह कभी-कभी घर की चीज़ों को ऐसे देखते थे, जैसे सचमुच उन्हें पहले कभी न देखा हो, चाहे वे बरसों से ही क्यों न पड़ी हों—बिलकुल उनकी आँखों के सामने। तिपाई पर उनकी पत्नी का फ़ोटो रखा था—सुन्दर शीशे के फ्रेम में मढ़ा हुआ, जिसके चारों तरफ़ धूल का बॉर्डर जमा हो गया था। फ़ोटो के फ्रेम और स्टैंड के बीच का जाला झूलता रहता था। किन्तु धूल और जाले के बीच भी उनकी पत्नी की मुस्कराहट दिखाई दे जाती थी जिसे देखकर किसी को भी पता चल जाता कि वह अब दुनिया में नहीं हैं। कितना अजीब है, मृत व्यक्तियों की मुस्कराहट फ़ोटो में बिलकुल मोम की गुड़िया-सी निष्कलंक और निर्जीव दिखाई देती है।

क्या वह उसे देखते होंगे? चौबीस घंटों में आँखों पर पड़ता पत्नी का चेहरा शायद ही कभी उनकी दृष्टि के फोकस में आता होगा। अब उस पर उनकी आँखें वैसे ही पड़ती होंगी, जैसे कमरे के फ़र्नीचर,

पानी के गिलास, चाय की प्याली, सिगरेट के पैकेट पर। चीज़ें जो किसी दूसरे की याद को नहीं, अपनी जगह की याद को बरकरार रखती हैं। कभी-कभी मुझे लगता था, यदि वह फ़ोटो मैं वहाँ से हटा दूँ तो उन्हें ज़रा भी हैरानी नहीं होगी। अगर थोड़ा-सा अटपटा लगेगा, तो इसलिए नहीं कि उनकी पत्नी का फ़ोटो वहाँ नहीं है, बल्कि इसलिए कि जहाँ फ़ोटो रखा था, वह जगह ख़ाली क्यों है?

बीच में बहुत-से दिन निकल जाते—वह अपने कमरे में, मैं अपने कमरे में। लगता नहीं था, वे ख़ाली दिन हैं। हम अपने-अपने कमरों में होकर भी एक-दूसरे की पूर्ति करते रहते। वह दुनिया को अपने भीतर से गुज़र जाने देते, इसलिए बाहर का समय थमा रहता। मैं जो गुज़रते समय में जीता रहता, किसी तरह बाहर की दुनिया को थामे रहता। यह हम दोनों के बीच एक मूक समझौता-सा बन गया था कि न मैं उनके समय को हिलाने की कोशिश करूँगा, न वह मेरी दुनिया को ठहराने की...हालाँकि मैं इसमें हमेशा ही सफल नहीं हो पाता था।

मैं अपने कमरे में बैठा अनुमान लगाया करता कि वह उस घड़ी क्या कर रहे होंगे—न कोई आवाज़, न कोई खटका? कभी-कभी नल की टूटी की धार सुनाई देती तो जान लेता, वह हाथ धोने गए हैं। ऐसा जब कभी होता था, तो कबूतर उनके रोशनदान से उड़कर बाहर बरामदे के जँगले पर बैठ जाते। हवा में फड़फड़ाहट होती और मैं समझ जाता, वह उठे हैं, बाथरूम गए हैं। फ्रिज़ से पानी लिया है, फिर सबकुछ शान्त हो जाता।

जब बहुत देर तक उनके कमरे से कोई आहट सुनाई नहीं देती, तो मैं कुछ घबरा-सा जाता। बिन्नो की बात याद आती कि मुझे बहुत देर तक उन्हें कमरे में अकेले नहीं छोड़ना चाहिए। यह चेतावनी वह हर इतवार को घर लौटने से पहले देती थी। शायद उसने अख़बारों में कुछ पढ़ा होगा—लेकिन उसके डर के स्रोत का ठीक-ठीक पता नहीं चलता था।

मैं खड़ा हो जाता, अलमारी से कोई मोटा एनसाइक्लोपीडिया निकालता और उसे फ़र्श पर गिरा देता। गहरी 'थप'-सी आवाज़ होती और मेरे कान दरवाज़े पर लग जाते—क्या उन्होंने यह आवाज़ सुनी है?

एक बार मैंने इसी तरह तीन-चार किताबें एक साथ धड़ाधड़ नीचे गिराई थीं, जिनमें ऑक्सफोर्ड डिक्शनरी के साथ-साथ महाभारत की भी तीन जिल्दें थीं। जब उनके कमरे से कोई आवाज़ सुनाई नहीं दी, तो मैं लपकता हुआ बाहर आया। मैंने देखा, वह अपने कमरे की देहरी पर खड़े हैं, नीरव आँखों से मेरे कमरे की ओर ताक रहे हैं, "तुमने सुना, कुछ गिर रहा है?" उन्होंने कहा।

"हाँ, किताबें," मैंने कहा।

"ओह!" वह थोड़ा-सा मुस्कराए, जैसे इसमें अनहोनी की कोई बात न हो! जैसे यह हर रोज़ होता है! उन्होंने और कुछ नहीं पूछा। जैसे आए थे, वैसे ही भीतर लौट गए।

उस दिन वह फिर कमरे से बाहर नहीं निकले। सिर्फ़ खाने की मेज़ पर हम आमने-सामने बैठे थे। वह फ्रिज़ के पास जहाँ बहुत पहले बाबू बैठते थे, मैं चौके की देहरी से सटा हुआ। घर में कोई औरत नहीं थी, इसलिए हमारे खाने का समय दासू की इच्छानुसार आगे-पीछे होता रहता था। वह रोटियाँ रखता जाता और हम बिना एक-दूसरे को देखे खाते रहते। कभी हम दोनों की थालियाँ एक साथ ख़ाली हो जातीं, तो वह एक क्षण असमंजस में पड़ जाते, बीच प्लेट में रखी रोटी की ओर देखते, फिर मेरी ओर—और जब उन्हें पता चल जाता कि मैं और नहीं लूँगा तो वह झपटकर रोटी उठा लेते, जैसे उन्हें सन्देह हो कि कहीं अन्तिम क्षण मैं अपना इरादा न बदल दूँ। वह हमेशा जल्दी में रहते थे हालाँकि उनके सामने सारी रात पड़ी होती।

जब वह पानी पीने लगे, तो मैंने पूछा, "क्या बिटिया की कोई चिट्ठी आई है?"

"हाँ, एक आई है।" वह एक क्षण रुक गए, जैसे चिट्ठी के साथ उन्हें कोई और बात याद आई हो, "इस बार वह नहीं आ सकेगी।"

"आप ही कुछ दिनों के लिए क्यों नहीं चले जाते?"

"सर्दियों में जाऊँगा।"

"उसने आपको कई बार बुलाया है।" मैं अपनी ज़िद पर अड़ा रहता।

"अभी नहीं...इन दिनों उनके बच्चों के इम्तहान हैं।"

"तब तो और भी अच्छा है..." मैंने कहा। "आप तो उन्हें पढ़ाते थे...आपको याद नहीं?"

कोई दरवाज़ा खुल जाता और वह मुस्कराने लगते। वह मुस्कराहट काफ़ी अजीब होती, मानो वह कहीं बाहर अँधेरे में चले गए हैं। वह भूल जाते, मैं उनके सामने बैठा हूँ और दासू रोटी लिये खड़ा है...। क्या ऐसे ही लम्हों में उनका तार कहीं लग जाता था, किसी पुरानी स्मृति के सॉकेट में, जिसका मुझे कोई पता नहीं था?

उस रात बात आगे नहीं बढ़ी। वह अपने कमरे में चले गए और मैं अपनी प्लेट के आगे बैठा रहा। उन आवाज़ों को सुनता रहा, जो हर रात सुनाई देती थीं। वह पुड़िया से नींद की गोली निकालते, जो वह डॉक्टर के आदेश पर हर रात सोने से पहले लेते थे। गिलास में पानी भरने की आवाज़ सुनाई देती। सबसे अन्त में वह अपने नकली दाँत पोर्सलीन के नीले मग में रखते। यह मग उनकी बेटी भूटान से लाई थी और जब पिछली बार यहाँ आई थी, तब उनके लिए छोड़ गई थी।

कुछ देर बाद उनके कमरे की बत्ती बुझ जाती। वह मुझे जताना चाहते थे कि वह सोने चले गए हैं। कुछ देर उनके कमरे में बिलकुल शान्ति रहती—जैसे तकिये पर सिर रखते ही उन्हें नींद आ गई हो! किन्तु यह छलावा था। मुझे मालूम था, वह फिर उठेंगे, अँधेरे में सिगरेट सुलगाएँगे, खाँसेंगे, कुछ देर हाँफते रहेंगे।...लेकिन जब तक आधी नहीं पी लेंगे, तब तक रुकेंगे नहीं। पहले मैं उन्हें रोकता था, अब नहीं।

अब वह आधी सिगरेट पीकर बुझा देते थे, पूरी न पीने से वह कम-से-कम मेरा आधा मन रख लेंगे। उसके बाद कुर्सी खिसकने की आवाज़ सुनाई देती और मैं निश्चिन्त हो जाता। अब उनका कमरा सचमुच नींद के कुहासे में डूब जाता। मैं उनकी ओर से बेख़बर हो जाता। रात-भर के लिए।

रात को जो उनके साथ घटता था, वह कभी मेरी नींद में खलल नहीं डालता था। कोई आवाज़ भी सुनाई देती, तो रात की और आवाज़ों की तरह वह मुझे अपने सपनों की ही आहट जान पड़ती—उनके कमरे से आता हुआ कोई बुलावा नहीं...।

कोई बुलावा आता, तो उनका नहीं, उनके लिए नहीं। इस शहर में उनके कोई जान-पहचान के मित्र नहीं थे, इसलिए किसी शाम मेरे दोस्त आते, तो वह दबे पाँव मेरे कमरे में आते, फुसफुसाते हुए कहते, 'तुमसे कोई मिलने आया है' और इससे पहले कि मैं बाहर निकलूँ, वह इतनी तेज़ी से अपने कमरे में चले जाते कि आनेवाले को सिर्फ़ एक उड़ती हुई झलक ही मिल पाती। मुझे इतना मौक़ा ही न मिल पाता कि मैं किसी से उनका परिचय करवा सकूँ।

वे काफ़ी देर बैठे रहते, 'मेरे मित्र!' कभी बातों की रौ में उनकी आवाज़ें ऊँची हो जातीं। घर की चुप्पी टूटकर पुराने पलस्तर की तरह झरने लगती, सोती दीवारों के कान खड़े हो जाते और मुझे लगता, वह भी वहीं दरवाज़े के पीछे खड़े हैं। अपने कमरे के सन्नाटे से छिटककर मेरे कमरे की देहरी पर घिसट आए हैं।

किन्तु जब मैं बाहर आता, तो सिर्फ़ उनके कमरे का परदा हिलता दिखाई देता, जैसे मेरी भनक पड़ते ही वह लौट गए हैं और कुछ देर मैं संशय में खड़ा रहता। वापस कमरे में लौटता तो मेरा चेहरा कुछ बदला हुआ होता, इसलिए मेरे मित्रों में से कोई अवश्य पूछ लेता, "भाई साहब अब कैसे हैं?"

और मैं बिना सोचे कह देता, "अब ठीक हैं।" कहता, "पहले से अब बेहतर हैं।"

किन्तु उनके जाने के बाद मुझे अपने उत्तर पर ही कुछ आश्चर्य होता, पहले से? वह ख़ासी लम्बी ज़िन्दगी बिताकर इस घर में आए थे, हम उसका एक हिस्सा ही देख पाते थे। बाक़ी साल कहाँ गुज़ारे थे—किन शहरों में, किन लोगों के साथ, इसका हमें कुछ पता नहीं था। जब मुझे ख़ुद इतनी मुश्किल पड़ती थी कि मैं उनके पहले और बाद और उसके बाद की ज़िन्दगियों में कोई बँटवारा कर सकूँ, तो डॉक्टर उन्हें कितना जानेंगे, जो सिर्फ़ उनका अब देखते थे? भैया मुझे उन फटे पन्नों के उपन्यासों की याद दिलाते थे, जो सैकेंड हैंड किताबों की दुकानों में पड़े दिखाई दे जाते हैं...। किसी के अन्तिम परिच्छेद को पढ़कर शुरू का अनुमान लगाना पड़ता है जबकि बीच के पन्ने किसी दूसरी दुकान की रद्दी के बीच पड़े रहते हैं। कुछ दिनों बाद जब हम अपनी-अपनी चिन्दियाँ बटोरकर अपने साथ लाते थे, तो उसका कोई-न-कोई अंश हमेशा कहीं गुज़री हुई उम्र की दुकान में छूट गया जान पड़ता था।

उस शाम मित्रों के जाने के बाद मैं छत पर चला आया। गमलों को पानी दिया। दिन-भर की धूप और तपन के बाद वे उसे गटागट पीने लगे। पौधों की तृप्त उजास को देखकर अपनी प्यास याद हो आई। मैं नीचे फ्रिज़ से पानी लेने गया तो गली में बैटमिंटन खेलते बच्चे दिखाई दिये। शाम की हवा में चिड़िया ऊपर उठती, एक बैट से दूसरे बैट तक उड़ती हुई, हर हिट के बाद खट-सी होती और हर खट के बाद जब वे सिर उठाते, तो चिड़िया के ऊपर तारे दिखाई देते—शाम के धुँधलके में हल्के चमकते हुए। घरों से बुलाहट आना शुरू हुई और कुछ ही देर में गली सूनी पड़ जाती। मैं पानी की बोतल और बर्फ़ लेकर ऊपर आया, तो सहसा पाँव ठिठक गए—छत के दूसरे सिरे पर वह बैठे थे।

हमारी छत कुछ इतनी बड़ी है, उसके इतने कोने-कोटर हैं कि एक सिरे पर बैठे व्यक्ति को पता नहीं चलता, दूसरे सिरे पर कौन बैठा है। नहीं, वह बैठे नहीं थे, वह मंजी के नंगे उधड़े बान पर लेटे थे, शायद इसीलिए मेरा ध्यान उनकी ओर गया था, ऐसा बहुत कम होता था कि वह मंजी खींचें, मुझे पता न चले। क्या वह सो रहे थे? हमारे घर दो वक़्त मिलती साँझ को सोना अपशकुन माना जाता था। पता नहीं, यह अन्धविश्वास कब से चला आता था! मैं उनके पास चला आया। उनके ऊपर झुका, तो देखा, वह हाँफते हुए साँस ले रहे हैं।

"आप ठीक तो हैं?" मैंने पूछा।

उन्होंने गर्दन मोड़ी, मेरी तरफ़ देखा, कहा कुछ नहीं।

"पानी लेंगे?"

उन्होंने सिर हिलाया, तो आशा बँधी, घबराने की बात नहीं है। मैंने सोचा, वह ज़ीना चढ़े होंगे और साँस फूल आई होगी। जब तक मैं पानी का गिलास लेकर पहुँचा, वह बैठ चुके थे। पीपल के पेड़ को देख रहे थे, जो हवा चलने पर हरी झंडी-सा लहराता था।

"आप ठीक तो हैं?" मैंने पूछा।

वह कुछ देर गिलास हाथ में लिये बैठे रहे, फिर बिना एक घूँट पिए उसे नीचे रख दिया। शायद उन्होंने मुझे सुना नहीं, वह शायद कुछ और सोच रहे थे—शायद मुझसे छुटकारा पाने की राह देख रहे थे।

"तुम्हारे दोस्त चले गए?"

"कब के...अब तो काफ़ी देर हो गई है। आप ऊपर कब आए?"

"बस, अभी..."

उन्होंने कुछ धुँधला-सा शब्द कहा, फिर हाथ उठाया, जैसे मुझे बीच में से हटाकर वह कोई और चीज़ देखना चाहते हों, जो मेरे आने पर उनकी आँखों से ओझल हो गई थी।

मैं छत के अपने कोने में चला आया—इतने पास नहीं कि उन्हें मेरा होना खलता रहे, किन्तु इतनी दूर नहीं, जहाँ मैं उन्हें देख न सकूँ।

मैंने शाम की अपनी ड्रिंक बनाई और बिजली के तारों के ऊपर देखने लगा, जहाँ असली तारे चमक रहे थे। गर्मियों के जाने और मानसून के आने से पहले की शामों में वे अनमनी रोशनी में टिमका करते थे। लगता था, धूल की एक हल्की परत उन पर जमा हो गई है, जिन्हें छतों पर उड़ती हवा भी नहीं पोंछ पाती थी।

पास-पड़ोस की छत पर कोई ट्रांज़िस्टर लेकर बैठा था—एक स्टेशन के गानों को दूसरे स्टेशन की चीख़ों से बचाता हुआ। मैं अपना गिलास भरने उठा ही था कि एक अजीब-सी कराहट ने मुझे चौंका दिया। इतनी ऊँची नहीं कि दहशत फैल सके, इतनी धीमी नहीं कि मैं न सुन सकूँ। वह कुछ कह रहे थे, किन्तु वह ऐसी आवाज़ नहीं थी, जिससे शब्द बनते हैं—वह एक बेलौस लोंदे की तरह आ रही थी, जैसे कोई फँसी हुई चीज़ को बाहर निकालता है और वह हर बार तड़पकर पीछे हट जाती थी। मैं गिलास वहीं छोड़कर आगे बढ़ आया, झपटकर उनका हाथ पकड़ लिया, "आप कुछ कह रहे हैं?"

उनका चिपचिपा हाथ मेरे हाथ में था, या शायद मेरी हथेलियाँ ही भीगी थीं और वह सूखे के सूखे थे। वह सूखी आँखों से मुझे निहार रहे थे। कुछ देर तक हम तारों की निस्पन्द तलछटी रोशनी में एक-दूसरे को घूरते रहे। सिर्फ़ हमारी साँसें ऊपर आती थीं, एक-दूसरे से टकराती थीं, वापस लौट जाती थीं।

"क्या कोई तकलीफ़ है?"

"तकलीफ़?" उन्होंने अँधेरी छत पर चारों तरफ़ देखा, मानो मैं किसी ऐसी चीज़ की बात कर रहा हूँ, जिसकी ख़बर अभी तक उनके पास नहीं पहुँची है। "नहीं, तकलीफ़ कैसी?"

"आप कुछ कह रहे थे?"

"कह रहा था—क्या कह रहा था?"

"मैं जानूँगा, आप क्या कर रहे थे?" मेरा ग़ुस्सा पिछले दिनों की गर्म रेत पर झुलसता हुआ भागा जा रहा था, इस बार उन्हें अपनी पकड़ से नहीं छोड़ना चाहता था। "आपका मुँह खुला था और आप..."

सहसा मैं ठिठक गया, उनका मुँह अब भी खुला था। एक अजीब-सी कुटिल, भेदभरी मुस्कराहट उनके चेहरे पर चमक रही थी। दाँतों के बीच से एक गर्म फुसफुसाती आवाज़ बाहर आई—एक झोंके की तरह, जो अँधेरे में किसी पेड़ को खड़खड़ाता आगे बढ़ जाता है।

"तुम्हें नहीं मालूम, क्या हो रहा है?"

"बताइए, क्या हो रहा है आपके साथ?"

"मेरे साथ?"

तभी उनका मुँह खुला, जबड़ों तक खिंचता हुआ, एक सीटी-सी बजाती फूत्कार बाहर निकाली, दाँतों को कटकटाती हुई, जैसे उन्हें बेहद ठंड लग रही हो, जैसे बरसों से कसा पिंजर ढीला पड़ गया हो, जिसमें से वह बाहर निकल आए थे, बाहर की दुनिया में—कुछ स्तम्भित-से, अपने ही खुलेपन से आतंकित, बँधे कुत्ते की तरह, जो अचानक नींद के झोंके में गर्दन को झटका देता है और अचानक पाता है कि उसका पट्टा तो कब का खुल चुका है।

मैंने उन्हें हिलाया, "बताइए, क्या हो रहा है, आपके साथ?"

वह मुझे पकड़े थे और मुस्कराहट वैसे ही चिपकी थी—बर्फ़ पर पथराई चिड़िया की तरह। आँखों की पुतलियों पर एक उत्सुक-सी चमक थी, वह मुझे खींच रहे थे, वह मुझे कुछ दिखाना चाहते थे—पता नहीं, वह मुझे कहाँ ले जाना चाहते थे?

क्या यह मेरी चीख़ थी या उनकी आवाज़? मेरे हाथ पर उनकी पकड़ ढीली पड़ने लगी, वह अचानक कहीं ठहर गए—नींद में चलता हुआ आदमी जैसे छत की मुँडेर के पास आकर ठिठक जाता है,

अन्तिम निर्णयात्मक क़दम लेने से पहले कहीं चेतना पर लाल बत्ती जलने लगती है और पाँव रुक जाता है।

दूसरे दिन बिन्नो आईं—हमारी बड़ी बहन। वह हर इतवार को आती थीं, आते ही कुछ परेशानी से मेरी ओर देखतीं, "अब कैसे हैं?"

मैं इसके लिए तैयार रहता, पूरे हफ़्ते की रिपोर्ट देता, चुन-चुनकर हर बात का ब्योरा सुनाता, मानो भाई की हालत का बहीखाता जब तक उनके हाथों सही नहीं हो जाता, तब तक आनेवाले हफ़्ते का हिसाब शुरू नहीं होगा। वह सबकुछ सुनती रहतीं, हर बात पर सिर हिलातीं और जब मैं सबकुछ कह चुकता तो एक ठंडी साँस खींचकर कहतीं, "ऐसे कब तक चलेगा?"

उनकी अपनी परेशानियाँ थीं। विवाह के बाद उनके लिए हमारा घर श्मशान-सा बन गया था, जहाँ से गुज़रते हुए भी वह डरती थीं। तसल्ली सिर्फ़ यह रहती थी कि माँ-बाप का घर चाहे कब का लुप्त हो गया, वह अपने भाइयों के बचे-खुचे खँडहर में लौट सकती थीं। जब मैंने उन्हें पिछली रात की घटना सुनाई तो वह कातर निगाहों से मुझे देखने लगीं।

"बिटिया को एक चिट्ठी भिजवा दें? कम-से-कम उसे मालूम तो होना चाहिए..." उन्होंने कहा।

"क्या उसे मालूम नहीं है? पिछली बार जब वह आई थी तो सबकुछ देख गई थी।"

"मेरा मतलब यह नहीं था..." उन्होंने कमज़ोर पड़ते हुए कहा, "वह आएगी, तो तुम्हें भी कुछ सहारा मिलेगा।"

"वह कोई बीमार नहीं हैं, जो मुझे सहारा मिल..." मैंने कुछ खीजकर कहा, "उनकी ज़िन्दगी वैसे ही बीत रही है, जैसे हम लोगों की..."

इस बार वह उबल पड़ीं, "क्या कोई इस तरह अपने को सारी दुनिया से काट लेता है?"

'और वे जो दुनिया को साथ लेकर जीते हैं?' मैं पूछना चाहता था, किन्तु उनका उद्भ्रान्त चेहरा देखकर मैं चुप हो गया।

"डॉक्टर क्या कहते थे?" उन्होंने पूछा।

"कहते हैं, उन्हें कोई बीमारी नहीं है। सिर्फ़ उनका मन लगना चाहिए।"

"मन से तो वह शान्त रहते हैं। कभी उन्होंने कोई शिकायत नहीं की। कहीं ऐसा तो नहीं कि..." वह बीच में ठिठक गईं।

"क्या नहीं है?"

"घर में ख़ाली बैठने से भी तो मन ऊबता होगा...कहीं मन का काम शुरू कर दें, तो कैसा रहे?"

"काम...इस उम्र में?"

"उम्र के डर से तो सारी उम्र बीत गई," उसका गला भर्रा आया। "जब भाभी मरी थीं तो इनकी क्या उम्र थी...तब विवाह कर लेते तो आज यह हालत होती?"

"तुम सोचती हो, कहने पर ब्याह कर लेते?"

"अरे पूछना तो चाहिए था...हमारे घर में किसी ने कोई काम अपने मन से किया है?"

'तुमने तो मन से किया था, तुम सुखी हो?' मैं पूछना चाहता था, किन्तु मुझे लगा, वह सुख की बात नहीं कह रहीं। वह कुछ और कह रही हैं—ख़ाली घर, रीते दिन और रतजगी रातों के बारे में। जब मुँह मोड़ो, तो कोई सुननेवाला नहीं, घर लौटो, तो ख़ाली दरवाज़े और पढ़ने बैठो, तो सूने अक्षर...मन और मुँह के बीच कोई अटकी बात, जिसे सुननेवाला कोई नहीं।

"क्या उन्हें मालूम है, मैं आ गई हूँ?"

"जाकर देख लो..." मैंने कहा।

"अपने कमरे में ही हैं?"

"और कहाँ जाएँगे?"

वह उनके सामने जाने से झिझकती थीं। उनके कमरे में पैर रखने की घड़ी को टालती रहती थीं हालाँकि इतनी दूर, बसों में धक्के खाते हुए उनसे ही मिलने आती थीं।

उनके कमरे में जाते ही मैं रसोई में चला आता। वह जब तक उनके पास बैठतीं, मैं उनके लिए कॉफ़ी का पानी चढ़ा देता। यह भी हर हफ़्ते होता था। वह उनसे बातें करतीं और मुझे कुछ लम्हों के लिए छुट्टी-सी मिल जाती थी। मैं वह पोटली खोलने लगा, जो वह अपने साथ लाती थीं—घर की बनी हुई मठरियाँ, पॉलिथिन के थैले में भुने हुए आलू, अचार, पूरे एक हफ़्ते का सामान—जो वह हम दोनों के लिए छोड़ जाती थीं।

कॉफ़ी का पानी उबल रहा था, और मैं उनकी प्रतीक्षा में खड़ा था। वह जब तक ख़ुद अपने हाथों से कॉफ़ी नहीं बनाती थीं, उन्हें सन्तोष नहीं मिलता था। लेकिन उस दिन देर होती गई और जब उनके आने का कोई आसार दिखाई नहीं दिया, मैंने गैस बुझा दी। कॉफ़ी के कप वहीं रहने दिये और दबे पाँव कमरे की देहरी पर आकर खड़ा हो गया। थोड़ा-सा परदा सरकाकर भीतर झाँका, कमरे में निपट सन्नाटा था। वह करवट बदलकर लेटे थे और वह सामने बैठी थीं—बिलकुल गुमसुम, नीरव निगाहों से उनकी पीठ, पीठ पर उघड़े कुरते को निहार रही थीं, जो पंखे से उड़ता था, तो उनका नंगा और निरीह-सा मांस दिखाई दे जाता था...।

मैं जैसे आया था, वैसा ही उलटे पाँव चौके में चला आया। पानी को दुबारा गर्म किया और इस बार—बिना उनकी प्रतीक्षा किये, कॉफ़ी के दो कप बनाकर अपने कमरे में चला आया। मैंने जैसे सोचा था, वही हुआ—वह पहले की तरह मेरे पलंग पर बैठी थीं। आँखें सूजी थीं।

नाक का ऊपरी सिरा सुर्ख़ हो आया था। पता नहीं, घर के किस कोने में बैठकर वह रोई थीं?

"क्या इसी तरह रोज़ पड़े रहते हैं?" उन्होंने डूबी आवाज़ में पूछा था।

"उठते होंगे, बीच-बीच में—मैं हमेशा ही उनके कमरे में नहीं रहता।"

"कभी तो तुमसे कुछ कहते होंगे?"

मुझे लगा, उनके स्वर में दबी-सी शिकायत थी—मैं अपने कमरे में पड़ा रहता हूँ, वह अपने कमरे में। यह कोई घर था? 'हाँ, ऐसे भी घर होते हैं,' मैं उनसे कहना चाहता था। सब 'हाँ' की नींव पर नहीं खड़े होते—कुछ लोग बीच रास्ते में 'ना' कर देते हैं, आगे नहीं बढ़ते, एक जगह खड़े रहते हैं, इसमें शिकायत की क्या बात है? वे लोग, जो रेस के घोड़ों की तरह आख़िरी साँस तक भागते रहते हैं, उन्हें आख़िर में क्या मिल जाता है जो इनके पास नहीं है?

वह कुर्सी से उठ जाती हैं, उबासी लेती हैं, आँखें छलछला जाती हैं, किन्तु इस बार वे आँसू न होकर सिर्फ़ उनकी तलछट हैं, जो बाकी बची रह गई थीं, और जिसमें समूचा घर और बीती हुई दुपहर का सन्नाटा डबडबाने लगता था।

"देखो, इन्हें अकेला मत छोड़ा करो...और...अगली बार डॉक्टर के पास जाओ, तो पूछना..." वह एक क्षण झिझकीं, मेरी ओर देखा, धीरे से कहा, "ऐसे कब तक चलेगा?"

पहला प्रेम

वह झाड़ी के पीछे था। एक नहीं, बहुत-सी झाड़ियाँ जो उस रेस्तराँ को एक काली बेल्ट की तरह घेरे थीं। तीन तरफ़ फेंस लगी थी, चौथी दिशा में गेट था, जहाँ एक दरबान खड़ा रहता था, हालाँकि उसकी कोई ज़रूरत नहीं थी, क्योंकि चारों तरफ़ खुली हवा थी जिसे अंग्रेज़ी में 'ओपन एयर कैफ़े' कहा जाता है, जिसे न दरबान की दरकार थी, न दीवारों की।

वे उसे पहचानते थे—दरबान और वेटर, दोनों ही। वह कई बार उसके साथ यहाँ आया था। पिछली सर्दियों में और उससे पहलेवाली गर्मियों में, जब वे सीढ़ियाँ चढ़कर ऊपर बैठा करते थे, जो किसी थिएटर का स्टेज जैसा मालूम होता था, नीचे घास का मैदान और मेज़ों पर छतरियाँ, धूप उसकी ऐनक पर पड़ती थी और वह पल्लू से अपने को छाँह की ओट में छिपा लेती थी; यह तब की बात है, जब वे एकसाथ हर जगह घूमा करते थे।

इसीलिए वह अब अकेला निकलते हुए झिझकता था; उसे लगता था, जब वह किसी रेस्तराँ में आएगा, तो वेटर की टटोलती निगाह उस पर से फिसलती हुई पीछे की तरफ़ जाएगी, जहाँ वह होती थी—और वहाँ कोई नहीं होगा; वह जगह ख़ाली होगी और वह चुपचाप पानी के दो गिलास मेज़ पर रख जाएगा, इस आशा में कि वह अभी आती होगी, जबकि उसे मालूम था—अब वहाँ कोई नहीं आएगा।

इसीलिए वह झाड़ी के पीछे दुबका था ताकि उनमें से किसी की निगाह उस पर न पड़ सके। पर यह डर बराबर लगा था, जैसे कि वे उसे किसी भी लम्हे रँगे हाथों पकड़ सकते हैं, अगर उनमें से किसी की निगाह उस पर पड़ गई—इस तरह उचक्कों की तरह झाड़ी के पीछे छिपा हुआ—यह ख़याल आते ही वह पानी-पानी-सा हो गया; पसीना अलग माथे पर बह रहा था—हालाँकि वह अक्टूबर के ढलते महीने का दिन था और गर्मियों का मौसम कब का गुज़र चुका था।

उसकी आँखें गेट पर लगी थीं।

क्या वे यहाँ आएँगे? वे कहीं भी जा सकते थे, इतना बड़ा शहर है; कैफ़े, रेस्तराँ, होटल हर कोने पर हैं; वे किसी पॉर्क में जा सकते हैं या किसी मुग़लिया मॉनूमेंट के आसपास, हुमायूँ का मक़बरा या पुराना क़िला...एक-एक करके उसे वे सब स्थान याद आने लगे, जहाँ किसी समय सिर्फ़ उन दोनों का गुप्त ख़ज़ाना दबा था—और अब वहाँ खुली क़ब्रें थीं और उगती हुई घास थी, जिस पर कोई भी चल सकता था, स्कूटर लो और दस मिनट में शहर के बाहर...लेकिन वह सब जगहों को छोड़कर यहाँ खड़ा था। इतनी कम उम्र में भी अपने अन्तर्बोध पर गहरा विश्वास था—मन का इंट्यूशन—हवा में उड़ती चिड़िया को पहचानना। यह ख़याल उसे झाड़ियों में चहचहाती चिड़ियों को सुनकर आया था; जिस तरह इन दिनों वे पहाड़ों से उतरकर हमेशा दिल्ली पर उतरती थीं, उसी तरह वह समूची दिल्ली को छोड़कर यहाँ आएगी।

यह वह जानता था; उसकी आँखें चारों तरफ़ कहीं भी भटकें, आख़िर में हमेशा गेट पर आकर थम जाती थीं।

पाँच मिनट, सात मिनट, पन्द्रह मिनटों के बाद तीन आदमियों की एक टोली गेट के भीतर आई; दरबान ने हुमककर उन्हें सलाम किया, किन्तु वे अपनी बातों में इतने मस्त थे कि उन्होंने उसकी ओर ध्यान भी नहीं दिया। एक लम्बा-चौड़ा आदमी दूसरे की छाती पर हाथ रखकर कुछ कह रहा था और तीसरा खिंखियाता हुआ पीछे-पीछे आ रहा था। वे झाड़ी के पास से गुज़रते हुए रेस्तराँ की दूसरी फेंस के पास बैठ गए, जहाँ छतरी के बजाय पेड़ की छाया थी। वेटर ने उन्हें देखा और हिकारत से मुँह मोड़ लिया—ये लोग शायद दुकानों के कर्मचारी थे, जो हर रोज़ दुपहर की इस घड़ी में—चाय पीने उतना नहीं, जितना ताज़ी हवा खाने बाहर निकलते थे।

अचानक उसे अपनी ग़लती का एहसास हुआ—सम्भव है, वे पिछवाड़े के गेट से भीतर आए हों और टैरेस के पीछे बेंच पर बैठे हों! पहले ये बेंचें पब्लिक पार्क का हिस्सा थीं, किन्तु जब से रेस्तराँ बना था, वे उसके अहाते में शामिल हो गई थीं। सिर्फ़ उनके आगे मेज़ें लगा दी गई थीं, जिसके कारण बाहर का कोई आदमी वहाँ नहीं बैठ सकता था। वह जल्दी से उठा और फेंस के पीछे-पीछे सरकता हुआ आधे सर्किल में घूम गया। यहाँ झाड़ियाँ नहीं थीं, सिर्फ़ लोहे की ज़ंजीर थी जो म्यूनिसिपैलिटी ने—अंग्रेज़ों के ज़माने में—पार्क में इर्द-गिर्द लगवाई थी। पेड़ों के नीचे ख़ाली कुर्सियाँ-मेज़ें पड़ी थीं, जिन पर अक्टूबर के पीले पत्ते जमा हो गए थे—नहीं, वे यहाँ नहीं थे; वे यहाँ आएँगे भी नहीं; वह उसके साथ यहाँ आती थी, पर उस आदमी के साथ? यह बिलकुल खुली जगह थी और वह शायद उसके साथ इतना खुले में बैठना पसन्द नहीं करेगी...।

वे एक ही शहर में रहते थे, पर उन जगहों में नहीं जाते थे, जहाँ कभी एक-दूसरे के साथ जाते थे। यह एक तरह का विश्वासघात होता; किसी पराये आदमी के साथ उस जगह जाना, जिसकी याद किसी अन्य व्यक्ति के साथ जुड़ी है; किन्तु ओपन एयर रेस्तराँ? उसकी बात अलग है। वह खुली जगह है; वहाँ लोग आते हैं और चले जाते हैं; वहाँ कोई प्राइवेट कोना नहीं, जहाँ दिन-प्रतिदिन दो व्यक्तियों की बातें दीवारों ने अपने में सोखी हों। वहाँ विश्वासघात का कोई ख़तरा नहीं।

वह जल्दी से दौड़कर फिर अपनी पुरानी जगह लौट आया; इस दौरान एक दूसरी मेज़ पर दो लड़कियाँ आकर बैठ गई थीं; टूरिस्ट जान पड़ती थीं; लगता था, सब दुकानों का चक्कर लगाकर यहाँ थोड़ा सुस्ताने आ बैठी हैं। एक की आँखें 'मीनू' पर लगी थीं, दूसरी अलसाई आँखों से सिर उठाकर गेट की तरफ़ देख रही थी; वह भी उत्सुकतावश उसी तरफ़ देखने लगा—और तब वह झट से झाड़ी के पीछे दुबक गया।

इसकी उसे कोई ख़ुशी नहीं थी कि उसका अनुमान सही निकला; उसकी जगह...एक बीहड़ अन्देशा था, जो समूची देह में थरथरा रहा था; पहले क्षण सिर्फ़ वह दिखाई दी थी। उसने अपने को दिलासा दिया—कि वह शायद अकेली आई है; किन्तु वह अपने को झुठलाना था, क्योंकि दूसरे क्षण ही वह आदमी दिखाई दिया और जब वह दिखाई दिया, तो लड़की कहीं फोकस के बाहर चली गई। सम्भव है, वह आदमी अलग से आया है; लड़की अलग से। वह एक लम्बे क्षण तक इस दयनीय उम्मीद के तिनके को पकड़े डूबने से बचता रहा; पर कब तक? दूसरे ही क्षण वे दोनों एकसाथ दिखाई दिये। आपस में कुछ सलाह कर रहे थे।

उसकी आँखें सुन सकतीं तो वह उनके हिलते होंठों को देखकर सबकुछ जान लेता, और उसकी पीड़ा एक जगह केन्द्रित हो जाती; पर जहाँ हम सुन नहीं सकते—सिर्फ़ देखते हैं—वहाँ पीड़ा की कोई सीमा नहीं; वह वहाँ तक फैलती जाती है, जहाँ तक आँखें जाती हैं...।

वे हिचकिचा रहे थे, यहाँ बैठें या कहीं और चलें? आदमी कुछ बेचैन-सा दीख रहा था; वह शायद और नहीं भटकना चाहता था; लेकिन लड़की कुछ भी तय नहीं कर पा रही थी। पेड़ों से निकलती धूप बार-बार उनकी ऐनक के शीशों पर चमचमा जाती थी। वह चारों तरफ़ देख रही थी, जैसे उस जगह को दोबारा से पहचानने की कोशिश कर रही हो, जहाँ वह कभी उसके साथ आती थी। वह वहाँ से मुड़ना चाहती थी, पर पैर किसी कुत्ते की तरह एक पुरानी सूँघ पर अटके थे...। अचानक उसकी घूमती हुई निगाह झाड़ी पर जा पड़ी, जिसके पीछे वह दुबका बैठा था। उसके दिल की धुकधुकी कुछ इतनी ऊँची हो गई कि उसे लगा, छाती से चिपटी झाड़ी उसकी धड़कन से बार-बार हिल रही है। अगर उसने उसे देख लिया? वह भागकर उसके पास आएगी, झाड़ी को ठेलकर नीचे झाँकेगी, तुम यहाँ? वह उसकी दशा देखकर शायद चीख़ने लगेगी—तुम यहाँ बैठे क्या कर रहे हो? वह उसे चीख़ने देगा, कहेगा—तुम तो कहती थीं कि अलग होने पर तुम अकेली रहोगी, किसी से मिलोगी नहीं...अगर वह आदमी बीच में कुछ टोकने की कोशिश करेगा, तो वह कहेगा—मेहरबानी करके आप चुप रहिए, यह हम दोनों की आपसी बात है...।

पर यह उसका भ्रम था; आदमी को उसकी कोई चिन्ता नहीं थी। वह आराम से एक किनारेवाली मेज़ पर बैठ गया था, और लड़की उसके सामने...। उसने अपना चमड़े का बैग कन्धे से उतारकर मेज़ पर रख दिया था। वह अब कुछ निश्चिन्त-सी दीखती थी, हालाँकि चेहरे पर अब भी एक अधीर-सा अधूरापन था जो अक्सर उन लड़कियों में होता है,

जो बैठती हैं तो लगता है कि कभी भी उठकर जा सकती हैं और जब जाने लगती हैं तो आशा बँधी रहती है कि किसी भी क्षण मुड़कर वापस आ सकती हैं।

पेड़ों के बीच से वेटर आया, तो उसकी ओट में वे दोनों छिप-से गए। उसने अपनी गर्दन कुछ ऊपर उठाई; वह पानी के दो गिलास मेज़ पर रख रहा था। नीले धुएँ की एक सीधी लट मेज़ के ऊपर उठ रही थी। शायद वेटर ने ही जेब से लाइटर निकालकर उसकी सिगरेट जलाई होगी। कुछ लोग जेब में माचिस नहीं रखते और शान जतलाने के लिए मुँह में सूखी सिगरेट दबा लेते हैं ताकि वेटर तपाक से आगे बढ़कर उनकी सिगरेट सुलगा सके—ऐसे लोगों से उसे सख़्त घृणा होती थी। वह आदमी ज़रूर ऐसे ही लोगों में होगा...।

किन्तु वेटर के जाने पर उसने देखा कि आदमी पानी पी रहा था और लड़की के हाथ में सिगरेट है—हल्की लापरवाही में उसकी दो उँगलियों में लटकी हुई; कभी-कभी वह उसे पीना भूल जाती और वह उसकी उँगलियों के भीतर ही बुझ जाती थी और वह उसे धीरे से बाहर निकाल लेता था; यह तब होता था जब वह उससे छिपाकर कुछ सोच रही होती थी—क्या वह उन दिनों आदमी के बारे में सोचती थी, जिसके बारे में उसे कुछ मालूम नहीं था?

एक अजीब-सा ग़ुस्सा उसके भीतर उमड़ने लगा; यह ग़ुस्सा भी बहुत पुराना था, उतना ही पुराना, जितनी उसकी ईर्ष्या...बल्कि ईर्ष्या के जबड़ों में ही प्रेम फँसा था, छिपकली की तरह, जो कीड़े को मुँह में दबाकर समूची दीवार को लाँघती जाती है; न उसे छोड़ती है, न निगल पाती है। अगर उसे मालूम होता कि दीवार के पीछे कितने ख़ाली और अँधेरे दिन फैले होंगे, तो वह उसके जबड़े से कभी अलग न होता...उन दिनों की तड़फड़ाहट इस हालत से कहीं बेहतर होती, जहाँ वह मुक्त है—और चोरों की तरह झाड़ी के पीछे छिपा बैठा है।

सिर्फ़ तीन क़दम : झाड़ी से उनकी मेज़ तक सिर्फ़ तीन लम्बे क़दम की दूरी है; वह उसे एक छलाँग में पार कर जाएगा और उसे पता भी नहीं चलेगा, मेज़ के नीचे दुबककर बैठ जाएगा और धीरे-धीरे उसके पैर छुएगा। वह सोचेगी, कोई गिलहरी है, जो पेड़ से उतरकर मेज़ के नीचे चली आई है। जब नीचे झाँकेगी, तो उसका हाथ दिखाई देगा—तुम यहाँ? वह रुआँसी होकर उसकी ओर देखेगी—प्लीज़, लीव मी। वह उससे हमेशा यह कहती थी जब वह उससे झगड़कर अपने घर की तरफ़ चलने लगती थी और वह उसके पीछे-पीछे...वह उसे उसके नाम से बुलाता, एक बार, दो बार, किन्तु वह बराबर चलती जाती और उसे लगता—अब वह कभी नहीं मुड़ेगी—और एक भीषण सन्नाटे में वह बीच रास्ते में रुक जाता, उलटी दिशा में चलने लगता; कुछ दूर चलने पर उसे उसकी चप्पलों की आहट सुनाई देती; वह अपने बस-स्टैंड पर आकर खड़ा हो जाता और वह उसके पीछे आकर खड़ी हो जाती और बाक़ी लोग समझते, दोनों कितने समझदार हैं—एक-दूसरे के पीछे क्यू में खड़े हैं।

उसकी पीठ अकड़ने लगी; कब तक वह झाड़ियों के झरोखे से उन्हें देखता रहेगा? वह घुटनों के बल उकड़ूँ बैठा था; एक बनैले जन्तु की तरह सतर्क, चुप, निश्चल, बिलकुल निश्चल, ज़रा-सा ही हिलता तो झाड़ी सर्र-सर्र करने लगती—उसकी साड़ी की तरह जो वह बहुत कम पहनती थी, लेकिन जो हमेशा उसके कानों में एक गर्मीली उसाँस की तरह सरसराती रहती थी; उसे ठीक से पहननी भी नहीं आती थी; बीच सड़क पर उससे कहती थी—ज़रा रुको, पीछे से देखो, कहीं मेरा पेटीकोट तो नहीं दिखाई दे रहा? वह रुक जाता और उसकी पीठ पर झूलती हुई लम्बी गुत को देखने लगता; वह उसकी चोटी को गुत ही कहता था और वह हँसते हुए कहती थी—धुत!

पीड़ा ऊपर उठती है और वह नीचे झुकता जाता है; अपने दोनों हाथों से ख़ुद अपने को छिपाता हुआ, जैसे अपने को बचाने के लिए

झाड़ी की ओट काफ़ी न हो। वह सोचता था, जो बीत गया, वह अब कभी नहीं लौटेगा; उसे नहीं मालूम था, जब तक लोग जीवित रहते हैं, कुछ भी नहीं बीतता; शहर के किसी पार्क या कोने में, जहाँ पर भी वह दिख जाएगी, सबकुछ दोबारा से एकसाथ लौट आएगा...एक बित्ते-भर ज़मीन पर पूरी एक दुनिया...तुम्हें यहाँ नहीं आना चाहिए था; तुम्हें अपने घर में रहना चाहिए था; तुम्हें उस समय तक बाहर नहीं निकलना चाहिए था। जब तक उसका अभाव एक अनिवार्य क़िस्म की मृत्यु में न बदल जाता। तब कोई डर नहीं था। तब तुम कहीं भी जा सकते थे...।

वे हँस रहे थे। चाय की प्यालियों के बीच एक तितली उड़ रही थी। वह स्ट्रॉ से नीबू-पानी पी रही थी और काँच का गिलास धूप में चमक रहा था। उसकी सिगरेट कब की बुझ चुकी थी और उसका ख़ाली हाथ मेज़ पर पड़ा था। कुछ लड़कियाँ हँसते हुए मुँह पर हाथ रख लेती हैं या मुसा हुआ रूमाल—या फिर दाएँ-बाएँ देखने लगती हैं, जैसे हँसना कोई शर्म की बात हो; किन्तु वह खुलकर हँसती थी (जैसे बिना शर्म के रोती थी)। वह शायद दुनिया में अकेली लड़की थी, जो हँसते हुए ऊपर देखती थी, धुर ऊपर जैसे वहाँ कोई ईश्वर बैठा है जिसे सिर्फ़ वह ही देख सकती है; उसकी पतली गर्दन तन जाती थी जिस पर नीली नसों के साँप भागने लगते थे, उस काले तिल को पकड़ लेते थे जो उसके कान और गले की हड्डी पर भुनगे की तरह बैठा रहता था। क्या आदमी ने उस काले तिल को देखा है? भागते हुए साँपों को? सफ़ेद मांस पर उगे हुए हल्के रोओं को, जिनकी पगडंडी उसकी कनपटियों तक जाती थी?

अचानक उसका दिल बैठने लगा। लड़की उठी थी और आदमी को कुछ दिखा रही थी; झाड़ियों के पीछे जहाँ लोहे की ज़ंजीर लगी थी; ज़ंजीर के पीछे घास के उस टुकड़े की तरफ़, जहाँ केलों और मूँगफलियों के छिलके बिखरे थे—आख़िरी धूप के टुकड़े जिन्हें पीछे छोड़ गई थी, किन्तु शाम ने अभी नहीं बटोरा था; लड़की की आँखें ऊपर उठी थीं और पल्लू नीचे दुरक आया था...अब वह हँस नहीं रही थी; वह कुछ सोच रही थी; जिसमें आदमी का कोई साझा नहीं था। उस रात के बारे में जब वे दोनों उन पत्थरनुमा चौकियों पर बैठे थे; वे उस शाम काफ़ी बुरी तरह लड़े थे और लड़की उससे अलग हो गई थी और वह भीड़ में खो गई थी।

जब वह समूचे कनॉट प्लेस का चक्कर लगाकर लौटा, तो वह वहीं बैठी थी, विषाद के पत्थर पर, जिसे म्यूनिसिपैलिटी ने लोगों के विश्राम के लिए बनाया था। जब वे एक-दूसरे को खो देते तो हमेशा यहाँ आकर बैठ जाते थे; सफ़ेद राजस्थानी चट्टान की चौकियों पर, पार्क के किनारे फ़व्वारे से दूर, पर इतना दूर नहीं कि पानी के उड़ते हुए छींटे वहाँ तक न आ सकें।

पर उस शाम कोई हवा नहीं थी।

सिर्फ़ अँधेरा था। रात का अँधेरा नहीं; वह अँधेरा जो शहर की बत्तियों के अचानक बुझ जाने पर जमा हो जाता है; उसने जल्दी से मुड़कर दूसरे पत्थर को देखा, जो मैं था। मैं उस समय सचमुच पत्थर-सा बन गया था। वह मुझे छू रही थी और जो सदमा हमने इतने झगड़ों के बीच जमा किया था, वह अचानक पिघलने लगा।

वह उसके पास झुक आई और उसकी सिहरती, ठिठुरती देह को अपने में समेट लिया—शहर के बीचोबीच, अँधेरे में, जहाँ उन्हें कोई नहीं देख सकता था, कोई नहीं, सिर्फ़ तारे, जिन्हें उन दोनों ने पहली बार दिल्ली के आकाश में देखा था...।

"जब हम एक-दूसरे को खो देंगे, तो इसी पत्थर पर आकर बैठ जाएँगे..." उसने कहा।

"मैं तुम्हें हमेशा खोज निकालूँगा।"

उसे यह नहीं कहना चाहिए था; तुरन्त कहने के बाद किसी लकड़ी के टुकड़े को छू लेना चाहिए था। उन्हें क्या मालूम था कि कुछ महीनों बाद वे दोबारा यहाँ मिलेंगे, वह झाड़ी के पीछे होगा और वह—कुछ गज़ की दूरी पर उस आदमी के साथ; लड़ाई हमेशा के लिए ख़त्म हो चुकी होगी और म्यूनिसिपैलिटी के पत्थर ख़ाली पड़े रहेंगे...।

उसने पहली बार उस आदमी को फ़रवरी में देखा; गलगोटिया की दुकान में; वे दोनों किताबों की शेल्फ़ की एक तरफ़ खड़े थे, जहाँ पोयट्री का सेक्शन था और वह दूसरी तरफ़ खड़ा था—जहाँ पुराने क्लासिक्स रखे जाते थे—बल्ज़ाक और फ्लाबे और तुर्गनेव की किताबें। यह पहली बार था, जब जुदा होने के बाद उसने लड़की को आदमी के साथ देखा था... और वह चोरों की तरह छिपता हुआ तुर्गनेव और मोपासाँ को अपनी जगह छोड़कर—दुकान से बाहर निकल आया था।

फ़रवरी का महीना सबसे छोटा होता है, किन्तु उस साल वह अक्तूबर तक रेंगता रहा, एक कभी न ख़त्म होनेवाले बुख़ार की तरह। वह उसमें चलता था; बुख़ार की पीली चकाचौंध में समूचा शहर चमकता था; कनॉट प्लेस का हरा टापू, हवा में काँपता हुआ; उसके बाद फ़रवरी का महीना एक जगह ठिठका रहा और वह—मार्च, अप्रैल, मई, जून, जुलाई, अगस्त, सितम्बर के महीनों को लाँघता हुआ—अक्टूबर तक—चला आया, हमेशा उनकी टोह में—जहाँ वह जाती थी, सड़कों पर, पार्क में,

उसके घर के पीछे जहाँ ईंटों की दीवार पर काँच के टुकड़े फँसे थे; वह उनके पास न जाकर हर उस जगह जाता था, जहाँ-जहाँ वह जा सकती थी, हमेशा अपने को बचाकर, बच्चों के उस कीड़ाकाड़ी खेल की तरह, जहाँ दूसरों के घरों को हमेशा फाँदकर जाना पड़ता था—उसकी स्मृति को अपने पैरों से बचाते हुए...।

कभी-कभी उसे वह आदमी स्वप्न में दिखाई देता था—उसे बहुत दूर से थिर निगाहों से निहारता हुआ। साँप की तरह। साँप की तरह उदास, जो ज़हर उगलने के बाद अकेले में अपने शिकार को देखता है, जो मैं था—सपने में उसकी तरफ़ मंत्रमुग्ध ताकता हुआ, इस आशा में कि यह स्वप्न है और कुछ देर में वह चला जाएगा और सबकुछ पहले की तरह हो जाएगा। जब हम साथ थे...। उसे ख़याल आता कि जब तक मैं सपने में हूँ, उसे मार सकता हूँ और किसी को पता भी नहीं चलेगा, किल हिम! यह ख़याल हमेशा अंग्रेज़ी में आता था, शायद 'किल' शब्द में एक साफ़-सुथरी सम्पूर्णता थी, जो हत्या की ख़ूनी लेसमलेस से बहुत अलग जान पड़ती थी...।

क्या वे जा रहे हैं? नहीं, आदमी वहीं बैठा है; सिर्फ़ लड़की ने मेज़ से अपना चमड़े का बैग उठा लिया, आदमी से कुछ कहा और फिर मेज़ों और छतरियों के बीच रास्ता बनाती हुई रेस्तराँ की सीढ़ियों की तरफ़ जाने लगी—जो नीचे उतरती थीं—बेसमेंट की तरफ़, जहाँ औरतों के टॉयलेट थे!

उसका दिल तेज़ी से धड़कने लगा; यह उससे अकेले में मिलने का मौक़ा है; यह इस तरह अचानक आएगा, उसने कभी नहीं सोचा था;

इतने महीनों बाद वह अपने अँधेरे के बाहर उससे दुनिया की असली और अकेली रोशनी में मिल सकता है, चाहे वह अंडरग्राउंड का टॉयलेट ही क्यों न हो। वह अपना पैंट झाड़कर उठ खड़ा हुआ, गर्दन नीची किये झाड़ियों की फेंस के साथ-साथ पीछे की तरफ़ सरकता गया। सीढ़ियों तक आते-आते वह भागने लगा। एक स्त्री अपने बच्चे के साथ ऊपर आ रही थी, उसे रास्ते से धकेलकर वह नीचे उतरने लगा; औरत हक्की-बक्की निगाहों से उसे देखने लगी और बच्चा डर के मारे ज़ोर-ज़ोर से चीख़ने लगा; पर उसे उनकी कोई परवाह नहीं थी; भीतर की धुकधुकी के नीचे बाहर की सब चीख़ें डूब गई थीं।

टॉयलेट का दरवाज़ा बन्द था और उस पर पान की बेगम की तसवीर लगी थी। भीतर शायद कोई नल टूटा था, जिसके कारण पानी दरवाज़े के नीचे बहता हुआ बाहर आ रहा था। वह पैंट के पायँचे उठाकर बाथरूम के पीछे खड़ा हो गया। भीतर ज़ंजीर खिंचने की आवाज़ सुनाई दी, किन्तु जो लड़की बाहर आई, वह नीला-सफ़ेद फ्रॉक पहने थी; उसने उड़ती निगाहों से उसे देखा और खटाखट सीढ़ियाँ चढ़ने लगी।

वह अभी अन्दर है; उसे काफ़ी समय लगता है। यही समय था, जब वह सोच सकता है। पहले तो उसे यही सोचना चाहिए कि वह यहाँ धुँधुआते बल्ब की सिलाबी रोशनी में—पानी और पेशाब के चहबच्चों के बीच—क्या कर रहा है? अगर संयोग से उस समय बाथरूम से उसकी बड़ी बहन या माँ बाहर निकलें, तो उसे वहाँ खड़ा देखकर क्या सोचेंगी? वे कभी विश्वास नहीं करेंगी कि उनका भाई और लड़का अपनी ख़ाली शामें औरतों के टॉयलेट के सामने बिताता होगा...शुक्र है, वे लोग कभी इस तरफ़ नहीं आएँगे...।

नहीं, यह नहीं; उसे ये बेकार की बातें नहीं सोचनी चाहिए। सोचना चाहिए कि जब वह बाहर निकलेगी, तो वह क्या करेगा? वह जब दरवाज़ा खोलकर बाहर निकलेगी, तो बहुत शान्ति से उसके सामने

इस तरह मुस्कराते हुए कि वह उसे देखकर भयभीत न हो जाए; उसे इस तरह आना चाहिए, जैसे यह बहुत स्वाभाविक बात है कि वह टॉयलेट से बाहर निकल रही है और वह दरवाज़े के बाहर खड़ा है। हो सकता है, वह उसे उतना स्वाभाविक न माने—ऐसे में वह उसे देखते ही घबड़ा जाएगी, पर ऊपर से जतलाएगी नहीं। कहीं भीतर से उस प्रेम की खुरचन को ऊपर लाएगी, जिसमें पता नहीं, कितनी व्यथा छिपी है और जो उसकी ऐनक के पीछे बर्फ़ में जमी हुई मछली की आँखों-सी टिमकती रहती है...वह पीछे हट जाएगी, 'तुम यहाँ?' वह त्रस्त आँखों से उसे देखेगी, 'तुम यहाँ क्या कर रहे हो?' वह थोड़ा-सा आगे बढ़ेगा, पर एकदम नहीं, सिर्फ़ आधा क़दम—'बिन्दु, मुझे तुमसे कुछ कहना था; मैं सिर्फ़ यह कहने आया था।'...'नहीं, नहीं, यहाँ नहीं,' वह दीवार से सट जाएगी। 'तुम पागल हो...सुनो, चीख़ो नहीं, मैं सिर्फ़ यह पूछने आया था,' और तब वह उसका मुँह भींच देगा, 'तुम...तुम मेरी एक बात भी नहीं सुन सकतीं?' उसकी गर्म, सनसनाती साँस उसकी हथेलियों पर फड़फड़ाने लगेगी; वह साँस भी नहीं ले सकेगी; उसके मुँह से सिर्फ़ गों-गों जैसी हास्यास्पद-सी आवाज़ निकलेगी और वह उसे दबाता जाएगा—गले और मुँह के बाहर उसकी अन्धी और हलाह सुबकियों को अपने में लीलता हुआ...।

खटाक! उसका सिर दरवाज़े की चौखट से टकराकर दीवार की तरफ़ घूम गया। वह बाहर निकली थी और साड़ी उठाकर बाथरूम की देहरी पर जमा हुए चहबच्चे को पार कर रही थी। बेसमेंट की धुँधुआती रोशनी में उसे पता भी नहीं चला, दरवाज़े के पीछे कौन खड़ा है। सीढ़ियों के पास आकर वह पीछे मुड़ी, यह जाँचने कि—कहीं उसका पेटीकोट तो नहीं दिखाई दे रहा? फिर उसने पर्स से अपना रूमाल निकाला, उसे अपने थूक से थोड़ा-सा गीला किया और नीचे झुककर सैंडिल पर पड़े कीचड़ के छींटों को पोंछने लगी। फिर उसी रूमाल के दूसरे सिरे से

उसने अपनी ऐनक के शीशों को साफ़ किया; वह सबकुछ वैसा कर रही थी, जो लड़कियाँ अकेले में करती हैं—या समझती हैं—कि वे अकेले में हैं और उन्हें कोई नहीं देख रहा।

अचानक वह चौंक गई, अँधेरे में से एक हल्की, भुतैली-सी पुकार सुनाई दी...उसका अपना नाम; किसी ने उसे पुकारा था...वह घबराकर पीछे मुड़ी; दरवाज़ा उढ़का था और टूटे नल से बराबर सिर-सिर सिसकती आवाज़ आ रही थी, जो टपकते पानी या बहते आँसुओं से बाहर आती है...नहीं, वहाँ कोई नहीं था; कभी-कभी अकेले में सहसा अपना नाम सुनाई देता है, जो कुछ नहीं होता, सिर्फ़ पुराने दिनों की गूँज होती है जो ख़ुद अपने मन का भ्रम...वह मुड़ी और जल्दी-जल्दी उस आवाज़ से छुटकारा पाने के लिए सीढ़ियाँ चढ़ने लगी।

सूरज नीचे आ रहा था; और वह रेस्तराँ, पेड़ों के बीच, एक समुद्री टापू-सा ऊपर चला आया था; टैरेस की मेज़ों के बीच शाम की छायाएँ धीरे-धीरे सरकने लगी थीं। ऊपर तोतों का झुंड एक हरे बवंडर में चीख़ता हुआ चला जाता था...। समूचे आकाश को एक चीख़ में बदलता हुआ—और उसे यह अजीब लगा कि न वे यह चीख़ सुन सकते हैं, जो उसके भीतर थी, न इसका चेहरा देख सकते हैं जो ट्रैफ़िक की भीड़ में बराबर उनका पीछा कर रहा था। वे जा रहे हैं; वे बीच की सड़क पार कर रहे हैं; वे कनॉट प्लेस के अन्दरूनी दायरे से हटते हुए बाहरी दायरे की उन गलियों की तरफ़ जा रहे हैं, जहाँ से लोग अपने-अपने घरों की राह पकड़ते हैं। घर? घर की याद आते ही वह ठहर गया; ठहर जाओ, कोई फ़ायदा नहीं इस तरह भटकने का...तुमने जैसे ये महीने गुज़ार दिये,

वैसे ही आनेवाले वर्ष बीत जाएँगे; तुम इस तरह कब तक बन्द दरवाज़े को खटखटाते रहोगे?...वह अब दरवाज़ा भी नहीं है; वह अब एक दीवार का हिस्सा है, जो कभी खुलता नहीं; उसमें अब एक छोटा-सा सुराख़ भी नहीं, जिसके आर-पार तुम उसकी ज़िन्दगी में अपना साझा कर सको—दरवाज़ा बन्द हो तो कभी उसके खुलने की आशा की जा सकती है, पर दीवार? उससे सिर्फ़ सिर फोड़ा जा सकता है...नहीं, उन्हें जाने दो, कुछ ही देर में वे अगली सड़क के मोड़ पर खो जाएँगे और तुम्हें पता नहीं चलेगा, वे कहाँ गए।

वह एक क्षण बीच सड़क पर खड़ा रहा; पर वह क्षण बीता नहीं; एक कुत्ते की लोथ की तरह बीच सड़क में पड़ा रहा, जिसे एक गाड़ी कुचल जाती है और पीछे आनेवाली गाड़ियाँ उसकी मरी हुई शान्त देह पर एक के बाद एक गुज़रती जाती हैं...वह खड़ा रहा; एक सुन्न सन्नाटे के बीच सड़क पर उन दोनों को देखता हुआ।

लड़की ने अब आदमी का हाथ पकड़ लिया था और वे तीसरे और चौथे आर्केड के बीच गलियारे में चल रहे थे; वे उन पत्थरों से दूर होते जा रहे थे जहाँ उन्होंने बहुत पहले 'ब्लैक आउट' की अँधेरी रात गुज़ारी थी, पार्क की उस लोहे की ज़ंजीर से दूर, जिसे अंग्रेज़ों ने फेंस के लिए लगवाया था, उन झाड़ियों से दूर, जिनके पीछे वह दुपहर-भर दुबका बैठा रहा था। यह उस खोए हुए साल के अक्टूबर की बात है जब उसे पहली बार अकेलेपन की असली ठिठुरन का पता चला था...वह हड्डियों से शुरू नहीं होती थी, न ही आत्मा से, न ही खाल के भीतर...वह उस पागल धुकधुकी में बसी थी, जो दिन-रात ईर्ष्या की आग को धौंकनी की तरह भड़काती है...जिसमें शरीर का हर टुकड़ा लकड़ी के सूखे कोयले की तरह बल-बल जलता है जबकि भीतर की ठंड रत्ती-भर कम नहीं होती; उसे कोई नहीं बुझा सकता; न उसकी माँ और बहनें, न घर, न घर का कमरा, न बीता हुआ समय,

न कमरे की किताबें...वह तब तक जलती रहेगी, जब तक वह दुनिया में जीवित रहेगी।

क्या वह मर नहीं सकती? अगर मुझे अचानक पता चलता कि अब वह दुनिया में नहीं है, तब क्या मेरा जीना आसान हो जाता? क्या वह आग बुझ जाती, जैसे लाश को निगलने के बाद लकड़ियाँ ख़ुद-ब-ख़ुद मरने लगती हैं?

वह भागने लगा। बीच रास्ते में बारात का जुलूस जा रहा था और शाम की रोशनी में गैस के हंडे फ़रिश्तों-से चल रहे थे। बैंडमास्टर अपनी लाल वर्दी में एक चौड़े सफ़ेद ड्रम के इर्द-गिर्द अपनी स्टिक घुमा रहा था। वह हकबकाया-सा बारात की भीड़, दूल्हे की घोड़ी और गैस की रोशनियों के बीच रास्ता बनाता हुआ—दूसरी तरफ़ चला आया, जहाँ कुछ देर पहले उसने लड़की को आदमी के साथ जाते देखा था।

वे वहाँ नहीं थे। गलियारा सूना पड़ा था। दुकानें बन्द हो रही थीं और बचे-खुचे ग्राहक पटरी पर उतरकर शादी का जुलूस देख रहे थे। वह भागता हुआ आख़िरी आर्केड में चला आया; किन्तु वहाँ सिर्फ़ सन्नाटा था और शाम की आख़िरी धूप सफ़ेद खम्भों के बीच चली आई थी। सूने गलियारे में सिर्फ़ बैंड की हल्की-सी धुन घूम रही थी। कहाँ जा सकते हैं वे? अभी तो दिखाई दिये थे...और अब? और तब एक विकट मुस्कराहट में उसका मुँह खुल गया, सूखे होंठों के बीच दाँत किटकिटाने-से लगे...एक भीषण सत्य उसकी नसों को बींधता हुआ उसके गले तक चला आया—उसकी साँस को मथता हुआ, रोकता हुआ, घोंटता हुआ।

वह इस घड़ी सिर्फ़ अपने घर जा सकती है; लेकिन क्या आदमी के साथ?

तारे निकल आए थे। ईंट की दीवार पर काँच के टुकड़े बिछे थे, जिन पर पॉप्लर की डालियाँ धीरे-धीरे डोल रही थीं। हवा ऊपर उठी थी जिसके बीच गेंदे और गुलाब की झाड़ियाँ सरसराने लगती थीं। फाटक और फ़ुटपाथ के बीच एक चौड़ी नाली थी, जो एक खंदक-सी हर बँगले के पीछे चली गई थी। बारिश के दिनों में पानी, अगस्त में जामुन और अक्टूबर के आख़िरी दिनों में पीले पत्ते यहाँ जमा हो जाते थे; वह ज़रा-सा भी हिलता, तो वे खड़खड़ाने लगते थे।

वह यहीं बैठा था, खंदक के अँधेरे में, हर छोटी आवाज़ और उठती आहट को सुनता हुआ; लड़की से मिलने से पहले उसने बहुत-से लड़ाई के उपन्यास पढ़े थे, किस तरह पहली लड़ाई में सिपाही महीनों खंदकों में रहते थे...तब उसने कभी नहीं सोचा था कि एक रात वह ख़ुद अपने शहर की नाली में बैठा होगा—उसके घर के सामने—और वह शान्ति की रात होगी।

वह सचमुच शान्त घड़ी थी। वह उसके बँगले के सामने बैठा था। उसके कमरे की बत्ती जल रही थी; और उसकी रोशनी में खिड़की पर झूलती बेल-लताएँ झिलमिला रही थीं। हवा चलने से पॉप्लर की टहनियाँ छत से टकराती थीं—और तब लगता था, जैसे बारिश हो रही है; वह पुराने दिनों की बात है, जब मैं उसके साथ घर लौटता था; वह थककर बिस्तर पर लेट जाती थी और मैं? खिड़की से बाहर झाँककर ऊपर देखता था; पर बाहर सिर्फ़ तारे होते थे—सर्दियों की हल्की धुंध पर दिल्ली के आकाश में टिमटिमाते हुए।

किन्तु अब अक्टूबर है; अब वह बाहर है! अब वह उसके घर के सामने अँधेरे में बैठा है। वह आदमी के साथ होगी; वे शायद एक ही बिस्तर पर बैठे होंगे; वह उसे मेरे बारे में बता रही होगी; सुना है, वेश्याएँ कभी अपने पुराने ग्राहकों की चर्चा नहीं करतीं, किन्तु लड़कियाँ? वे ज़रूर अपने बीते हुए प्रेमियों की बातें करती होंगी, बिना यह जाने कि

वे कभी नहीं बीतते, कि उनमें से कोई मकान के नीचे, लॉन की दीवार और पेड़ों की छाया तले बैठा होगा, फाटक के पीछे खाई के भीतर, पुराने साल के भुरभुरे पत्तों और काई में लिथड़े पत्थरों के बीच—साँस रोके, प्रतीक्षा करता हुआ।

उसका हाथ पसीने से तर-ब-तर था; वह एक बड़े पत्थर को पकड़े था। इस बीच उसने कई बार उसे उठाकर आज़माया था। पत्थर भारी था, पर इतना भारी नहीं कि फेंका न जा सके। जब वह स्कूल में था, तो पी.टी. की क्लास में लोहे का गोला फेंका करता था और वह काफ़ी दूर जाकर धप से गिरता था। यह पत्थर तो उसके सामने कुछ भी नहीं और इसे फेंकना भी नहीं पड़ेगा। वह इसे दोनों हाथों में उठाएगा और जब वे फाटक से बाहर निकलेंगे...।

लेकिन नहीं; वह सोच कुछ भी नहीं रहा था; उसका भीतर बिलकुल ठंडा था और अन्तरात्मा? वह कहीं बिसूरती हुई कोने में सो रही थी। किसी को पता भी नहीं चलेगा कि मैं यह काम कर सकता हूँ; दरअसल यह कोई काम भी नहीं था...जिसके पीछे कोई सोचा हुआ फ़ैसला होता है; यहाँ कोई सोच नहीं था; यहाँ सिर्फ़ मैं था और मेरी आँखें, ऊपर खिड़की पर चिपकी हुई, खंदक के अँधेरे और उसके घर की रोशनी को एक पागल-सी कौंध में नापती हुई, जिसके बीच पिछले छह महीने का अभाव एक मरुस्थल-सा फैला था; पहली बार मैं उसे एक छलाँग में लाँघकर दूसरी तरफ़ चला जाऊँगा...छलाँग भी नहीं, सिर्फ़ अँधेरे में उठे हुए दो सधे क़दम; वे फाटक से बाहर निकलेंगे और मैं एक हाथ से लड़की को पीछे धकेल दूँगा, दूसरे हाथ से पत्थर उठाऊँगा, आदमी को पता भी नहीं चलेगा कि उसके पीछे लड़की नहीं, मैं आ रहा हूँ। सुना है, एक बार सिर पर सीधा वार पड़े, तो आदमी वहीं ढेर हो जाता है; पर मैं कोई चांस नहीं लूँगा। सिर पर चोट पड़ते ही वह हड़बड़ाकर पीछे मुड़ेगा और तब मैं दूसरी बार लपककर उसकी कनपटियों पर,

उसकी छाती पर, उसके माथे पर, एक के बाद एक...जैसे साँप को कुचलते हैं, कभी एक छोर से, कभी दूसरे छोर से—जब तक वह तड़फड़ाकर बिलकुल शान्त नहीं हो जाएगा...।

तभी वह हकबकाकर रुक गया; ऊपर उठा हुआ हाथ हवा में ठिठका रहा; वह भागते हुए उसके पास आई और अपनी फटी-फटी आँखों से उसे देखने लगी; तुम यहाँ? उसका हाथ धीरे-धीरे पत्थर पर गया जो ख़ून में सना था, जिस पर आदमी के फूटे सिर से उफनता हुआ सफ़ेद-सा गूदा लटक रहा था; यह तुमने क्या किया? वह चीख़ रही थी, जैसे जंगल के अँधेरे में किसी घायल जानवर का अन्धा चीत्कार सुनाई देता है, वह आदमी की देह को अपनी टटोलती, प्यासी, कातर अँगुलियों से मसोस रही थी, जैसे उसमें अगर कहीं अँगुली-भर प्राण बचे हैं, तो उसे बुझती हुई लौ की तरह अपनी दोनों हथेलियों से समेटकर दोबारा से जीवित कर सके। वह पागलों-सी उसके निढाल हाथों, ख़ून से लिथड़े माथे, मरे हुए पपड़ाये होंठों को चूम रही थी...।

क्या किया तुमने...देखो, देखो, देखो?

वह ज़ार-बेज़ार रो रही थी।

उसने हड़बड़ाकर पत्थर फेंक दिया—खाई के परे—अँधेरे फ़ुटपाथ पर—वह जल्दी से नीचे झुक गया, नाली के अँधेरे में अपना सिर छिपा लिया।

फाटक हल्के से खड़खड़ाया था; लोहे की साँकल ऊपर उठी थी और गेट के दोनों पल्ले—अँधेरे में चरमराते हुए—धीरे-धीरे खुल रहे थे। बाहर पत्थर गिरने की आवाज़ से दोनों ही ठिठक गए थे।

कौन हो सकता है? कोई रात का डरा हुआ पक्षी? कोई हुड़का हुआ कुत्ता? नहीं, वहाँ कोई नहीं था।

वे दोनों फाटक के आगे खड़े थे; एक-दूसरे से कुछ कह रहे थे; आदमी का चेहरा लड़की पर था और वह धीरे-धीरे उसके माथे पर गिरे बालों को सहला रही थी, धीमे स्वर में कुछ कह रही थी; वह हमेशा अलग होते हुए कुछ कहती थी, चाहे सिर्फ़ एक रात के लिए ही क्यों न जुदा हो रही हो।

आदमी ने धीरे से फाटक बन्द किया, बजरी की सड़क पर चला आया; खाई के पास से निकल गया; अचानक उसका पाँव उस पत्थर से जा टकराया, जो अभी-अभी फुटपाथ पर आया था। उसने देखा भी नहीं; वह कुछ और सोच रहा था। वह अँधेरे में सीटी बजाता हुआ जा रहा था।

लड़की फाटक पर खड़ी अब भी उसे देख रही थी। कुछ देर बाद वह पीछे मुड़ी, फाटक बन्द किया; और जब वह अपने घर की तरफ़ लौटने लगी, तो अचानक उसके पाँव ठिठक गए। कोई उसे बुला रहा था—उसके अपने नाम से। उसे अँधेरे में अपना नाम सुनाई दिया; कहीं बहुत पास से...यह दिन में दूसरी बार था, जब किसी ने उसे उसके नाम से पुकारा था, वह हैरत में चारों तरफ़ देखने लगी। पर वहाँ कोई ऐसा नहीं था, जिसे वह पहचान सके। वहाँ सिर्फ़ अक्टूबर का आकाश था, बहुत-से तारे थे; रात की निपट शान्ति में...एक गर्म, उमसी-सी उसाँस ऊपर उठी थी—खन्दक के अथाह गड़हे से बाहर—दिल्ली की अँधेरी हवा और धुंध में अपना घोंसला ढूँढ़ती हुई...।

वह दोबारा अपने घर की तरफ़ चलने लगी।

सूखा

अख़बार खुला है। पहले पन्ने पर ही उनका फ़ोटो है, नीचे के हिस्से पर, काले बॉर्डर से घिरा हुआ। मेरी आँखें अटकी रहती हैं। क्या यह वही आदमी हैं, जिनसे मैं तीन महीने पहले मिली थी? बड़ी और उदास-सी आँखें, मुँह थोड़ा खुला हुआ, जैसे कुछ कहने जा रहे हों! नाक और ऊपरी होंठ के हाशिए पर एक काला तिल, जो स्याही का धब्बा जान पड़ता है, लेकिन जो असली था, जिसे मैंने देखा था। बहुत निकट से देखा था, पहली बार देखा था और तब यह नहीं सोचा था कि वह अन्तिम बार होगा।

वह हमारे शहर पहली बार आए थे। वह एक सेमीनार में आए थे, जिसे हमारे कॉलेज ने आयोजित किया था। मुझे मालूम भी नहीं था, वह कौन हैं। सिर्फ़ नाम सुना था, वह भी मिसेज़ जैन से, जो हमारे कॉलेज की प्रिंसिपल थीं।

"जानती हो, इस बार कौन आ रहे हैं?" उन्होंने मेरी ओर मुस्कराते हुए देखा, "हम हर साल उन्हें बुलाते थे, लेकिन वह कभी राज़ी नहीं होते थे, इस बार वह पेपर भी पढ़ेंगे।"

मेरी ड्यूटी उनके होटल में ही लगी थी। वह होटल नया बना था, शहर से कुछ बाहर, लेकिन मेरे घर से दूर नहीं। उनके अलावा वहाँ दो डेलीगेट और ठहरे थे, पूना के डॉ. दामले और कलकत्ते की डॉ. सेन—बाक़ी लोगों को यूनिवर्सिटी गेस्ट हाउस में ठहराया गया था। मुझे एक छोटा-सा कमरा बेसमेंट में दे दिया गया था, ताकि सेमीनार के दौरान मैं होटल में ही रह सकूँ।

मैं जब साइकिल पर अपने घर से कॉलेज जाती थी, तो अक्सर मेरी निगाह उस होटल पर पड़ जाती थी—सफ़ेद दीवारें, लकड़ी की हरी, ढलुआँ छत, आगे एक छोटा-सा बुगुनबेलिया का पेड़, जिसकी शाख़ाओं ने फाटक को ढक लिया था। लगता था, वह होटल नहीं, कोई स्विस कॉटेज हो। मैंने कभी कल्पना भी नहीं की थी कि कभी मुझे वहाँ रहने का मौक़ा मिलेगा—चाहे दो दिन के लिए, बेसमेंट में ही सही।

बेसमेंट में ही मेरा हेडक्वार्टर था, एक मेज़, एक टाइपराइटर, काग़ज़ों के रिम, एक पार्ट टाइम चपरासी, जो कॉलेज और होटल के बीच चक्कर लगाता था। मेरा काम मुश्किल नहीं था। मैं हर दिन का प्रोग्राम टाइप करती और उसकी एक-एक कॉपी डेलीगेटों के कमरों में भिजवा देती। जिन लोगों ने अपने पेपर पहले भिजवा दिये थे, उन्हें थोड़ा-सा एडिट करके चपरासी के हाथ कॉलेज भिजवा देती। और जब वह उनकी साइक्लोस्टाइल्ड कॉपियाँ मेरे पास लाता, तो उन्हें एक बार फिर पढ़ती कि कहीं अशुद्धि तो नहीं रह गई और फिर उन्हें होटल के काउंटर पर रखवा देती, ताकि हर डेलीगेट को उसकी एक प्रति मिल सके...। इसके अलावा मेरी यह ड्यूटी भी थी कि हर डेलीगेट की छोटी-मोटी ज़रूरतों का ख़याल रखूँ। ऐसा नहीं कि मैं उनके आसपास घूमती रहूँ

और वे मुझसे तंग आ जाएँ, लेकिन ऐसा भी नहीं कि ज़रूरत पड़ने पर मैं दिखाई न दूँ, न बहुत दूर, न बहुत पास, अंग्रेज़ी लॉर्ड के बटलर की तरह, जो आँख उठाते ही प्रगट हो जाता है, और नज़र मोड़ते ही अन्तर्ध्यान हो जाता है।

मैं उस कॉलेज में नई-नई लेक्चरर बनी थी...और सेमीनार मेरी पहली परीक्षा थी, जिसमें मैं अच्छे नम्बरों में सफल हो जाना चाहती थी। मुझे नहीं मालूम था कि मैं जिस परीक्षा की प्रतीक्षा कर रही थी, वह बिलकुल अलग क़िस्म की होगी, कुछ वैसे ही अप्रत्याशित, जैसे कभी-कभी परीक्षा हॉल में विद्यार्थियों को ग़लती से दूसरे प्रश्नपत्र मिल जाते हैं, जिनका उन उत्तरों से कोई सम्बन्ध नहीं होता, जिन्हें वे घर से तैयार करके लाए थे...।

मैंने सोचा था, डायनिंग हॉल में मुझे अपने तीनों मेहमान दिखाई दे जाएँगे, लेकिन वहाँ मुझे सिर्फ़ मिसेज़ सेन दिखाई दीं। वह कोने वाली मेज़ पर अकेली बैठी थीं, नाश्ता समाप्त कर चुकी थीं, कॉफ़ी पीते हुए अख़बार पढ़ रही थीं। बाहर की उजली, साफ़ धूप उनके मेज़ पर रखे जूठे बर्तनों पर गिर रही थी।

मुझे देखते ही वह मुस्कराने लगीं। मैं पिछली रात को उनसे मिल चुकी थी। वह कलकत्ता से प्लेन से आई थीं और मैं उन्हें लेने एयरपोर्ट पर गई थी।

"बहुत सुन्दर दिन है," उन्होंने कहा, "आपके लिए भी कॉफ़ी मँगवाऊँ?" उन्होंने कुछ ऐसे कहा, जैसे वह इस शहर में वर्षों से रहती आई हैं और मैं उनकी मेहमान हूँ।

"मैं अभी पीकर आई हूँ।" मैंने उनके सामने तीन साइक्लोस्टाइल्ड पेपर रख दिये, जो आज सेमीनार में पढ़े जानेवाले थे। "मि. दामले कहाँ हैं?" मैंने पूछा।

"वह ज़रा बाहर टहलने गए हैं—अभी आते होंगे।"

"आप उन्हें भी ये पेपर दे दीजिएगा...डॉ. देव अभी नहीं आए?"

"वह कौन?" उनके गोल-मटोल बंगाली चेहरे पर भोली-सी जिज्ञासा उभर आई, "मैंने उन्हें नहीं देखा।"

"वह सुबह ट्रेन से आनेवाले थे...शायद अपने कमरे में हों!"

"सेमीनार-हॉल यहाँ से कितना दूर है?" उन्होंने पूछा।

"सिर्फ़ आध घंटे का रास्ता है...गाड़ी आपको लेने आएगी।" वह बातों के मूड में थीं, लेकिन मुझे बहुत-से काम निपटाने थे। मैं उठ खड़ी हुई, "यह आपका प्रोग्राम है...आप दस बजे होटल के रिसेप्शन हॉल में तैयार रहिएगा..." मैंने उनके हाथ में सेमीनार का प्रोग्राम दिया, जिसे मैंने अभी टाइप किया था...।

"आप क्या यहीं पढ़ती हैं?" उन्होंने पूछा।

"नहीं..." मैंने कुछ हड़बड़ाहट में कहा, "मैंने इसी साल पढ़ाना शुरू किया है।"

"अरे, अभी तो बच्ची लगती हो!" वह हँस रही थीं।

मैंने उन्हें जल्दी से नमस्कार किया और रिसेप्शन के काउंटर पर चली आई।

"आप बता सकते हैं, डॉ. देव कहाँ ठहरे हैं?" मैंने काउंटर पर खड़े एक ऊबे, उकताए क्लर्क से पूछा।

उसने दराज़ के नीचे से एक लिस्ट निकाली और नींद के जाले से मुझे झाँकते हुए पूछा, "क्या नाम बताया आपने?"

"डॉ. देव!"

उसकी आँखें काग़ज़ पर तैरती हुई एक जगह अटक गईं, "रूम नम्बर सत्ताईस...सैकेंड फ्लोर!"

"धन्यवाद!" मैं लगभग भागते हुए सीढ़ियाँ चढ़ने लगी।

गलियारे में अँधेरा था। सुबह के समय में भी वहाँ बत्तियाँ जलती रहती थीं। सत्ताईस नम्बर बिलकुल अन्तिम सिरे पर था, जहाँ गलियारा ख़त्म होता था और होटल का टैरेस शुरू होता था। दोनों के बीच शीशे का पार्टीशन था, जिसके परे हमारे शहर का आकाश, पेड़ों की फुनगियाँ और धुआँ उगलती चिमनियाँ दिखाई देती थीं। यहाँ बाहर की रोशनी भीतर आ रही थी, इसलिए कमरे का नम्बर आसानी से दिखाई दे जाता था।

मैंने हल्के से दरवाज़ा खटखटाया। कोई आवाज़ नहीं। न कोई बाहर आया। मैं कहीं ग़लत कमरे के आगे तो नहीं आ गई? एक बार फिर नम्बर मिलाया और हिम्मत बटोरकर दरवाज़े को हल्के से धक्का दिया। वह झट से खुल गया, दूसरे क्षण मैं कमरे के भीतर थी।

कमरा ख़ाली था। मेज़ पर दो-तीन किताबें पड़ी थीं। काग़ज़ों की फ़ाइल पर एक टूथब्रश दिखाई दिया था। उसके पास एक चमड़े का बैग औंधा पड़ा था, जिसके खुले मुँह से एक थर्मस और प्लास्टिक का गिलास बाहर झाँक रहे थे। पास की चौकी पर एक चमड़े का पुराना सूटकेस रखा था, और उस पर दो कम्बल और एक तकिया रखे थे। कुछ चीज़ों को देखकर हम उनके मालिक का थोड़ा-बहुत अनुमान लगा लेते हैं—किन्तु कमरे में पड़ी वे चीज़ें ऐसी थीं, जिन्हें देखकर लगता था कि वे—बिना किसी मालिक के—ख़ुद अपने घर से उठकर इस होटल में आकर बैठ गई हैं।

मैंने जल्दी से उनके मेज़ पर साइक्लोस्टाइल्ड पेपरों का बंडल और सेमीनार का प्रोग्राम रख दिया। एक चिट पर यह भी लिख दिया कि वह दस बजे नीचे पहुँच जाएँ। इन सब चीज़ों को मेज़ पर रखकर जब मैं लौटने वाली थी, तभी अचानक मेरे पैर ठिठक गए।

एक छाया दीवार पर बैठी थी—एक झुकी हुई आदमक़द आकृति—जिसे बाहर की धूप ने कमरे की दीवार पर खींच दिया था। मैं मुड़ी—और वह दिखाई दिये, कमरे के बाहर टैरेस पर बैठे थे। वह मुझे देख रहे थे।

मैं असमंजस में खड़ी रही। न बाहर निकल सकती थी, न कमरे में ठहर सकती थी। मुझे लगा, मैं कोई ग़लत काम करते हुए पकड़ ली गई हूँ। मैं वहाँ से भागना चाहती थी। मैंने एक झिझकता-सा क़दम लिया और जब दरवाज़े के पास पहुँची, मुझे उनका स्वर सुनाई दिया, "ज़रा ठहरिए..." और मैं ठहर गई।

वह लपकते हुए भीतर आए—और अनिश्चित-से खड़े रहे। "क्या मैं ग़लत कमरे में आ गया हूँ?" उन्होंने कहा।

"ग़लत कमरा?" उनकी घबराहट को देखकर मैं कुछ संयत हुई। अपनी भूली हुई ज़िम्मेदारी का एहसास हुआ, "आपके लिए कौन-सा कमरा बुक करवाया गया था?"

"मुझे नहीं मालूम—होटल का कोई आदमी मुझे यहाँ ले आया था," वह एक अजीब शंका में मुझे देख रहे थे, "शायद यह कमरा आपका है?"

"मेरा कमरा?" मैंने ध्यान से उन्हें देखा—और तब बिजली की कौंध की तरह मुझे उनकी परेशानी समझ में आ गई। वह इतने उद्भ्रान्त जान पड़ते थे कि मैं हँस भी न सकी। "आप सही कमरे में हैं," मैंने कहा, "मैं तो आपको सेमीनार के पेपर देने आई थी।"

"ओह!" वह बिस्तर पर बैठ गए। "बैठिए..." उन्होंने कुर्सी की ओर इशारा किया, "मैंने जब आपको अपने कमरे में देखा, तो मुझे लगा, मैं ग़लत कमरे में आ गया हूँ। आप यहाँ कैसे फँस गईं?"

उन्होंने 'फँसने' की बात इतने भोलेपन के साथ कही कि इस बार मैं सचमुच हँस पड़ी। समय कम था, इसलिए अपने बारे में मैं उन्हें उतना ही बता सकी, जितना ज़रूरी था।

वह चुपचाप मेरी बात सुनते रहे...कुछ ऐसे एकाग्र भाव से—जिसे देखकर भ्रम होता है कि वह सुन आपकी बात रहे हैं, सोच कुछ और रहे हैं, जिसके कारण वह और अधिक ध्यान से आपकी बात सुनने का बहाना करते हैं, जबकि आपको अपने शब्द अचानक निर्जीव और बेमानी जान पड़ने लगते हैं।

"आपने नाश्ता ले लिया?" मैंने अपने को बीच में रोककर पूछा।

"अभी नहीं...मुझे कहाँ जाना होगा?"

"नीचे डायनिंग हॉल है...अगर आप चाहें, तो यहाँ भी आ सकता है।"

"मैं सिर्फ़ एक कप कॉफ़ी लूँगा।"

"खाएँगे कुछ नहीं?"

"इस वक़्त नहीं...मैं अपने साथ बिस्कुट ले आया हूँ।"

"ठहरिए। मैं अभी भिजवा देती हूँ।"

मैं उठ खड़ी हुई। वह शायद कुछ देर अकेले रहना चाहते थे। लेकिन उनसे ज़्यादा शायद मैं। वह मुझे किसी की याद दिलाते थे, और मैं अकेले में सोचना चाहती थी, वह कौन हो सकते थे, जिन्हें मैंने पहली बार देखा था—वह भी होटल के अजान कमरे में?

मैं दरवाज़े के पास पहुँची थी कि उनकी आवाज़ सुनाई दी।

"ज़रा सुनिए..."

मैं पीछे मुड़ी।

"मुझे अपना पेपर कब पढ़ना होगा?"

मैंने टाइप किया हुआ प्रोग्राम उनकी मेज़ से उठा लिया, "कल... लंच के बाद।" मैंने उनकी ओर देखा, वह कुछ परेशान-से दीख रहे थे।

"आपको मेरा तार मिल गया था...?" उन्होंने पूछा।

"नहीं, कैसा तार?"

"मैंने लिख दिया था कि मैं अपना पेपर साथ लाऊँगा...यहाँ आने से पहले मैं बीमार पड़ गया और उसे पूरा नहीं कर सका।"

मैं इस इमर्जेंसी के लिए तैयार नहीं थी। ईश्वर जाने, उनका तार कहाँ बीच में हवा में लोप हो गया था। तभी एक विचार मुझे सूझा, "देखिए, अगर आप कल सुबह तक अपना पेपर दे दें, तो हम दुपहर तक उसे साइक्लोस्टाइल करवा लेंगे...क्या यह सम्भव होगा?"

"मैं कोशिश करूँगा...मैं अपना टाइपराइटर भी नहीं लाया। और, मेरी लिखाई कुछ ऐसी है, जो आसानी से समझ में नहीं आती।"

"अगर ज़्यादा नहीं है, तो आप डिक्टेट करवा दीजिए, मैं लिख लूँगी।"

"आप?" उन्होंने कुछ ध्यान से मेरी ओर देखा, जैसे पहली बार वह मेरी उपस्थिति को अपनी स्मृति में नोट कर रहे हों। "आपको कोई और काम नहीं है?"

मैं हँसने लगी। "मुझे यही काम सौंपा गया है," मैंने कहा।

वह मेरी ओर देखते रहे। जब कोई देखता है, तो उसकी आँखों में हमें अपनी शक्ल दिखाई देती है—जैसे हम कहीं उसके भीतर हैं—और तब उस क्षण मुझे अचानक याद आया, वह मुझे किसकी याद दिलाते थे। बचपन में एक मुस्लिम फ़क़ीर हमारे बाबा के घर आते थे, वह हमेशा जाड़ों में आते थे, एक लम्बा ऊनी लबादा ओढ़े, जिसमें हम भाई-बहन चिड़ियों के बच्चों-से बैठ जाते थे...और उनकी दाढ़ी से खेलते थे। मुझे एक शॉक-सा लगा कि जिस आदमी को मैं बरसों पहले भुला चुकी थी, उसकी मरी हुई तसवीर बिलकुल एक जीवित आदमी को देखकर याद आएगी, और वह भी होटल के एक अजनबी कमरे में...हालाँकि ऊपर से देखने में दोनों में कुछ भी समान नहीं दिखाई देता था...।

"अगर ज़रूरत पड़ी तो..." वह थोड़ा-सा हिचकिचाए। "आपसे कैसे सम्पर्क किया जाए?"

"मैं नीचे बेसमेंट में ही रहती हूँ। आप जब चाहें, तो रिसेप्शन में फ़ोन कर दें, वे मुझे बुलवा देंगे।"

"आप घर नहीं रहतीं?" उन्होंने कुछ आश्चर्य से मुझे देखा।

"रहती हूँ..." मैंने कहा, "लेकिन सेमीनार के दिनों में आप लोगों के साथ रहूँगी...अगर आपको आपत्ति न हो तो।"

वह मेरी बात को हँसी में लेने के बजाय कुछ परेशान-से हो आए।

"और आपके माता-पिता...वे कुछ नहीं कहेंगे?"

"मेरी सिर्फ़ माँ है...लेकिन अब मैं चलती हूँ...आपने अभी तक अपनी कॉफ़ी नहीं पी।"

मैं गलियारे से सीढ़ियाँ उतरकर नीचे पहुँची, रिसेप्शन काउंटर के फ़ोन से किचन को सूचना दी कि एक कॉफ़ी सत्ताईस नम्बर में भिजवा दें, फिर मोटे, गुदगुदे कालीनों पर लगभग उड़ते हुए अपने कमरे में पहुँची, बाथरूम के टब का नल खोला, बालों का जूड़ा खोला, कपड़े उतारे और गर्म पानी की धार के नीचे लेट गई।

यह सुख और सुकून की घड़ी थी। दस बजे तक मुझे कोई तंग करने नहीं आएगा। मैं आराम से नहा सकती थी। घर में मैं बाल्टी से नहाती थी। टब के गर्म पानी में लोटना एक स्वप्न-सा जान पड़ता था। अजीब-सा भ्रम होता, होटल का समय घर के समय से बिलकुल अलग है—एक छोर पर सेमीनार के लोग हैं, काम की भगदड़, छोटी-मोटी परेशानियाँ—दूसरे छोर पर घर, माँ, उसका कमरा, लेक्चर के नोट्स—मैं जब चाहूँ, अपनी साइकिल से एक छोर से दूसरे छोर पर जा सकती हूँ।

मैंने नल बन्द कर दिया—पानी की बूँदें कानों के बुंदों पर ढुरक रही थीं, उन्हें उतारकर चौकी पर रख दिया। पिछले साल ये बुंदे रजत ने दिये थे...जब मेरा एम.ए. का रिज़ल्ट निकला था। वह अख़बार में रिपोर्टर था, इसलिए रिज़ल्ट की ख़बर उसे पहले से ही पता चल गई थी—

और वह मुँह अँधेरे ही मुझे ख़बर सुनाने चला आया था। उस दिन हम दोनों माँ को लेकर रेस्तराँ गए थे और उसने तिब्बती बाज़ार से ये बुंदे ख़रीदे थे। अगर रजत यहाँ होता, तो वह मेरे साथ बेसमेंट में रह सकता था। किसी को पता भी नहीं चलता...और...और? मैंने टब के गुनगुने पानी में आँखें मूँद लीं। बन्द पलकों के बहते अँधेरे में एक अजीब-सी रोशनी ठहर गई—सेमीनार के ख़त्म होते ही मैं जगतीपुर जाऊँगी, मैंने सोचा। उसके साथ रहकर ही मैं कोई निर्णय ले सकूँगी।

मैं एक छलाँग में उठ खड़ी हुई, पानी को परे धकेला और टब के ऊपर खूँटी पर लटकते तौलिए को नीचे खींचकर ज़ोर-ज़ोर से अपनी देह से रगड़ने लगी...कोई चीज़ मुझे परेशान कर रही थी, कौन-सी चीज़? टब का पानी सूँ-सूँ करता, सीटी बजाता हुआ बह रहा था...अचानक मुझे याद आया, टाइपराइटर! मुझे अपने घर से अपना छोटा, पोर्टेबल टाइपराइटर मँगवाना होगा।

मैं टब से बाहर निकल आई। कोई देर से दरवाज़ा खटखटा रहा था।

बाहर स्टॉफ़ के सेक्रेटरी चक्रवर्ती खड़े थे।

"मैं गाड़ी ले आया हूँ—आप लोग तैयार हैं?"

"तुम जाकर बैठो...मैं अभी बुलाती हूँ।"

मैं बाहर आई, तो धूप निखर आई थी। होटल का रिसेप्शन हॉल सफ़ेद धुली हुई रोशनी में चमचमा रहा था। कोने की मेज़ पर मिसेज़ सेन और एक दुबले-पतले सज्जन बैठे थे...मुझे देखते ही दोनों उठ खड़े हुए।

"यह डॉ. दामले हैं...पूना से आए हैं," मिसेज़ सेन ने कहा।

मैंने उन्हें नमस्कार किया, "आपको कोई तकलीफ़ तो नहीं हुई?" मैंने पूछा।

"मैं तो बहुत आराम से सोया...आपके शहर की सैर भी कर आया।" वह मुस्करा रहे थे, "सुना, आप मेरा सब्जेक्ट ही पढ़ाती हैं... सोशियोलॉजी।"

"जी...अभी शुरू किया है..." मैं अपनी बात कहते हुए हमेशा सकुचाती थी...वैसे भी सेमीनार के दौरान मैं अपने को अदृश्य रखना चाहती थी—जहाँ तक सम्भव हो..."आपको सेमीनार के पेपर मिल गए थे?" मैंने जल्दी से पूछा।

डॉ. दामले कुछ अप्रतिभ हो आए।

"हाँ, अभी मिसेज़ सेन ने दिये हैं...। क्या जाने से पहले एक-एक चाय मिल सकती है?"

मेरी आँखें कुछ खोज रही थीं। मैं डाइनिंग हॉल गई, वहाँ बहुत-से लोग नाश्ता कर रहे थे, वे शायद सुबह की ट्रेन या फ़्लाइट से अभी कुछ देर पहले आए थे। कई लोगों के सूटकेस और बैग ख़ाली कुर्सियों पर पड़े थे। अचानक मुझे किचन मैनेजर दिखाई दिये। मैं उनके पास गई..."बाहर रिसेप्शन हॉल में दो चाय भिजवा दीजिए।"

वह ठिठक गए, "ठीक है—भिजवा देता हूँ...लेकिन वह कॉफ़ी तो वापस आ गई, जो आपने सत्ताईस नम्बर के लिए मँगवाई थी?"

"क्यों?" मैंने कुछ आश्चर्य में पूछा।

"कमरे में ताला लगा था।"

ताला? वह कहाँ जा सकते थे...मैनेजर साहब जल्दी में थे और मैं उनसे आगे कुछ पूछताछ नहीं कर सकी। ज़ीना चढ़कर मैं ऊपर गई। वही घुप्प गलियारा और धुँधुआती बत्तियाँ, उनके कमरे में सचमुच ताला लगा था। भागते हुए मैं फिर नीचे आई...सेमीनार था कि सर्कस?

मैं झुँझलाकर पोर्च के बाहर चली आई, ताकि कुछ देर साफ़, ठंडी हवा में साँस ले सकूँ—और तभी अचानक डॉ. देव दिखाई दिये। मैं कुछ क़दम आगे बढ़ी—फिर जहाँ थी, वहीं खड़ी रही।

वह सिर मोड़े बाग की फेंस पर बैठे थे। वह नीचे देख रहे थे, जहाँ हरे पेड़ों के बीच छतें और छतों के ऊपर उड़ता हुआ धुआँ दिखाई दे रहा था। वह बिलकुल निश्चल बैठे थे।

एक बार इच्छा हुई, उन्हें बुलाऊँ, लेकिन उनके इर्द-गिर्द एक ऐसा घना सन्नाटा था कि मैं उसे एकाएक तोड़ना नहीं चाहती थी। किसी व्यक्ति को देखना—जब उसे मालूम न हो कि वह देखा जा रहा है—एक अजीब अनुभव है। उसकी देह एक गुप्तचर की तरह अपने कोड में विचित्र सन्देशे देने लगती है—अपने अतीत, अपनी उम्र, अपनी यातनाओं के बारे में—इसीलिए हम जल्दी से मुँह मोड़ लेते हैं। हम उसकी गुप्त गवाही का गवाह नहीं होना चाहते।

उसी समय फेंस की झाड़ियों से एक परिन्दा उठा—और अपने पंख फड़फड़ाता हुआ मेरे सिर पर से उड़ गया। उन्होंने चौंककर पीछे देखा, जहाँ मैं खड़ी थी, "आप यहाँ?" उन्होंने कुछ ऐसे कहा, जैसे अबाबील की जगह मुझे देखकर उन्हें हल्की-सी निराशा हुई हो!

"जी, मैं यहाँ भी पहुँच गई," मैंने मुस्कराते हुए कहा, "चलिए, गाड़ी आ गई...आपने कॉफ़ी नहीं पी?"

"कमरे में बहुत घुटन थी, इसलिए यहाँ आकर बैठ गया...यहाँ से सारा शहर दिखाई देता है। आप कहाँ रहती हैं?"

"यहाँ से आपको दिखाई नहीं देगा..." मैं उनके पास चली आई।

मैं भी पहली बार अपने शहर को इतनी ऊँचाई से देख रही थी। नवम्बर की धूप में मस्जिदों की मीनारें नीले आकाश में घूम रही थीं। दूर कहीं रेगिस्तान की छाँह थी, जो दिल्ली तक जाती थी...बीच में एक छोटी-सी झील थी, जो शहर के बीचोबीच किसी जादुई दर्पण-सी चमक रही थी।

अचानक मेरी निगाह बिलकुल पास सफ़ेद जर्जर क़ब्रगाह पर पड़ गई, जिसकी दीवार के पीछे हमारा घर था, "वह रहा..." मैंने धीरे से उनके कन्धे को छुआ। "हम वहीं रहते हैं।"

पता नहीं, वह मेरे धुँधले इशारे से किस मकान को हमारा घर समझ बैठे—उन्होंने कुछ विस्मय से मेरी ओर देखा, "आप इतनी दूर से यहाँ आती हैं?"

"मैं साइकिल पर आती हूँ। और वह इतना दूर नहीं है, जितना यहाँ से दिखाई देता है।"

वह कुछ देर तक चुपचाप देखते रहे, फिर उनकी निगाह कहीं ऊपर अटक गई।

"ये कौन-सी पहाड़ियाँ हैं?"

"अरावली की...इसके नीचे ही वह सेंक्टुअरी है, जहाँ आप कल शाम जाएँगे।"

"कल शाम?" उन्होंने मेरी ओर देखा, "मेरा रिज़र्वेशन भी तो कल रात का है?"

"परसों सुबह का..." मैंने कहा, "हमने आपको चिट्‌ठी में लिख दिया था।"

"ओह!" उन्होंने अपने माथे पर हाथ फेरा, "वह आख़िरी दिनों में आई होगी...तब मैं आपके पेपर में उलझा था।"

मुझे कुछ याद आया, "सुनिए...मैं आज शाम आपको अपना टाइपराइटर भिजवा दूँगी। फिर आपको मुश्किल नहीं पड़ेगी..."

वह कुछ सिटपिटा-से गए। बिलकुल एक बच्चे-से—जैसे वह मुझे धन्यवाद देना चाह रहे हों, और उसके लिए सही रास्ता नहीं ढूँढ़ पा रहे हों।

"आपको कोई तकलीफ़ तो नहीं होगी?"

"मुझे नहीं...आपको ज़रूर हो सकती है। बहुत पुराना है और बीच-बीच में अटक जाता है।"

वह ऊपर हवा में उड़ती हुई चील को देख रहे थे, "कोई बात नहीं...वह तो बेचारी मशीन है...कुछ लोग तो बरसों अटके रहते हैं।"

उनकी हँसी में कुछ ऐसा था कि वह मुझे असाधारण-से लगे, जैसे हम अचानक किसी व्यक्ति को उसकी खोई हुई भंगिमा में पकड़ लेते हैं, जो किसी छोटी-सी बात पर उघड़ आती है।

"आपका घर?" उन्होंने नीचे शहर की छतों को देखते हुए कहा, "क्या आप बचपन से यहीं रहती आई हैं?"

"इसी घर में नहीं..." मैंने कहा, "लेकिन इस शहर में बहुत बरस गुज़र गए। आप तो यहाँ पहली बार आए हैं?"

"नहीं, एक बार बहुत बरस पहले आया था...लेकिन तब आप बहुत छोटी रही होंगी, मैं सिर्फ़ एक रात यहाँ रेस्टहाउस में ठहरा था..." उनका स्वर बहुत धीमा-सा हो आया, जैसे वह कोई बहुत पुरानी बात याद कर रहे हों!

"किसी काम से आए थे—या वैसे ही सैर के लिए?"

"किसी के लिए नहीं...मेरे सामने उन दिनों कोई उद्देश्य नहीं था...मैं ऐसे ही घर से बाहर निकल जाया करता था।" वह एक क्षण रुके, फिर जैसे अपने से कहा, "मुझे ख़ुशी है कि इस बार मैं यहाँ चला आया..."

"मिसेज़ जैन ने आपको कई बार बुलाया था?"

"हर साल कोई-न-कोई रुकावट आ जाती थी..." उन्होंने कहा, "लेकिन इस बार मैंने सोचा कि अब नहीं गया—तो फिर कभी नहीं आ सकूँगा।"

वह अचानक रुक गए, मेरी निगाह उन पर पड़ी—एक अजीब निष्क्रिय-सा भाव उनके चेहरे पर आ जमा था—जैसे हम किसी पुराने ढूह पर उड़ती हुई रेत देखते हैं, या शायद यह सिर्फ़ हवा थी, जो शहर के ऊपर साँय-साँय करती हुई बहने लगी थी?

होटल के पोर्च से कार का हॉर्न चीख़ता हुआ सुनाई दिया। मैंने हड़बड़ाकर उनका हाथ पकड़ लिया, "चलिए, यह हमारी गाड़ी है।"

सेमीनार शुरू होते ही मैंने तसल्ली की साँस ली। सब डेलीगेट अपनी-अपनी कुर्सियों पर बैठ गए थे। उन्हें वे पेपर बाँट दिये गए थे, जो उस दिन पढ़े जानेवाले थे। भीड़ काफ़ी थी। हमारे शहर के लोकल बुद्धिजीवी, प्रोफ़ेसर, लेखक—सब आए थे। जिन पत्रों के सम्पादक नहीं आ सके, उन्होंने अपने रिपोर्टर और संवाददाता भेजे थे। छात्रों का जमघट अलग था। उनके लिए बाहर से आए अतिथि विशेष आकर्षण रखते थे। मुझे कभी-कभी कुछ आश्चर्य-सा होता, जब कोई अपरिचित छात्रा मेरे पास आकर कहती, "मैडम, क्या आप बता सकती हैं, इनमें मि. देव कौन-से हैं..." और मैं भीड़ में उनका चेहरा खोजने लगती, जो अभी कुछ देर पहले तक साथ थे।

वह हॉल में आगे की पाँतों में खड़े थे। होटल के कमरे में जिन्हें इतना अकेला और असहाय-सा पाया था, उन्हें अब इतने आदमियों के बीच देखकर कुछ अजीब-सा लगता था। दूर से देखने पर वह काफ़ी युवा-से जान पड़ते थे। काली ट्वीड की जैकेट और ब्राउन रंग की ऊनी टाई, पीछे के बाल कुछ खड़े-से, जैसे सिर के बाक़ी बालों से उनकी कोई दुश्मनी हो—आँखों के नीचे झुर्रियाँ अब उनकी उम्र की गवाह न होकर उनकी हल्की थकान की निशानी जान पड़ती थीं—सिर्फ़ थकान ही ऐसी थी, जो शाश्वत जान पड़ती थी—लोगों के बीच उतनी ही मुकम्मिल—जितनी अकेले कमरे में—जिसे उनकी मुस्कराहट भी नहीं छिपा सकती थी।

मिसेज़ जैन का स्वागत-भाषण शुरू होते ही मैं सबकी आँख बचाकर स्टॉफ़-रूम में चली आई। अब लंच टाइम तक मेरी कोई ज़रूरत नहीं पड़नेवाली थी। इच्छा हुई, साइकिल उठाकर घर चली जाऊँ। लेकिन तभी मुझे स्टॉफ़-रूम के डेस्क पर अपनी चिट्ठी दिखाई दी। रजत के अक्षर नीले इनलैंड पर चमक रहे थे...वह हमेशा मुझे कॉलेज के पते पर ही पत्र भेजता था और मैं खिड़की के सामने अपने अकेले, प्रिय कोने में बैठकर उन्हें पढ़ती थी...।

छोटा-सा पत्र था, हड़बड़ी में लिखा हुआ था। वह भी जगतीपुर से नहीं था, बल्कि वहाँ से पचास मील दूर किसी कस्बे से—जहाँ उस साल सूखा पड़ा था। वह अपने पत्र की ओर से वहाँ रिपोर्टिंग के लिए गया था। कुछ दिन वहीं रहेगा और आसपास के गाँवों में घूमेगा। 'अगर तुम मेरे साथ होतीं, तो एक-दो दिनों के लिए हम जैसलमेर जा सकते थे, वह यहाँ से दूर नहीं है—लेकिन तुम तो वहाँ सेमीनार में फँसी होंगी।' मेरी आँखें धीरे-धीरे उसके अक्षरों पर फिसलती गईं और फिर अचानक अन्तिम एक लाइन पर आकर ठिठक गईं, 'सुना है, तुम्हारे सेमीनार में दिल्ली से सुकुमार देव भी आएँगे...क्या तुम उनसे मिली हो? बहुत वर्ष पहले मैंने उनकी कुछ कहानियाँ पढ़ी थीं...मैं उनसे कभी नहीं मिला, लेकिन मेरे मन में एक बात आई है—अगर वह आए हैं, तो क्या तुम उनसे एक इंटरव्यू ले सकती हो? हम उसे अपने पत्र के रविवारी रिव्यू में दे सकते हैं...यह एक बहुत बड़ी बात होगी, क्या तुम यह काम कर सकती हो?'

इंटरव्यू! रजत पागल था। आज तक मैंने किसी से कोई इंटरव्यू नहीं लिया था—फिर देव साहब से मेरा परिचय कितना था? न मैंने उनकी कोई किताब पढ़ी थी। यह सिर्फ़ संयोग था कि उनकी देखभाल की ज़िम्मेदारी मुझ पर डाल दी गई थी—अगर वह किसी दूसरे होटल में ठहरते, तो शायद मैं उन्हें जानती भी नहीं। उनका नाम ज़रूर सुना था।

जब कभी-कभी मिसेज़ जैन के घर जाती, तो किताबों की रैक में उनकी पुस्तकों के टाइटल दिखाई दे जाते, लेकिन मैं जिस दुनिया में रहती थी, वहाँ उनका कोई सरोकार नहीं था। वह मुझे थोड़ा-सा विस्मित ज़रूर करते थे—जब पहली बार मैंने उन्हें होटल के कमरे में अकेले बैठे देखा था—या आज सुबह जब वह ख़ाली आँखों से उड़ती हुई अबाबील को देख रहे थे, वह मुझे कुछ सनकी-से दिखाई देते थे और उनके सामने मैं थोड़ा-सा नर्वस महसूस करने लगती थी...लेकिन इससे ज़्यादा कुछ नहीं। अगर मैंने उनकी कोई चीज़ पढ़ी होती, तो शायद मैं अपने को ज़्यादा अच्छी तरह तैयार कर पाती, लेकिन अब उसके लिए समय कहाँ था?

मैंने पर्स से एक इनलैंड निकाला, ताकि तुरन्त रजत के पत्र का उत्तर दे सकूँ, लेकिन तभी किसी ने स्टॉफ़-रूम का दरवाज़ा खटखटाया। मिसेज़ जैन हड़बड़ाती हुई भीतर आईं।

"मैं तुम्हें ढूँढ़ रही थी—तुम यहाँ बैठी हो?"

मैं कुछ अपराधी भाव से उन्हें देखने लगी—मैं उनका स्वागत-भाषण छोड़कर स्टॉफ़-रूम में बैठी थी। इससे उन्हें शायद कुछ बुरा लगा था।

"कुछ काम है, मेरे लिए?" मैंने पूछा।

उन्होंने तीन सफ़ेद लिफ़ाफ़े मेज़ पर रख दिये, "ये निमंत्रण-पत्र अपने होटल के डेलीगेटों को दे देना...आज रात का डिनर सर्किट हाउस में होगा, कलक्टर साहब की तरफ़ से।" वह मुस्कराने लगीं, "देखा, हमारे सेमीनार की शोहरत कहाँ तक पहुँची है...कुछ पीने-पिलाने का इन्तज़ाम भी हुआ है।"

मैं हँसने लगी, "कहीं पिछले साल की तरह न हो...रात के ग्यारह बजे तक खाना चलता रहा था।"

"इसीलिए, इस बार टाइम जल्दी रखा है..." मिसेज़ जैन ने कहा, "सेमीनार के ख़त्म होने के बाद वे एक घंटे तक कुछ भी करें—

साढ़े सात बजे तक उन्हें सर्किट हाउस पहुँच जाना चाहिए और देखो..." उन्हें जैसे कुछ अचानक याद आया, "मैं शाम को देव साहब के लिए कुछ किताबें छोड़ जाऊँगी...तुम उन पर उनके हस्ताक्षर करवा लेना; कुछ लिख सकें तो और भी अच्छा रहेगा।"

मैं संकोच में पड़ गई, "मिसेज़ जैन, आप ख़ुद उनसे क्यों नहीं मिल लेतीं...वह बहुत ख़ुश होंगे..."

"नहीं, नहीं, मैं नहीं..." वह एकदम व्यस्त-सी हो गईं। "उनके जाने से पहले मैं मिल लूँगी...अभी तो मेरे पास दम मारने को फ़ुरसत नहीं है...तुम सौभाग्यवान हो, जो उनके साथ एक ही होटल में रहती हो।"

इससे पहले मैं उनके मज़ाक़ पर कुछ कहती, वह स्टॉफ़-रूम से भाग चुकी थीं।

सौभाग्यवान! उनके जाने के बाद भी यह शब्द मुझे अपने सूनेपन में पकड़े रहा। बाहर निस्पन्द-सी धूप फैली थी। नवम्बर की रोशनी में एक नीली-सी धुंध झील पर घिर आई थी। कहीं बहुत दूर रेगिस्तान था, जहाँ रजत धूल-धूसरित गाँवों में घूमता होगा...। एक रुआँसी आकांक्षा उठी, वह यहाँ होता, मेरे पास, हम किसी ढाबे में बैठकर चाय पीते होते। वह मुझे एक दिलासा-सी देता था, हालाँकि मैंने अभी तक विवाह करने का कोई निर्णय नहीं लिया था। लेकिन उस क्षण मैं तंग आ चुकी थी, सेमीनार से, अपने से, उनकी अज्ञात पुस्तकों से...जो पता नहीं, किन लोगों के बारे में थीं, अपने सौभाग्य से, जो उनकी ख्याति के कारण अचानक जाग उठा था—और मैं थी—कि मैं न उनके बारे में कुछ जानती थी, न उनकी पुस्तकों के...अगर मैं सचमुच इंटरव्यू लूँ, तो कहाँ से शुरू करूँगी? कौन थे वह?

अचानक एक ख़याल आया। सेमीनार की फ़ाइल खोलकर मैंने आमंत्रित डेलीगेटों की सूची बाहर निकाली...उसमें हर डेलीगेट का संक्षिप्त जीवन-चरित दिया था। मेरी टटोलती आँखें देव साहब के

नाम पर ठिठक गईं—सुकुमार देव, जन्म लाहौर में हुआ था। अनेक वर्ष बर्कले विश्वविद्यालय में मध्यकालीन इतिहास के प्राध्यापक रहे थे; भारत लौटकर कुछ वर्ष विश्व भारती में अध्यापन किया—वहीं रहकर उन्होंने उपन्यास, कहानियाँ लिखनी शुरू कीं, जो यूरोप की अनेक भाषाओं में अनूदित हो चुकी थीं। पिछले कुछ वर्षों से देहरादून में रिटायर्ड जीवन व्यतीत करते हैं...। अन्त में उनकी पुस्तकों के शीर्षक और उनकी प्रकाशन तिथियाँ दी गई थीं। मुझे यह देखकर कुछ आश्चर्य हुआ कि अन्तिम पुस्तक का प्रकाशन कोई दस वर्ष पूर्व हुआ था। क्या उसके बाद उन्होंने कुछ नहीं लिखा, या प्रकाशित करना बन्द कर दिया? मुझे वह विचित्र लगा कि कुछ प्रख्यात पुस्तकों को लिखने के बाद कोई व्यक्ति एक छोटे-से शहर में अज्ञात ज़िन्दगी बिता सकता है और एक दिन हमें अचानक पता चलता है कि वह अब इस दुनिया में नहीं रहा।

जैसे आज, अख़बार में उनका फ़ोटो देखकर मुझे लगा था। वही चेहरा कुछ आगे की ओर झुका हुआ...उत्सुक, चिन्ताग्रस्त, एकाग्र—जैसे मैंने उस शाम को देखा था, जब मैं अचानक उनके होटल में चली आई थी...।

मेरी माँ मुझे देखकर कुछ आश्चर्य में पड़ गई थीं। मैं पिछले दो दिनों से होटल में रह रही थी। उन्हें मालूम था कि सेमीनार के दौरान मैं घर नहीं आ सकूँगी...इसीलिए उस दुपहर लंच के बाद मैं घर आई, तो वह अपनी ख़ुशी नहीं दबा सकीं।

"क्या आज रात यहीं रहोगी?"

"नहीं, मुझे जाना होगा...बीच में कुछ ख़ाली समय था, इसलिए तुम्हें देखने चली आई...मेरे बिना डर तो नहीं लगता है...?"

"डर कैसा? मैं दरवाज़े बन्द करके सोती हूँ...तुम काफ़ी दुबली हो, वहाँ तुम्हें खाना मिलता है?"

"खाना मिलता है, लेकिन नींद नहीं। मैं यहाँ कुछ देर सोने आई हूँ।"

मैं उन्हें खींचकर अपने पलंग पर ले आई। कुछ वर्ष पहले तक मैं चौड़े पलंग पर उनके साथ सोती थी। वह मेरे साथ जागती थीं। जब परीक्षाओं के दिनों में मुझे रात-रात जागना पड़ता था। आस-पड़ोस में जब कोई ऊँची आवाज़ में रेडियो बजाता था, तो उनके पास जाकर मिन्नत करती थीं, 'भैया, रेडियो बन्द कर दो, आपकी बिटिया का इम्तिहान है।' और लोग सचमुच उनकी बात मान लेते थे। उन्हें काफ़ी निराशा हुई थी, जब मैंने कॉलेज में अध्यापन शुरू किया था। वह सोचती थीं, मैंने जल्दबाज़ी में यह निर्णय लिया है। 'क्या तुम आगे नहीं पढ़ना चाहोगी?' वह मुझसे पूछती थीं। जब मैंने उनसे कहा कि एम.ए. के आगे सिर्फ़ रिसर्च है, जिसके लिए मुझे दिल्ली जाना पड़ेगा, तो वह एकदम सहमत हो गई थीं, 'मेरी फ़िक्र मत करो, मैं यहाँ अकेली रह सकती हूँ।'

मैं जानती थी, वह मेरे लिए सबकुछ कर सकती हैं—लेकिन मैं कहीं नहीं गई। रिसर्च का मेरे लिए कोई मतलब नहीं था। मैं अपनी सहेलियों को जानती थी, जो पी-एच.डी. कर रही थीं, उन्हें देखकर ही मुझे हताशा होती थी। मैं अपनी माँ को देखती थी, जिन्होंने दूसरी क्लास से आगे कुछ भी नहीं पढ़ा था—और उनके पास कुछ ऐसा था, जिसके सामने मैं अपने को बिलकुल वंचित पाती थी। कहीं कुछ ग़लत था, लेकिन मुझे पता नहीं चलता था, वह क्या है? जब कभी मैं रजत से इस बारे में चर्चा करती थी, तो वह काफ़ी विचलित-सा हो जाता था। वह कहता था कि मुझे कुछ करना चाहिए, जो मुझे झूठी समस्याओं से अलग रख सके। लेकिन जब मैं उससे पूछती थी, वे कौन-सी समस्याएँ हैं, जो सच्ची हैं,

तो वह हर बार उसका अलग उत्तर देता था, और मैं उसकी बातें सुनना बन्द कर देती थी और उसे सिर्फ़ बोलता हुआ देखती रहती थी।

माँ को रजत अच्छा लगता था...वह अक्सर हमारे घर आता था। लेकिन वह उससे हमेशा थोड़ा खिंची-खिंची रहती थीं। मैं कभी इसका कारण ठीक-ठीक नहीं समझ पाई।

एक बार उन्होंने मुझसे एक अजीब प्रश्न पूछा, 'रजत जो अपने अख़बार के लिए रिपोर्ट लिखता है, उसका क्या फ़ायदा है? हम लोगों के बारे में कुछ जान पाएँ, इसका कोई फ़ायदा नहीं?'

मैंने कुछ झल्लाकर उनसे कहा, 'वही तो मैं पूछ रही हूँ, इससे इन्हें क्या फ़ायदा है, जिनके बारे में वह लिखता है?'

'जब तक हम दूसरों की, उनकी तकलीफ़ों के बारे में जानें नहीं, तब तक उन्हें दूर कैसे किया जा सकता है?'

मैंने कहा, 'क्या वे उसे अपनी तकलीफ़ें बताते हैं—या वह सिर्फ़ उन्हें देखकर लिखता है?' मैंने थोड़ा हैरत में उन्हें देखा, 'माँ, अगर कोई अपने मुँह से अपनी तकलीफ़ न भी बता सके, तो भी क्या हम उसके बारे में अनुमान से भी तो लिख सकते हैं। अगर ऐसा न होता, तो इन किताबों का क्या मतलब है?' मैंने अपनी लाइब्रेरी की ओर इशारा किया, जो मेरी पुस्तकों से ठसाठस भरी थी।

वह कुछ देर चुप रहीं, फिर कुछ अनिश्चित स्वर में कहा, 'मुझे नहीं मालूम...इसीलिए मैं चाहती थी कि तुम अपनी पढ़ाई जारी रखो... शायद तुम कुछ पता चला सकती थीं।'

मेरी आगे की पढ़ाई—यह नाजुक विषय था, इसलिए इसके आगे सारी बहस ख़त्म हो जाती थी। लेकिन मेरा आगे का जीवन—इसका खटका उन्हें हमेशा रहता था। उन्हें हमेशा डर लगा रहता था कि जिस तरह जल्दबाज़ी में मैंने रिसर्च छोड़कर नौकरी कर ली थी, उसी तरह कहीं हड़बड़ी में विवाह करने का निर्णय न ले बैठूँ...।

इस लिहाज से वह और हिन्दुस्तानी माँओं से बिलकुल अलग थीं, जो जल्दी-से-जल्दी अपनी बेटियों को घर से विदा करवाना चाहती हैं। वह नहीं चाहती थीं कि मैं अपने को किसी दूसरे आदमी के साथ बाँधकर रखूँ। वह चाहती थीं, मुझे अभी कुछ और वर्ष अपनी दुनिया देखनी चाहिए...।

इसलिए जब कुछ दिन पहले मैंने उन्हें सेमीनार के बारे में बताया था, तो वह एकाएक बहुत उल्लसित हो उठी थीं। यह मेरी दुनिया थी। मैं बहुत-से लोगों से मिलूँगी, जिन्होंने अपने-अपने क्षेत्र में बहुमूल्य सत्य खोजे थे—मैं उस शहर और कॉलेज की सरहदों के बाहर कुछ ऐसे अनुभव पा सकूँगी, जो सिर्फ़ 'दुर्लभ साधना' (यह उनके शब्द थे) से ही मिल पाते हैं। उन्हें यह जानकर अपनी बिटिया पर बहुत गर्व हुआ था कि उसके हिस्से तीन डेलीगेट आए हैं...वह उनके बारे में सबकुछ जानना चाहती थीं, लेकिन जब मैं पलंग पर निढाल-सी होकर पड़ गई—तो उन्होंने कुछ नहीं पूछा। वह चुपचाप मेरा माथा सहलाने लगीं, "क्या बहुत थक गई हो?"

मैंने सिर हिलाया।

"चाय बना लाऊँ...?" कुछ देर बाद उन्होंने पूछा।

"नहीं, मुझे अभी जाना है।"

"अभी?" वह कुछ बेचैन-सी हो उठीं, "अभी तो तुम आई हो!"

"क्या कुछ देर तुम मेरे पास लेट सकती हो?"

उन्होंने एक लम्बी साँस ली और तकिया खिसकाकर मेरे पास लेट गईं। वह नवम्बर की ऐसी दुपहर थी, जब कभी-कभी दिन में भी धुँधलका घिर आता है...और शहर चुप हो जाता है। कुछ भी हिलता नहीं मालूम होता—सिवा दिल के—जो कहीं देह के बाहर अकेला धड़कता जान पड़ता है।

"क्या तुम सो रही हो?" मैंने पूछा।

"नहीं, मैं सोच रही थी, तुम सो रही हो...शकुन?"

"क्या माँ?"

"कुछ बात हुई है? तुम परेशान-सी दिखाई देती हो?"

"नहीं, कुछ भी नहीं। मन करता है, यहीं लेटी रहूँ।"

"क्या बहुत जल्दी है...शाम को चली जाना?"

"शाम तो माँ, शुरू हो चली है...और मुझे अपने साथ अपना टाइपराइटर ले जाना है।"

"टाइपराइटर?" वह इस बार बैठ गईं, "क्यों?"

"हमारे एक डेलीगेट हैं...काफ़ी अजीब-से हैं। यहाँ आने से पहले बीमार पड़ गए—और पेपर पूरा नहीं लिख सके। उन्हें एक शाम के लिए चाहिए..."

"अजीब-से कैसे?" माँ सिर मोड़कर मेरी ओर देख रही थीं।

"मुझे नहीं मालूम...लेकिन," मैंने कमरे की मलिन रोशनी में कोई साफ़-सी बात कहनी चाही, उसकी बजाय, जो बात मेरे मुँह से निकली, वह कुछ मेरे लिए अप्रत्याशित थी, "उन्हें देखकर कुछ डर-सा लगता है!"

"डर...उनसे?"

"नहीं, उनसे नहीं...उनके लिए।"

कमरे में कुछ देर सन्नाटा रहा। फिर माँ की आवाज़ सुनाई दी। "कौन है वह?"

"कोई रिटायर्ड लेखक हैं...माँ..." मेरे मन में एक अद्भुत विचार कौंध गया, "क्या तुम उनसे मिलना चाहोगी?"

"अगर वह यहाँ आ सकें..."

"मैं उनसे पूछूँगी..."

कुछ देर बाद जब मैं साड़ी बदलकर अपना पोर्टेबल टाइपराइटर लिए बाहर आई, तो माँ पहले से ही दरवाज़े पर खड़ी थीं। मैंने उन्हें प्यार किया—और वह कुछ देर तक मुझे कन्धे से सटाए खड़ी रहीं।

जब से बाबू का देहान्त हुआ था, हम दोनों एक-दूसरे के डरों को इसी तरह ढाँपे रहा करती थीं।

जब मैं सेमीनार-हॉल में पहुँची तो सौभाग्य से सब डेलीगेट चाय के लिए बाहर बरामदे में जमा हो गए थे। किसी को पता नहीं चला कि मैं इस बीच घर होकर लौट आई हूँ...। मिसेज़ सेन ने मुझे देखा, तो लपकते हुए पास आईं, मेरा हाथ अपने हाथ में ले लिया, "सुनिए, क्या आज सेमीनार के बाद हम शहर घूमने जा सकते हैं?"

"हाँ, लेकिन आठ बजे आपका डिनर है...उससे पहले लौट आइएगा।"

"आप फ़िक्र मत कीजिए...मैं और प्रोफ़ेसर दामले साथ जाएँगे। वह भी घर के लिए कुछ ख़रीद करना चाहते हैं। डिनर के लिए कहाँ जाना होगा?"

"सर्किट हाउस...देखिए, यहाँ सबकुछ लिखा है।" मैंने जल्दी से दो निमंत्रण-पत्र निकालकर उन्हें दे दिये। "दूसरा दामले साहब के लिए है...आप साढ़े सात बजे तक होटल आ जाइएगा। आपने देव साहब को तो नहीं देखा है?"

"वह अभी तो मेरे साथ थे...देखिए, वहाँ तो नहीं खड़े?"

वही थे। वह चाय की क्यू में खड़े थे और कुछ लोगों से बातचीत कर रहे थे। कभी-कभी टोहती आँखों से चारों तरफ़ देख लेते थे। मानो किसी को ढूँढ़ रहे हों! एक बार उनकी आँखें भूले से मुझ पर टिक गईं। टिकी रहीं—जैसे उन्हें कुछ याद आया हो, और तब मैं जल्दी से उनके पास गई, "मैं टाइपराइटर ले आई हूँ। चपरासी के हाथ उसे आपके होटल पहुँचवा दिया है।"

"आपको याद रहा?" एक हल्की-सी कृतज्ञता की मुस्कराहट उनके चेहरे पर झलक आई।

"यह आपके डिनर का कार्ड है...मैं आपको आठ बजे लेने आ जाऊँगी। तब तक आप पेपर ख़त्म कर चुके होंगे..."

वह कुछ देर अनिश्चित भाव से कार्ड को उलटते-पलटते रहे।

"और अगर न कर पाया तो...?" उन्होंने मेरी ओर देखा।

"फिर आपको खाना नहीं मिलेगा।"

इससे पहले वह कुछ विरोध करें, क्यू का हल्के से धक्का लगा। वह आगे की तरफ़ सरक गए और मैं सीढ़ियाँ चढ़कर स्टाफ़-रूम में चली आई।

वहाँ स्टाफ़-सेक्रेटरी मि. चक्रवर्ती मेरी प्रतीक्षा में बैठे थे। वह उन पेपरों को साथ ले आए थे, जो कल पढ़े जानेवाले थे।

"आप इन्हें रेस्ट हाउस ले जाइए। बाक़ी पेपर मैं होटल के डेलीगेटों के लिए रख लूँगी," मैंने कहा।

"लेकिन, देखिए, इसमें देव साहब का पेपर नहीं है?" मि. चक्रवर्ती ने कुछ विस्मित होकर मेरी ओर देखा। वह कॉलेज के पुराने अधिकारी थे—और बात-बात पर चिन्तित हो जाते थे।

"उन्होंने अभी पूरा नहीं किया...वह कल सुबह देंगे।"

"लेकिन उसे साइक्लोस्टाइल्ड भी तो करवाना है...?"

"उन्हें दुपहर को पढ़ना है...क्या लंच-टाइम तक नहीं हो सकता है?"

"देखिए, कोशिश करेंगे।"

"नहीं, चक्रवर्ती साहब," मैंने हँसकर कहा, "अगर हमें अपनी नौकरी बचाकर रखनी है, तो उसे तैयार करना ही होगा..."

"अगर सुबह नौ बजे तक मिल जाए, तो हो सकता है।"

"यह मुझ पर छोड़िए।" मैंने कह तो दिया, लेकिन भीतर एक धुकधुकी-सी मची रही। एक यही ज़िम्मेवारी मिसेज़ जैन ने मुझ पर सौंपी थी,

सेमीनार के बाक़ी काम स्टाफ़ के दूसरे सदस्य कर रहे थे। अगर समय पर डेलीगेटों को सेमीनार पेपर भी न मिले, तो 'इससे बड़ी शर्म की बात हमारे लिए कोई नहीं हो सकती'—मिसेज़ जैन के ये शब्द सोते-जागते मेरे कानों में गूँजते रहते थे। यह मेरी पहली नौकरी थी—पर मैं उसे इतनी जल्दी नहीं खोना चाहती थी। नौकरी के रहते ही मैं विवाह के निर्णय को स्थगित कर सकती थी, माँ के साथ रह सकती थी, प्रतीक्षा कर सकती थी। किस चीज़ की प्रतीक्षा? कभी-कभी रजत हैरान होकर मुझसे पूछता था और मैं हर बार उत्तर देने के बजाय उसकी बात को हँसकर टाल देती थी।

शाम हो चली थी। मैंने पेपरों का गट्ठर साइकिल के कैरियर पर बाँध लिया—और जल्दी-जल्दी पैडल चलाते हुए होटल की तरफ़ साइकिल चलाने लगी। हमारे शहर में दिन की रोशनी ख़त्म नहीं होती थी कि आकाश में तारे झिलमिलाने लगते थे। दूर की पहाड़ियों पर अब भी धूप रेंग रही थी, लेकिन नीचे का शहर, झील और बस्तियाँ एक अजीब चमकीले धुँधलके में लिपटे जान पड़ते थे। होटल के निकट पहुँचते ही मुझे गाड़ी में से प्रो. दामले और मिसेज़ सेन बाहर निकलते हुए दिखाई पड़े। उन्होंने मुझे देखकर हाथ हिलाया। उनके साथ सेमीनार के कुछ और डेलीगेट भी थे, जो शायद शहर का बाज़ार देखने के लिए उनके साथ हो लिये थे।

मैं चाहती थी, कुछ देर बेसमेंट में आराम करके ऊपर जाऊँ—लेकिन पेपर मेज़ पर पटकते ही मेरा मन चिन्तित हो उठा। मैं अपने कमरे से बाहर निकलकर रिसेप्शन हॉल में आई, ज़ीना चढ़कर सीधे ऊपर गई, गलियारे को पार किया, और धुँधआती बत्ती के नीचे खड़ी हो गई, जो उनके कमरे के आगे जल रही थी। मैं कुछ देर उनके दरवाज़े के आगे खड़ी रही...भीतर कोई आवाज़ नहीं थी। मैं तो सिर्फ़ यह देखने आई थी कि उनके हाथों मेरा टाइपराइटर कैसा चल रहा है—और यहाँ बिलकुल सन्नाटा था। क्या वह कहीं बाहर गए हैं?

मैंने बहुत झिझकते हुए दरवाज़ा खटखटाया।

"कौन है?"

भीतर से आवाज़ आई। फिर दरवाज़ा खुला और वह दिखाई दिये। वह मुझे देखकर कुछ विस्मित-से हो गए थे। "आइए।"

"मैं सिर्फ़ पूछने आई थी, टाइपराइटर ठीक चल रहा है?"

"मुझे नहीं मालूम...मैंने उसे खोला भी नहीं।"

मैं सुन्न-सी उन्हें देखती रही। "आपका पेपर?"

"आप भीतर तो आइए..." वह दरवाज़े से हटकर खड़े हो गए।

मैं भीतर चली आई। टेबल-लैम्प के नीचे उनके काग़ज़ बिखरे थे और फ़ाउंटेनपेन खुला था। खिड़की भी खुली थी, जिसके पीछे शहर की रोशनियाँ दिखाई दे रही थीं।

"मुझे सिर्फ़ आधा पेज लिखना था..." उन्होंने कहा, "वह मैंने हाथ से लिख दिया है...आशा है, आप उसे पढ़ लेंगी।"

मैंने धीरज की साँस ली। पढ़ने में ज़्यादा मुश्किल नहीं पड़ेगी... और यदि कोई शब्द समझ में नहीं आया, तो मैं उनसे पूछ सकती थी।

"आप बहुत जल्दी घबरा जाती हैं।" वह अपनी कुर्सी पर बैठकर मुझे शान्ति से देख रहे थे।

उनके स्वर में कोई उपहास नहीं था, इसलिए मैं हँसने लगी, "यह मेरा पहला सेमीनार है...अभी आदत नहीं पड़ी। कमरे में इतना सन्नाटा था कि मैंने सोचा, आप कहीं बाहर चले गए।"

"मैं अभी बाहर से ही लौटा हूँ," उन्होंने कहा, "आख़ीर में एक कोटेशन देना चाहता था, जो मुझे ठीक से याद नहीं आ रहा था...मैंने सोचा, बाहर जाकर थोड़ा टहल आऊँ...मुझे नहीं मालूम था, झील इतनी पास है...क्या यह नेचुरल लेक है?"

"नहीं, राजा साहब ने इसे खुदवाया था...पहली लड़ाई के बाद। क्या आपको मिल गया?"

"क्या मिल गया?"

"कोटेशन..."

"मैं भूल गया कि मैं उसे याद करने बाहर निकला था।" वह हँसने लगे। "जब मैं वापस लौटा, तो मैंने देखा, वह मेरी नोटबुक में लिखा है। मैंने सोचा था कि मैं उसे घर में छोड़ आया हूँ।"

"किस बारे में था?"

वह उठे और मेज़ पर बिखरे काग़ज़ों में कुछ टटोलने लगे। टेबल-लैम्प पर उनका सिर झुका हुआ था और दीवार पर उसकी छाया एक काली ड्राइंग-सी खिंच आई। उनके हल्के सफ़ेद होते हुए बाल रोशनी में कुछ ज़्यादा ही उजले दिखाई देते थे। मैंने देखा, वह ढूँढ़ने के बजाय कुछ सोचने लगे थे, और उनके हाथ मेज़ पर एकदम स्थिर हो गए थे।

"वह एक चीनी भिक्षुक के बारे में था," उनका स्वर बहुत धीमा-सा हो आया, "एक बूढ़ी औरत सैकड़ों मील की यात्रा करने के बाद उनके झोंपड़े में आई और उनसे पूछा, 'आप बताइए, कौन-सा रास्ता है, सत्य पाने का?' भिक्षुक ने आँखें खोलीं और बोला, 'वही रास्ता है, जहाँ से तुम आई हो।' मैं अक्सर सोचता हूँ। उनका क्या मतलब था?" वह अचानक मेरी ओर मुड़े और सीधी आँखों से मुझे देखा, "आप समझती हैं?"

"शायद यह कि वह वहाँ पहुँच गई हैं, जहाँ उन्हें आना था?"

"या यह..." उन्होंने सिर हिलाया, "कि उन्हें वहीं लौटना चाहिए, जहाँ से वह आई थीं।" वह खिड़की के बाहर देखने लगे। कुछ देर तक कमरे में सन्नाटा रहा—फिर वह मुड़े और मेरी ओर देखा, "आप कितने वर्षों से पढ़ा रही हैं?"

मैं हँसने लगी, "अभी तो पहला साल है—क्या मैं इतनी बुज़ुर्ग दिखाई देती हूँ?"

"नहीं, बुज़ुर्ग नहीं," वह खिड़की से लौट आए लेकिन बैठे नहीं। "आपको देखकर उम्र का एहसास नहीं होता।"

पहली बार शायद किसी ने मेरी उम्र की चर्चा की थी, बहती हुई ज़िन्दगी के ऊपर लगा एक पुल। कोई उस पर खड़े होकर नीचे झाँककर देखेगा, यह एक अनोखा अनुभव था...मानो उन्होंने सहसा मुझे अपनी जगह से किसी दूसरी जगह सरका दिया, जो बिलकुल नई जगह थी, जहाँ से मैं अपने को देख सकती थी...।

"क्या आप हमेशा के लिए टीचिंग करना पसन्द करेंगी?"

"हाँ, लेकिन इस शहर में नहीं।"

"क्यों, इस शहर में क्या है?"

मैं चुप बैठी रही। मैं उस व्यक्ति को क्या बताती, जो सारी दुनिया का भ्रमण कर चुका था और इस शहर में सिर्फ़ दो दिन के लिए एक पेपर पढ़ने आया था? लेकिन कहीं मुझे यह लगा, वह शहरों की बात नहीं कर रहे, उस जगह की बात कर रहे हैं, जिसे मुझे चुनना है।

"मैं कहीं बाहर जाना चाहती हूँ।" मैंने कुछ उद्धत भाव से उन्हें देखा।

"बाहर?" उनके चेहरे पर एक गहरी, उत्तप्त-सी जिज्ञासा झलक आई, "बाहर कहाँ?"

मैं मुस्कराने लगी, घड़ी देखी, "इस समय सिर्फ़ सर्किट हाउस... वे हमारी प्रतीक्षा में बैठे होंगे।" मैंने जान-बूझकर अपने स्वर को हल्का बनाते हुए कहा।

"सर्किट हाउस?" उन्होंने अबूझी आँखों से मुझे देखा, "वह किसलिए? मैं इस समय कहीं नहीं जाऊँगा।"

"मैंने आपसे कहा था, आप सबका डिनर आज वहीं है।"

"ठीक है...लेकिन मैं यहीं रहूँगा।"

"आप कैसी बात कर रहे हैं? वहाँ सब आपकी प्रतीक्षा कर रहे होंगे..."

"नहीं, यह ग़लत है।" उनका स्वर एकदम कठोर-सा हो आया। "मेरी कोई प्रतीक्षा नहीं कर रहा, यह मैं आपसे बेहतर जानता हूँ।

मेहरबानी करके आप उनसे कह दीजिएगा कि मेरी तबियत ठीक नहीं है।"

"क्या आपकी तबियत ठीक नहीं है?"

"अगर मैं कहूँ कि ठीक नहीं है—तो आप यहाँ रुक जाएँगी?"

अनायास मेरी आँखें उन पर उठ आईं। वह मेरी तरफ़ देख रहे थे।

"आपने पेपर पूरा कर लिया—क्या आप उसे सेलीब्रेट नहीं करना चाहेंगे?"

वह कुछ नहीं बोले—सिर्फ़ उठकर दूसरे कमरे में चले गए।

मैं सोचने लगी, क्या उन्हें इस तरह ज़बर्दस्ती घसीटकर ले जाना ठीक होगा? मुझे कुछ आश्चर्य भी था कि वह जो कुछ देर पहले इतना सहज ढंग से मुझसे बातचीत कर रहे थे, बाहर जाने के ख़याल से इतना निष्प्रभ और हताश क्यों हो गए थे? क्या सचमुच उनकी तबियत ठीक नहीं है? मुझे पहली बार हल्की-सी शंका हुई कि कहीं कुछ ग़लत है—कुछ ऐसा, जिसे वह अपने साथ लाए हैं, किन्तु जो मुझसे छिपा है।

कुछ देर बाद जब वह कमरे में लौटे, तो उनका चेहरा कुछ हल्का-सा दीख रहा था। उन्होंने अपने बाल बुहार लिये थे। पैंट वही था, लेकिन अब उन्होंने पीली कार्डरॉय की जैकेट पहन ली थी और हल्के पीले रंग की ऊनी टाई, जो शायद वह कहीं विदेश से लाए थे, क्योंकि यहाँ मैंने कभी किसी को इस तरह की टाई पहने नहीं देखा था।

वह मुझे अपनी ओर देखते हुए कुछ सजग-से हो गए, "मेरे पास यही है...मुझे नहीं मालूम था, यहाँ मुझे किसी डिनर पार्टी में जाना होगा।"

"यह बिलकुल ठीक है..." मैंने हँसते हुए कहा, "हमारे कलक्टर साहब सबको बुलाते हैं, जो शहर से आते हैं...यह कोई ऑफ़िशियल पार्टी नहीं है...चलिए।"

वह ठिठके रहे, मेज़ के पीछे, कुछ अनिश्चित-से। मुझे डर लगा, कहीं वह कोई और अड़चन तो खड़ी नहीं करेंगे?

और तब अचानक मैंने देखा, वह हाथ में कुछ लिये हैं, काग़ज़ में कुछ लिपटा हुआ...।

"ये आपके लिए हैं।" उन्होंने काग़ज़ का सुन्दर रैपर मेरी ओर बढ़ा दिया। "जब मैं शाम को सैर करने निकला तो अचानक ये दिखाई दिये..."

"क्या है यह?" काग़ज़ की पतली सरसराती तहों के बीच तीन गुलाब के फूल बाहर झाँक रहे थे, उतने ही हिचकिचाते-से, जितनी उनकी आँखें। मैंने कुछ आश्चर्य से उन्हें देखा, "इनकी क्या ज़रूरत थी?"

"अगर आप घर से टाइपराइटर जैसी चीज़ ढोकर ला सकती हैं, तो कम-से-कम इतनी हल्की चीज़ तो अपने साथ ले ही जा सकती हैं..."

मैं उन्हें धन्यवाद देना चाहती थी, लेकिन वह दरवाज़ा खोलकर गलियारे में चले आए थे। ज़ीना उतरते हुए हममें से कोई कुछ नहीं बोला।

होटल के रिसेप्शन हॉल में दामले साहब और मिसेज़ सेन हमारी प्रतीक्षा कर रहे थे। "आप गाड़ी में बैठिए, मैं अभी आती हूँ।"

मैं भागते हुए अपने बेसमेंट में गई। वहाँ कोई फूलदान नहीं था, सिर्फ़ एक ख़ाली बियर की बोतल थी, जिसे कोई अलमारी की दराज़ में छोड़ गया था। मैंने जल्दी से उसमें पानी भरा और फूलों की काँटेदार टहनियों को उसमें डुबो दिया।

"वही रास्ता है, जहाँ से तुम आई हो।"

चीनी भिक्षुक का यह कथन मुझे याद हो आया, जब मैं पेड़ों के नीचे चल रही थी। सर्किट हाउस चारों तरफ़ से पेड़ों से घिरा था—

और वह चमकीली नवम्बर की रात थी, जब अरावली की पहाड़ियाँ बिलकुल साफ़ दिखाई देती हैं। सर्किट हाउस की सफ़ेद अंग्रेज़ी इमारत, जो पानी और पहाड़ियों के बीच बनी थी—अंग्रेज़ी रेजीमेंट को ज़रूर पसन्द आई होगी, जिसने उसे अपने रहने के लिए बनवाया होगा। उसमें रहते हुए वे एकसाथ तीन चीज़ों पर निगरानी रख सकते थे : राजा की रियासत पर, पहाड़ियों पर, जिसके परे दिल्ली का राज था और अन्त में झील पर, जो शायद उन्हें अपने देश की याद दिलाती होगी।

इसी झील के ऊपर सर्किट हाउस का लॉन था, जहाँ डिनर के लिए मेज़ें लगी थीं। उसके पीछे एक छोटा-सा गोल बाग़ था, जिसके बीच रंग-बिरंगी फ़ुहारों में एक फ़व्वारा चल रहा था। ज़्यादातर डेलीगेट अपने-अपने गिलास लेकर यहीं जमा थे, फ़व्वारे के आसपास—शायद इसलिए भी कि जिस 'पीने-पिलाने' का संकेत मिसेज़ जैन ने दुपहर को दिया था, उसकी व्यवस्था भी यहाँ की गई थी।

मिसेज़ जैन ने दूर से ही मुझे इशारा किया...किन्तु जब तक मैं उनके पास गई, वह भीड़ के दूसरे घेरे में समा गई थीं। मैं पेड़ों के नीचे चली आई। नीचे घास का स्लोप था, जिस पर हरे रंग की बेंचें थीं, बेंचों के नीचे एक पगडंडी सीधे लेक की तरफ़ उतर गई थी। जब कभी रजत दो-चार दिनों की छुट्टी लेकर आता, हम अक्सर यहाँ टहलने आ जाते थे...। मुझे यह काफ़ी अजीब लगा कि इस समय वह कहीं जैसलमेर के आसपास रेगिस्तानी गाँव में होगा, जबकि मैं यहाँ हूँ, और तब मुझे उसका पत्र याद आया, जिसमें उसने मुझे इंटरव्यू करने के लिए लिखा था। हर इंटरव्यू किसी प्रश्न से शुरू होता है, लेकिन जब मैं देव साहब को देखती थी, तो मुझे लगता था, वह किसी ऐसी जगह पर हैं, जहाँ मेरा कोई प्रश्न उनके पास पहुँचकर वापस नहीं लौटता था, उनका जवाब उन्हीं में जज़्ब हो जाता था। हम जैसे किसी गेंद को दीवार पर मारें और वापस आने के बजाय वह दीवार पर एक कील की तरह

छुपी रहे...अगर कोई चीज़ वापस लौटे तो सिर्फ़ धूल का गुब्बार और उखड़ा हुआ पलस्तर...।

लेकिन फूल? ये उन्होंने भेजे थे, ख़ास मेरे लिए। मुझे फूल कभी अच्छे नहीं लगे—वे मुझे हमेशा थोड़ा-सा डिप्रेस करने लगते थे। वे हमेशा मुझे मक़बरे पर खुदी मीनाकारी की याद दिलाते थे, विचित्र रुग्ण क़िस्म का सौन्दर्य, जो कहीं मृत्यु से जुड़ा है...एक हल्की-सी झुरझुरी मेरी देह में दौड़ गई। इंटरव्यू के पहले प्रश्न को ढूँढ़ते हुए मैं ज़िन्दगी के अन्तिम सिरे की तरफ़ कैसे मुड़ गई?

पता नहीं, मैं कितनी देर बैठी रही!

फिर मुझे अपना नाम सुनाई दिया। हड़बड़ाकर पीछे मुड़ी, तो मिसेज़ जैन दिखाई दीं। वह इतनी तेज़ी से लपकते हुए मेरे पास आ रही थीं कि कोई कह नहीं सकता था कि वह कॉलेज की प्रिंसिपल, और दो बच्चों की माँ हैं। वह ख़ुद एक नर्वस बच्ची-सी दिखाई देती थीं। उनके हाथों में एक बंडल था, ख़ाकी काग़ज़ में लिपटा हुआ और उसे भी वह एक बच्चे की तरह छाती से चिपकाए खड़ी थीं, "तुम कहाँ ग़ायब हो गईं? मैं तुम्हें हर जगह ढूँढ़ रही थी।"

"मैंने सोचा, अब मेरी छुट्टी है।"

उन्होंने प्यार से मेरे कन्धे पर हाथ रखा, "अभी नहीं शकुन रानी—जब सब लोग विदा हो जाएँगे, तब असली छुट्टी मिलेगी..."

"कब विदा होंगे, मिसेज़ जैन?"

"तुम अभी से घबरा गईं? देखो, मैं इसीलिए आई हूँ, ये दोनों एयर टिकट मिसेज़ सेन और प्रोफ़ेसर दामले के लिए हैं। वे कल जा रहे हैं... लेकिन देव साहब, वह तो अभी कुछ दिन रुकेंगे?" उन्होंने मेरी ओर देखा।

"उनका वापसी टिकट है...परसों सुबह की फ्लाइट से," मैंने कहा।

वह कुछ सोच में पड़ गईं, "यह तो ठीक नहीं हुआ...यहाँ बहुत-सी संस्थाएँ उन्हें आमंत्रित करना चाहती हैं।"

"लेकिन उनकी बुकिंग..."

"उसकी कोई बात नहीं...टिकट हम वापस करवा सकते हैं। सुनो, एक काम करो। मैं उनकी किताबें ले आई हूँ, उनके हस्ताक्षर के लिए..." एक संकोच-भरी मुस्कराहट उनके चेहरे पर चली आई, "जब उन्हें ये दो, तो पूछ लेना...अगर कुछ दिन रुक सकें?" उन्होंने बंडल मेरे हाथ में पकड़ा दिया।

"कहाँ हैं वह?" मैंने पूछा।

"मेरे साथ आओ—यहीं कहीं होंगे।"

मेज़ों के आसपास भीड़ जमा थी। मुझे वहाँ बहुत-से जाने-पहचाने चेहरे दिखाई दिये—वही लोग, जो छोटे शहर के हर बड़े पार्टी-जलसे में दिखाई दे जाते हैं—यूनिवर्सिटी के लेक्चरर, लोकल सांस्कृतिक संस्थाओं के प्रतिनिधि और इने-गिने सरकारी अफ़सर, उनकी उकताई पत्नियाँ, जिनकी एक आँख अपने पतियों के गिलासों पर रहती थी, और दूसरी आँख खाने की मेज़ पर कि कब उस पर भोजन परोसा जाता है।

खाने में अभी काफ़ी देर थी, इसलिए सेमीनार के डेलीगेट मेज़ से कुछ दूर एक अलग गिरोह में दिखाई दिये। वहाँ शायद एक दूसरा सेमीनार हो रहा था। मिसेज़ सेन मेरे कॉलेज की प्राध्यापिकाओं से किसी विषय पर बहुत ऊँचे स्वर में बात कर रही थीं...और प्रो. दामले हमारे शहर के कुछ महाराष्ट्रीय मित्रों के बीच घिरे थे। मैं जिन्हें ढूँढ़ रही थी, उनका कहीं अता-पता नहीं था।

एक क्षण के लिए मुझे खटका हुआ कि कहीं सबकी आँख बचाकर देव साहब वापस होटल तो नहीं लौट आए? किन्तु अकेले वह कहीं जाने का दुस्साहस नहीं करेंगे...इस शहर में वह किसी को नहीं जानते; किन्तु मैंने दूसरे ख़तरे का अनुमान नहीं किया था—उनके भागने का नहीं, बल्कि उनके पकड़े जाने का।

मैं आज भी वह दृश्य याद कर सकती हूँ। वह एक बिजली के हंडे और क्यारी के बीच घास और मिट्टी के लोंदे के बीच खड़े थे। उनका चेहरा पसीने में लथपथ था, जो नवम्बर की रात में एक अद्भुत चीज़ थी। तीन-चार नोटबुकें उनके आगे थीं, जिन पर दस्तख़त करते जाते थे।

"आप कुछ लिखेंगे नहीं?" कोई आग्रह करता, तो वह सिर हिला देते।

एक अधेड़-सी महिला बार-बार उनसे कुछ कह रही थीं, मैं ज़रा और पास सरक आई। पता चला, वह अपने महिला समाज में उनका लेक्चरर करवाने की अनुमति लेने आई थीं। "अगर आप वहाँ आकर सिर्फ़ दो शब्द कह दें।"

पहली बार मैंने देखा—ख्याति क्या चीज़ होती है। मैंने उन्हें सिर्फ़ होटल के कमरे में देखा था, टेबल-लैम्प के बीच कुर्सी पर बैठे हुए या बाहर बाग़ में—उड़ती हुई अबाबील को देखते हुए। अब वह लोगों के बीच थे। मुझे याद आया, वह फ़िक्शन लिखते थे। उनकी किताबें मेरे हाथ में थीं, लेकिन यह बाहर की दुनिया थी और वह आतंकित जान पड़ते थे।

कुछ देर बाद वह भीड़ से बाहर आए। टाई की गाँठ टेढ़ी पड़ गई थी, और वह रूमाल से माथा पोंछ रहे थे।

"आप कहाँ चली गई थीं?" उन्होंने मेरी ओर देखा। "मेरा गला सूख रहा है, क्या कुछ पीने को मिल सकता है?"

"क्या लेंगे?" मैंने उनकी ओर देखा।

"कुछ भी...लेकिन यहाँ नहीं, यहाँ भीड़ में नहीं...मैं उधर बेंच पर बैठा हूँ।"

वह तेज़ी से क़दम बढ़ाते हुए लॉन की दूसरी तरफ़ चले गए।

कुछ दिन पहले मैं एक प्रसिद्ध फ्रेंच अभिनेत्री की आत्मकथा पढ़ रही थी। उन्होंने अपने अतीत को याद करते हुए एक ख़ास शाम का ज़िक्र किया था, जब उनका जीवन बिलकुल बदल गया।

मैंने रेस्तराँ का दरवाज़ा खोला, और उसके बाद मेरा जीवन वह नहीं रहा था, जो मैं अब तक जी रही थी। उस शाम मेरा दूसरा जन्म हुआ था।

क्या ऐसा सचमुच होता है? क्या ऐसे दरवाज़े होते हैं, जिनके पीछे कोई दूसरा जन्म हमारी बाट जोहता रहता है?

मैं उनकी ड्रिंक बनाकर वहाँ गई, जहाँ वह बेंच पर बैठे थे। मैं अपने लिए बियर का एक गिलास ले आई थी। यह जगह लॉन से दूर नहीं थी, बीच में झाड़ियाँ थीं, नीचे ढलान, जो झील तक जाती थी और झील के परे सफ़ेद धुंध पर शहर की रोशनियाँ दिखाई देती थीं।

हम कुछ देर चुपचाप बेंच पर बैठे रहे। अचानक उनकी आवाज़ सुनाई दी।

"मुझे अफ़सोस है...माफ़ कीजिए," उन्होंने कहा।

"कैसा अफ़सोस है?" मैंने कुछ घबराकर उनकी ओर देखा।

"मुझे यहाँ नहीं आना चाहिए था..."

"तब तो आपको मुझे माफ़ करना चाहिए...मैं आपको यहाँ घसीट लाई," मैंने कहा।

"नहीं, यहाँ नहीं...मेरा मतलब था, मुझे इस शहर में, सेमीनार में नहीं आना चाहिए था...इसमें आपकी कोई ग़लती नहीं।" उन्होंने व्हिस्की का गहरा घूँट लिया और गिलास हाथ में पकड़े रहे।

"आप आए क्यों?"

वह कुछ देर चुप रहे, फिर कुछ सोचते हुए बोले, "मैं घर से बाहर निकलना चाहता था, कुछ दिनों के लिए...कहीं भी।"

"बाहर?" मैं हँसने लगी, "अभी कुछ देर पहले जब होटल के कमरे में मैंने आपसे कहा था कि मैं बाहर जाना चाहती हूँ, तो आपको हैरानी हुई थी।"

"हैरानी? नहीं, सिर्फ़ उत्सुकता हुई थी। मैंने सोचा, शायद आप कारण जानती हैं।"

"क्या इसका भी कोई कारण हो सकता है? कुछ चीज़ें सिर्फ़ हम करना चाहते हैं...उसके बिना हम नहीं रह सकते," मैंने कहा।

"पहले मैं भी यह सोचता था। मैं सोचता था, कुछ काम मुझे दिये गए हैं, एक तरह का वोकेशन, जिसे सिर्फ़ मैं ही पूरा कर सकता हूँ...बहुत बाद में अपनी ग़लती पता चलती है...लेकिन तब तक बहुत देर हो चुकी होती है।"

"देर कैसी?"

"देर नहीं, सिर्फ़ डर।" उन्होंने गिलास को देखा। "यह कुछ वैसा ही है, जैसे हम किसी ट्रेन में चढ़ जाएँ...और उसके चलते ही पता चले, यह उस दिशा में नहीं जा रही, जिसमें तुम्हें जाना है—तुम चाहो, तो उस समय उतर सकते हो—लेकिन थोड़ी-सी हिचकिचाहट हुई, तो फिर उसकी स्पीड बढ़ जाती है...।" उन्होंने एक घूँट और लिया।

"ऐसे लोग हैं, जो साहस कर कूद जाते हैं," मैंने कहा।

"हाँ...क्यों नहीं...आपने देखा नहीं...पटरी के दोनों तरफ़ कितने लूले-लँगड़े-अपंग दिखाई देते हैं?"

"और वे लोग जो ट्रेन में छूट जाते हैं?" मैंने उनका खेल खेलते हुए कहा।

"वे?" उन्होंने ख़ाली गिलास बेंच पर रख दिया। "वे बाहर आने की कोशिश करते हैं...किसी भी स्टेशन पर...जैसे मैं यहाँ चला आया।"

"लेकिन, आपने काफ़ी लम्बी यात्राएँ की हैं...?"

"आपको कैसे मालूम?"

"मैंने आपकी किताबों के ब्लर्ब पर पढ़ा था।"

"जानती हैं—आपसे बात करना मुझे क्यों अच्छा लगता है? आपने सिर्फ़ ब्लर्ब पढ़े हैं—किताबें नहीं।" एक सूखी-सी हँसी उनके चेहरे पर चली आई। "आप ठीक कहती हैं, मैं काफ़ी घूमा हूँ...कभी-कभी जब

मुझे रात को नींद नहीं आती, तो मैं उन सब होटलों के नाम याद करने की कोशिश करता हूँ, जहाँ-जहाँ मैं ठहरा था।"

"नींद आ जाती है?"

"सातवें होटल तक..." उन्होंने कहा।

"और जब नहीं आती..." मैंने उनकी ओर देखा। "तो क्या आप लिखते हैं?"

"नहीं," उन्होंने धीरे से कहा, "मैं बाहर कूदने की कोशिश करता हूँ...बात एक ही है।"

मैंने उनकी ओर देखा। क्या वह हँसी कर रहे हैं?

"देखिए, आपकी बियर वैसी ही पड़ी है...जबकि मेरा गिलास..."

"माफ़ कीजिए, मैं बिलकुल भूल गई।"

मैंने उनका गिलास उठाया और अँधेरे में लॉन पार करने लगी। सर्किट हाउस की सफ़ेद इमारत पर आधा चाँद निकल आया था। मेज़ों के आसपास लोग बातों में व्यस्त थे। किसी ने मेरी ओर ध्यान नहीं दिया। सामने एक वेटर दिखाई दिया, जिसकी ट्रे से मैंने व्हिस्की का गिलास उठाया और उसमें पानी और बर्फ़ के क्यूब्स मिला दिये।

"डिनर कब शुरू होगा?" मैंने पूछा।

"अभी कुछ देर है...कलक्टर साहब का इन्तज़ार हो रहा है।"

मैं वापस लौटी, तो एक क्षण के लिए याद नहीं आया, वह कौन-सी बेंच थी, जिस पर हम बैठे थे। क्या यह बियर का असर था या—उनकी बातों का? सिर में हल्की-सी सरसराहट थी, जैसे पत्ते कहीं पेड़ों पर न होकर मेरी नसों में फड़फड़ा रहे हों! मुझे लगा, वह चले गए हैं और यह बहुत स्वाभाविक है कि मैं उनका गिलास लिये अँधेरे में खड़ी हूँ।

"आप किसे ढूँढ़ रही हैं?" उनकी आवाज़ सुनाई दी—और उसके साथ ही मुझे उनकी बेंच दिखाई दी।

"मैंने सोचा, आप चले गए।"

"क्यों?"

"मेरे प्रश्नों से तंग आकर।" मैंने गिलास उन्हें दे दिया और बेंच के कोने में आकर बैठ गई।

"आपने कोई प्रश्न पूछा था? मुझे याद नहीं आता।" उन्होंने अपनी व्हिस्की में झाँककर देखा...काँच से बर्फ़ टकराकर एक टुनटुनी-सी आवाज़ हुई और फिर सब शान्त हो गया।

"अगर मैं आपका इंटरव्यू लूँ तो?"

"इंटरव्यू?" वह थोड़ा-सा चौंक गए। मेरी ओर देखा। हँसने लगे।

"इससे बेहतर समय और क्या हो सकता है? आप क्या जानना चाहती हैं?"

"यही कि आप कौन हैं?"

वह सामने देखते रहे, जहाँ पेड़ों के झुटपुटे में झील का पानी दिखाई दे रहा था। "यह तो अन्तिम प्रश्न है..." वह धीरे से हँसे। "मैंने सोचा, आप शुरू से पूछेंगी।"

"मैं आपके बारे में कुछ नहीं जानती...इसलिए शुरू और आख़ीर का कोई फ़र्क नहीं पड़ता।"

उन्होंने कुछ नहीं कहा, सिर्फ़ कभी-कभी अँधेरे में उनके गिलास के उठने की झलक दिखाई देती थी। मुझे लगा, वह लगभग मुझे भूल-से गए हैं। फिर उनकी आवाज़ सुनाई दी।

"मेरी दो लड़कियाँ हैं—बड़ी अमेरिका में रहती है, अपने पति के साथ। दूसरी दिल्ली में; लगभग आपकी उम्र की...वह एक पब्लिशिंग हाउस में काम करती है...मैं देहरादून में रहता हूँ। मेरी किताबों...उनके बारे में आप ब्लर्ब में पढ़ सकती हैं। वह मेरा जीवन है, लेकिन आपके प्रश्न का उत्तर नहीं।"

"आप अकेले रहते हैं..."

"सिर्फ़ गर्मियों में...जाड़ा शुरू होते ही मैं दिल्ली चला आता हूँ... वहाँ मेरी बेटी की दो कमरों की बरसाती है। एक कमरा वह मेरे लिए छोड़ देती है। वह पेपर भी मैंने वहाँ लिखा था।"

मैंने थोड़ी-सी बियर ली—और फिर प्रतीक्षा की, वह आगे कुछ कहेंगे। उन्होंने व्हिस्की का घूँट लिया और चुप बैठे रहे।

"आपकी पत्नी?"

"वह अमेरिका में रहती हैं—अपनी बेटी के पास।"

"आपने कभी बाहर रहने का फ़ैसला नहीं किया?"

"बाहर?" उन्होंने मेरी ओर देखा।

वही एक विचित्र शब्द दोबारा हमारे बीच आ गया था और वह कुछ हैरत में मेरी ओर देखने लगे थे, "बाहर क्यों?"

मैं बैठी रही। उनका स्वर मुझे कुछ अजीब लगा। मैं उनसे कुछ ज़्यादा नहीं पूछना चाहती थी।

"अगर मैं आपसे पूछूँ, आपने अब तक विवाह क्यों नहीं किया है?" उन्होंने कहा।

"मैंने अभी तक कोई फ़ैसला नहीं किया," मैंने कहा।

"आपने देखा," वह धीरे से हँस पड़े। "अच्छा इंटरव्यू उन फ़ैसलों से बचकर चलता है, जो हम कभी नहीं ले सके।"

"मेरी बात और है," मैंने अपने को बचाते हुए कहा, "मैं फ़िलहाल इस स्थिति में नहीं हूँ कि कोई स्वतंत्र फ़ैसला ले सकूँ।"

"आप सोचती हैं, कुछ किताबें लिखकर आदमी स्वतंत्र हो जाता है?"

उनके स्वर में कुछ ऐसा था, जो मुझे उपहास-सा करता जान पड़ा। एक रूखी-सी उदासीनता—जो व्यंग्य से अधिक वेदना उपजाती है।

"लोग आपको आपकी किताबों से जानते हैं—इसमें आपको बुरा क्यों लगता है?"

वह नीरव आँखों से झील को देखते रहे, जिसका एक हिस्सा चाँदनी में खुल गया था। कुछ देर तक सिर्फ़ टिड्डों और झींगुरों का स्वर सुनाई देता रहा...फिर उनकी आवाज़ सुनाई दी।

"बुरा नहीं लगता; सिर्फ़ ग़लतफ़हमी का एहसास होता है।"

"मैं समझी नहीं...ग़लतफ़हमी कैसी?"

"मुझे लगता है, मैं कोई पार्ट खेल रहा हूँ। अकेले कमरे में जो आदमी लिखता है, वह..." एक क्षण वह झिझके, जैसे कुछ टटोल रहे हों, "वह उससे बहुत अलग है, जिसे कल पेपर पढ़ना है, जो...जो... जो आपके सामने बैठा है।"

उन्होंने जिस तरह मुझे देखा, मेरे भीतर कुछ दहल-सा गया। न जाने क्या सोचकर मैंने उनका हाथ ख़ाली गिलास से हटाकर अपने हाथ में भर लिया, उसे सहलाने लगी, लेकिन उन पर कोई प्रतिक्रिया नहीं हुई। वह अँधेरे में चुप और निश्चल बैठे रहे—मेरी छुअन से बिलकुल बेख़बर—ख़ाली और चुप—जैसे मैं वहाँ न होऊँ।

"मुझे कभी बहुत अजीब लगता है कि मैंने आपकी कोई किताब नहीं पढ़ी," मैंने कहा।

"यह विचित्र होता।" उन्होंने कहा।

"क्यों?"

"तब आप और मेरे बीच किसी तरह का परिचय नहीं हो पाता... और मैं आपके किसी प्रश्न का उत्तर नहीं दे सकता। आप मेरी तुलना किसी ऐसे आदमी से करतीं, जो मैं नहीं हूँ और जो मैं हूँ, वह आपसे बचने की कोशिश करता।" उनके स्वर में एक गहरी थकान-सी उभर आई थी, जैसे वह इसके आगे कुछ नहीं कहना चाहते थे। तभी उनकी हँसी सुनाई दी और मैं कुछ विस्मय से उन्हें देखने लगी।

"आपका इंटरव्यू...वह कब शुरू होगा?"

मैंने उनका हाथ छोड़ दिया। दोनों गिलास ख़ाली पड़े थे।

"बाक़ी सवाल कल..." मैंने कहा, "अब हमें चलना चाहिए।"

"क्या मैं यहाँ से सीधे होटल जा सकता हूँ?"

"आप खाना नहीं खाएँगे?"

"नहीं, अब मैं दुबारा भीड़ में नहीं जाऊँगा। मेरे कमरे में चीज़ और बिस्कुट रखे हैं, मेरे लिए वह काफ़ी होगा...क्या आप एक टैक्सी मँगवा सकती हैं?"

उनके स्वर में कुछ ऐसा आग्रह था कि मुझे अपनी ज़िद बेमानी-सी लगी। कुछ देर तक हम चुप वहीं बेंच पर बैठे रहे, एक-दूसरे की प्रतीक्षा करते हुए। फिर उनकी आवाज़ सुनाई दी, "आप मुझे पहुँचाएँगी या मैं आपको?"

मैं उठ खड़ी हुई। दोनों गिलास उठाए। "चलिए।"

टैक्सी नहीं लेनी पड़ी। कॉलेज की गाड़ी जो उन्हें सर्किट हाउस लाई थी, उसी में बैठकर वह होटल चले गए। मैं चाहने पर भी उनके साथ नहीं जा सकी। मुझे वापस लौटकर मिसेज़ जैन से मिलना था और तब मुझे उनकी किताबें याद आईं, जो वह मेरे पास छोड़ गई थीं। वे अब भी मेरे बैग में पड़ी थीं। मैं उनके बारे में बिलकुल भूल गई थी, 'कल,' मैंने सोचा। 'अभी कल का दिन बाक़ी है।'

आधी रात को मेरी नींद खुल गई। कमरे में एक अजीब सुगन्ध थी। मैंने टेबल-लैम्प का स्विच दबाया। बियर की बोतल से गुलाब के फूल झाँक रहे थे। मैंने बत्ती बुझा दी। मैं दुबारा सोने चली गई।

शुरू के वाक्य इतने धूमिल थे कि मुझे संशय हुआ, कहीं माइक्रोफ़ोन तो ख़राब नहीं है? लेकिन कुछ मिनटों बाद उनके शब्द सुनाई देने लगे,

हालाँकि उनका स्वर ज़रा भी ऊपर नहीं उठा था। उनके चेहरे पर एक हल्के विस्मय का भाव था, मानो उन्हें ख़ुद न मालूम हो कि एक वाक्य के बाद दूसरा वाक्य कौन-सा होगा, जैसे वह अपना पेपर नहीं, किसी दूसरे की चिट्ठी पढ़कर सुना रहे हों। उन्होंने साइक्लोस्टाइल्ड पेपर अलग छोड़ दिया था और अपना लिखा हुआ परचा पढ़ रहे थे। कभी-कभी वह बीच में अटक जाते थे; अधूरे वाक्य के बीच हॉल का सन्नाटा कुछ तन जाता। लगता, जैसे हम किसी सर्कस के खिलाड़ी को बीच हवा में अटका हुआ देख रहे हों! क्या वह एक रस्सी से कूदकर दूसरी रस्सी तक जा पाएगा?...और ज्योंही वह दुबारा पढ़ने लगते, हॉल के श्रोताओं में राहत की साँस फैल जाती। कभी-कभी वह बीच का टेक्स्ट छोड़कर हाशिए पर लिखा कोई नोट पढ़ने लगते; तब उनकी गर्दन कुछ टेढ़ी-सी हो जाती और गले की नीली नसें उभरकर चमकने लगतीं। चूँकि मैं आगे की पंक्ति में बैठी थी, वे मुझे साफ़ दिखाई देती थीं...कुछ आश्चर्य-सा होता था कि यह वही व्यक्ति हैं, जो पिछली रात सर्किट हाउस के अँधेरे लॉन पर बैठे थे, पी रहे थे, बाहर आना चाहते थे..."कौन-सा रास्ता है...?" उनकी आवाज़ सुनाई दी, वह अपने पेपर के अन्तिम उद्धरण पर पहुँच गए थे, "शायद वही है, जहाँ से तुम आई हो?" उनके स्वर में उत्तर के बजाय एक प्रश्न था, मानो चीनी भिक्षुक बूढ़ी औरत को जवाब देने की जगह ख़ुद उससे उत्तर पाना चाह रहा हो...शायद इसीलिए हॉल के श्रोता कुछ देर प्रतीक्षा में बैठे रहे, उत्तर की आशा में, किन्तु जब उन्होंने देखा कि वह डेस्क पर रखे अपने पेपर समेट रहे हैं, तो उन्होंने झिझकते-से तालियाँ बजाईं और डॉ. देव ने पहली बार अपना सिर उठाया, मिचमिचाती आँखों से हॉल को देखा। एक स्वप्निल-सी आहट उनके चेहरे पर थी, जैसे वह किसी लम्बी नींद से जागकर उठ बैठे हों। तब मुझे नहीं मालूम था कि यही जानने का भाव उनके चेहरे पर होगा, तीने महीने बाद,

अख़बार के पन्ने पर, जब वह सो चुके होंगे, तसवीर के बाहर से हमेशा के लिए...।

पेपर के बाद बहुत-से लोगों ने उन्हें घेर लिया। कॉफ़ी-ब्रेक शुरू हो गया था।

अचानक पीछे से किसी ने मेरे कन्धे पर हाथ रखा। मिसेज़ जैन खड़ी मुस्करा रही थीं।

"मेरी किताबें?" उन्होंने पूछा।

"मैंने उन्हें दे दी हैं—आप घबराइए नहीं, दुपहर तक मिल जाएँगी।"

मैं सुबह उनके कमरे में गई थी। लेकिन वह अलग कहानी है। मैं उसे याद नहीं करना चाहती। मैंने उनके हाथों में मिसेज़ जैन की किताबें, उनका साइक्लोस्टाइल्ड पेपर, उनका टिकट—सबकुछ दे दिया था—और वापस अपने बेसमेंट में लौट आई थी।

"तुमने उनसे रुकने के लिए कहा था?"

"मिसेज़ जैन, मुझे नहीं लगता, वह ठीक हैं।"

"क्या मतलब?" एक हल्की-सी घबराहट उनके चेहरे पर चली आई।

"आज सुबह जब मैं उनके कमरे में गई..." मैं फिर रुक गई। एक ही दृश्य बार-बार लौट आता था, मैं उसे दुहराना नहीं चाहती थी। "मुझे लगता है, उनकी तबीयत ठीक नहीं है। उनका चले जाना ही बेहतर होगा," मैंने कहा।

वह कुछ देर चुपचाप मुझे देखती रहीं।

"जैसा तुम ठीक समझो..." कुछ देर बार वह बोलीं, "लेकिन अपना पेपर तो उन्होंने बहुत सुन्दर पढ़ा...वह असाधारण था। तुम सुन रही थीं?"

"जी..."

"क्या बात है शकुन, तुम बहुत परेशान दिखाई दे रही हो?"

"मिसेज़ जैन—सेमीनार का काम तो अब ख़त्म हो गया...क्या आज दुपहर मैं अपने घर लौट सकती हूँ?"

"जा तो सकती हो...लेकिन आज शाम हमने उन डेलीगेटों के लिए एक छोटी-सी आउटिंग रखी है, जो कल सुबह जा रहे हैं...मैं दूसरे धन्धों में फँसी हूँ, क्या एक रात और नहीं रुक सकतीं?"

"सिर्फ़ एक रात," मैंने कहा।

"कल सुबह आराम से सोना...मैंने मि. चक्रवर्ती से कह दिया है। वह एयरपोर्ट जाएँगे..."

वह हड़बड़ी में थीं, ज़्यादा देर नहीं रुकीं। सेमीनार के डेलीगेट 'अन्तिम लंच' के लिए मेज़ के इर्द-गिर्द जमा हो रहे थे। कुछ लोग तो होटल से अपना सामान भी ले आए थे, ताकि लंच के बाद सीधा स्टेशन जा सकें। मि. दामले आज सुबह ही होटल से 'चेक आउट' करके अपने एक मित्र के घर चले गए थे, उनकी चिन्ता करना बेकार था। किन्तु मिसेज़ सेन का टिकट अभी मेरे पास था, पर वह कहीं दिखाई नहीं दे रही थीं।

मैं ख़ाली हो गई थी। अब मुझे कुछ नहीं करना था। इच्छा हुई, साइकिल उठाऊँ और कुछ देर के लिए घर चली जाऊँ। वहाँ माँ अकेली बैठी होंगी। शायद अभी खाना पकाकर लेटी हों। उन्हें मालूम था, आज मैं नहीं आऊँगी। लेकिन वह हमेशा खिड़की के बाहर आँखें लगाए रहती थीं...।

लेकिन मैं वहाँ नहीं गई। उसकी बजाय मेरे पाँव स्टाफ़-रूम की ओर मुड़ गए। सेमीनार के दिनों में वह ख़ाली पड़ा रहता था। मैं वहाँ अकेली रह सकती थी। मैं अकेली रहकर पिछली रात के बारे में सोचना चाहती थी—पिछली रात और आज सुबह के बारे में, जब मैं उनके कमरे में गई थी और उनका दरवाज़ा खुला था—बरामदे और खिड़की के बीच लाँघती हवा में डोलता हुआ और वह टेबल-लैम्प जलाकर मेज़ पर सिर टिकाकर बैठे थे। लगता था, वह सारी रात नहीं सोए...वह सो रहे थे।

मैंने पर्स खोला, एक नया कोरा इनलैंड बाहर निकाला और रजत को लिखने लगी, कितना अजीब है—जब तुम किसी नये आदमी से मिलते हो, तो रुकी हुई समूची चाहना, जो अब तक बर्फ़ की तरह जमी थी, नये की तपन में पिघलकर पुराने आदमी की तरफ़ बहने लगती है।

'इंटरव्यू शुरू हो गया है,' मैंने लिखा, 'आधा हो चुका है, बाक़ी आज शाम को पूरा होगा, तुम आओगे, तो दिखाऊँगी।'

क्लिक, क्लिक...आज बरसों बाद भी जब मैं कैमरा की आवाज़ किसी टूरिस्ट बस में सुनती हूँ, तो मुझे वह शाम याद हो आती है, जैसे वह 'आवाज़' मशीन के हिलते शटर से नहीं, दिल की ठहरी साँस पर चिपकी हो! साँस जो बार-बार ठहर जाती थी, जब खिड़की के बाहर कोई भागता जानवर दिखाई दे जाता था।

फॉरेस्ट सेंक्टुअरी का भूरा, बनैला विस्तार, लम्बी घास, हरी काई में ढके पोखर—भागती हुई बस की खिड़की से सबकुछ दिखाई दे जाता था। सबकुछ, लेकिन सिर्फ़ एक क्षण के लिए...और उस क्षण को पकड़ने के लिए बस की खिड़कियों पर कैमरे तैनात रहते थे। मिसेज़ जैन ने कुछ ऐसी व्यवस्था की थी कि बस में हर डेलीगेट खिड़की के पास बैठ सके, ताकि मौक़ा पड़ने पर वह तुरन्त फ़ोटो खींच सके।

जब मैं बस में चढ़ी थी, तो डॉ. देव भी खिड़की के पास बैठे दिखाई दिये थे—बस की पिछली सीट पर, और बग़लवाली सीट पर उनका कैमरा नहीं—थर्मस की बोतल रखी थी।

"क्या मैं यहाँ बैठ सकती हूँ?"

उन्होंने एक क्षण मेरी ओर देखा—फिर बोतल उठाकर खिड़की के नीचे रख दी और मैं ख़ाली सीट पर बैठ गई। मैं उनसे उनके पेपर के बाद पहली बार मिल रही थी। मुझे यह भी मालूम नहीं था, वह दुपहर को कहाँ रहे थे। मेरी दुपहर अजीब ढंग से गुज़री थी। लंच के बाद मिसेज़ सेन मुझे अपने साथ घसीट ले गई थीं। वह आख़िरी दिन अपने पति के लिए कोई उपहार ख़रीदना चाहती थीं। बाज़ार से लौटकर वह इतना थक गईं कि सेंक्चुअरी आने से बिलकुल इनकार कर दिया। मैं उन्हें उनके कमरे में छोड़कर जब बाहर चली आई थी, तो बस खड़ी थी। मि. चक्रवर्ती दौड़कर मेरे पास आए। "डेलीगेट ज़्यादा नहीं हैं, इसलिए कुछ छात्र भी जा रहे हैं। अँधेरा होने से पहले लौट आइएगा।"

"और मिसेज़ जैन? वह नहीं आएँगी?"

"वह एयरपोर्ट जा रही हैं। कुछ डेलीगेट आज शाम की फ़्लाइट से जा रहे थे, उन्हें छोड़ने—और मेरी ड्यूटी ऑफ़िस में है।"

कोई दूसरा चारा नहीं था, मैं अपने बेसमेंट में भागी, जल्दी से कपड़े बदले—पुरानी नीली जींस, और एक ब्राउन जर्सी—जो मैंने रजत से उधार माँगी थी। इस पोशाक में सिर्फ़ शहर के बाहर या घर के भीतर घूमा जा सकता था।

होटल से बाहर आने से पहले मैं डॉ. देव को ढूँढ़ने ऊपर गई थी। मैंने कई बार दरवाज़ा खटखटाया, लेकिन वह बन्द था। कहाँ जा सकते हैं वह? बस का हॉर्न चीख़ रहा था। मैं जल्दी से नीचे आई, ड्राइवर मेरी तरफ़ ख़ूनी निगाहों से घूर रहा था। मैं उसकी नज़रों से बचते हुए भीतर आई...और तब वह दिखाई दिये—पिछली सीट पर अकेले बैठे हुए। एक क्षण के लिए मैं झिझकी, फिर बस का झटका मुझे पीछे की तरफ़ धकेलता गया, "क्या मैं यहाँ बैठ सकती हूँ?"

बस हिचकोले खाते हुए भाग रही थी।

कुछ देर हम चुप बैठे रहे। वह खिड़की के बाहर देख रहे थे, मैं उनको। उन्होंने अब एक ब्राउन कॉर्डरॉय की जैकेट पहन रखी थी, भीतर ऊँचे गले का सफ़ेद स्वेटर, मफ़लर भी था, किन्तु वह उनके कन्धे से नीचे लुढ़ककर झूल रहा था।

"आपको किताबें मिल गई थीं?"

"क्या तुम सुबह आई थीं?"

"आप शायद सो रहे थे?" मैंने कहा।

"मैं अपने पेपर को दुबारा देख रहा था—मुझे पता नहीं चला, तुम कब आईं और चली गईं।"

वह कुछ नाराज़-से दीखते थे। मैंने बात को वहीं छोड़ दिया—कैसे कहती, जब मैं आई, वह मेज़ पर सिर टिकाकर बैठे थे। नींद या अपने पेपर में—जानना असम्भव था।

"किताबें किसलिए छोड़ गई थीं?"

"मिसेज़ जैन—आपको याद होगा—हमारी प्रिंसिपल की लाइब्रेरी में आपकी बहुत-सी पुस्तकें हैं—वे चाहती हैं, आप उन पर कुछ लिख दें।"

"क्यों?"

"ऐसे ही...शायद यादगार के लिए..." मैंने निस्संग भाव से कहा।

"यादगार?" उन्होंने खिड़की के बाहर देखा, जहाँ जंगली परिन्दों का झुंड बस के साथ-साथ उड़ रहा था। "कि मैं यहाँ आया था?"

एक अजीब रूखी-सी हँसी उनके चेहरे पर चली आई।

"आज दुपहर आप कहाँ गए थे?" मैंने पूछा।

"कब?" उन्होंने मेरी ओर देखा।

"लंच के बाद? मैं आपके कमरे में गई थी।"

"एयरलाइंस के दफ़्तर," उन्होंने कहा। "मैं अपना टिकट कन्फ़र्म कराने गया था।"

मैंने उनकी ओर देखा, "क्या आपको हम पर विश्वास नहीं था?"

"नहीं...यह मेरी आदत है, विश्वास की बात नहीं...इस बहाने शहर में भी घूमना हो जाता है...आख़िरी दिन मुझसे होटल में नहीं बैठा जाता।"

आख़िरी दिन? मुझे याद नहीं रहा था। जैसे मुझे यह याद नहीं रहा था कि वह सारी दुनिया घूमे हैं और किसी भी अजनबी शहर में अकेले घूमने जा सकते हैं। इसमें चिन्ता की कोई बात नहीं थी, न बुरा मानने का कोई कारण था।

फिर भी मेरे भीतर कुछ दुखता रहा, वह दुख नहीं था। सिर्फ़ ख़ाली दुपहर का एक सूना-सा अभाव, जो हमारी सीट पर एक 'तीसरे' प्राणी की तरह आकर बैठ गया था।

मैंने बाहर देखा, बस शहर की सरहद छोड़कर अब उजाड़ गाँवों में चली गई थी, जहाँ कहीं-कहीं मिट्टी के झोंपड़े दिखाई दे जाते थे। बारिश न होने के कारण एक उजाड़ पीलापन-सा दिखाई देता था...रजत कहीं ऐसे ही इलाकों में घूमता होगा, और तब मुझे याद आया कि वह चिट्ठी, जो उसे स्टॉफ़-रूम में लिखी थी, अब भी मेरे पर्स में पड़ी थी। मुझे लगा कि एक ही सीट पर मैं दो अभावों के बीच बैठी हूँ।

"आप दुपहर को अपने घर नहीं गईं?"

अचानक उनकी आवाज़ सुनाई दी, और मैं चौंक-सी गई, "मैं मिसेज़ सेन के साथ एम्पोरियम गई थी। उन्हें कुछ उपहार ख़रीदने थे..." मैंने कुछ सशंकित होकर उनकी ओर देखा, "क्यों, क्या आपको कुछ काम था?"

"मुझे आपका टाइपराइटर वापस करना था।"

"उसकी जल्दी नहीं है...वह मैं आज रात को ले लूँगी..."

"नहीं, अब उसकी ज़रूरत नहीं है, मैं उसे वहीं पहुँचा आया हूँ, जहाँ से आप लाई थीं।"

मैं कुछ हैरत में उन्हें देखने लगी, "कहाँ पहुँचा आए आप?"

"आपके घर! मैंने सोचा, अचानक आपको आश्चर्य में डाल दूँगा, किन्तु आप वहाँ थीं नहीं।"

"लेकिन आप तो टिकट कन्फ़र्म कराने गए थे?"

"हाँ, लेकिन मैं आपका टाइपराइटर भी साथ ले गया था। मैंने सोचा था, टाइम मिला, तो आपका घर भी देख लूँगा।"

मैं कुछ देर तक उन्हें देखती रही। "क्या आप मेरी माँ से मिले थे?"

वह हँसने लगे। "आपकी माँ? और वहाँ कौन हो सकता है... मुझे नहीं मालूम था, वह मेरे बारे में पहले से ही सबकुछ जानती हैं।"

मैं चुपचाप खिड़की से बाहर देखती रही। दूर सेंक्टुअरी का जंगल धूप में झिलमिला रहा था। पता नहीं, माँ ने उनसे क्या बातें की होंगी! शायद रजत के बारे में? वह कितनी आसानी से उन लोगों के सामने खुल जाती हैं जिन्हें मैं जानती हूँ।

"यह जगह तो शहर से ज़्यादा दूर नहीं है...क्या आप यहाँ अक्सर आती हैं?"

"कभी-कभी पिकनिक के लिए," मैंने कहा। "मेरे एक मित्र हैं—जब कभी वह यहाँ आते हैं, तो इधर आना हो जाता है।"

"कौन-से मित्र? क्या करते हैं?"

"मैंने सोचा, माँ ने आपको बता दिया होगा।" मैंने उनकी ओर देखा, एक हल्की-सी छाया उनके चेहरे पर घिर आई थी। बाहर गुज़रते पेड़ों की, या सिर्फ़ कोई भीतर का ख़याल, जो अपना क्षणिक अँधेरा चेहरे पर छोड़कर गुज़र जाता है?

"वह अख़बार में काम करते हैं...आपकी बहुत-सी किताबें पढ़ी हैं," मैंने कहा।

"यहाँ नहीं रहते?"

"नहीं, उन्हें रिपोर्टिंग के लिए घूमना पड़ता है...।"

"आप कभी उनके साथ नहीं जातीं?"

"इस बार मुश्किल था...सेमीनार की तैयारी के लिए यहाँ रुकना पड़ा। इस साल जहाँ-जहाँ सूखा पड़ा है, वहाँ उन्हें जाना पड़ता है।"

वह कुछ देर चुप रहे, फिर कहा, "मैं कभी सोच भी नहीं सकता था कि आपके कोई बहुत निकट के दोस्त हो सकते हैं।"

"ऐसा क्यों?" मैं अचानक हँसने लगी। "क्या मैं नाबालिग जान पड़ती हूँ?"

"नहीं, मेरा मतलब यह नहीं था, हालाँकि आपकी माँ यही सोचती हैं..." वह एक क्षण रुके। "वह आपको बहुत चाहती हैं।"

"वह मुझसे काफ़ी दुखी रहती हैं। मुझे लगता है, मैंने उन्हें बहुत निराश किया।"

"निराश कैसे?"

"मुझे नहीं मालूम..." मैंने बाहर देखा, जहाँ हल्का-सा अँधेरा घिर आया था। "वह शायद सोचती थीं कि मैं किसी दूसरी तरह की ज़िन्दगी जीऊँगी...यह नहीं, जैसी अब है।"

वह कुछ देर चुप बैठे रहे, फिर धीरे से पूछा, "कैसी ज़िन्दगी?"

"वह यह कभी नहीं बतातीं," मैं हँसने लगी, "वह सोचती हैं, मैं बहुत सूखे में जी रही हूँ।"

पता नहीं, यह मैंने क्यों कहा? शायद इसलिए कि चारों तरफ़ जंगल था...लम्बी घास पर आख़िरी धूप और शुरू का अँधेरा मिल रहे थे...और कभी-कभी कोई भागता हुआ जानवर दिखाई दे जाता था—कोई बारहसिंघा या हिरणों का झुंड। बस बहुत धीमी गति में रेंग रही थी, ताकि फ़ोटो खींचनेवाले आसानी से कैमरा साध सकें। दूर-दूर तक पीली मिट्टी, झाड़-झंखाड़ और पेड़ों के झुरमुट दिखाई दे जाते थे...। नीली काई से ढके पोखर, जिन पर पक्षियों के साँवले झुंड ऊपर उठते और फिर अचानक 'डाइव' लगाकर दक्ष गोताख़ोरों की तरह लम्बी घास में ग़ायब हो जाते।

अचानक उन्होंने मेरा हाथ पकड़ लिया। कैमरे की आवाज़ और बस की ब्रेक, "उधर देखो !" उन्होंने कुछ फुसफुसाते हुए कहा।

चीतलों का एक गिरोह कुलाँचें भरता हुआ भागा जा रहा था। सहसा बस की खड़खड़ाहट से एक युवा चीतल ठिठक गया, गर्दन पीछे मोड़ी और हमारी ओर एकटक निहारने लगा—सिर्फ़ एक क्षण—और तब बस की हेडलाइट्स भक से जल उठीं और दूसरे क्षण जंगल के बीहड़ में वह हमेशा के लिए खो गया।

कितनी बड़ी आँखें थीं, कितनी उत्सुक और विभ्रान्त!

उस क्षण क्या हुआ था? जंगल की सरसराहट जैसे ख़ून की एक लहर थी, मेरी देह में सनसनाती हुई उठी थी और फिर एक अन्धे घटाटोप में गुम हो गई थी। देर तक मुझे पता नहीं चला कि उनका हाथ अब भी मेरे हाथ पर गड़ा है...।

जब मैं उस शाम के बारे में सोचती हूँ, वह क्षण हमेशा लौट आता है—नीरव, उत्सुक, चमकदार। जैसे पिछले दो दिनों से वह जो कुछ मुझसे कहना चाह रहे थे—और जो मैं उनसे छिपाती आ रही थी—वह दोनों किसी जादूगरनी के पत्ते-सा हमारे सामने खुल गया था...लेकिन बस में इतना अँधेरा था कि उसे हम उठाकर देख भी नहीं सकते थे कि उस पर क्या लिखा है।

अचानक बस की गति अचानक धीमी पड़ गई थी, दूर टीले पर दो-चार बत्तियाँ टिमटिमा रही थीं। हम सेंक्टुअरी की अन्तिम सीमा तक आ पहुँचे थे। यहाँ हनुमानजी का छोटा-सा सफ़ेद मन्दिर था। आसपास एक उजाड़-सी बस्ती थी, कुछ मिट्टी के झोंपड़े, दुकानें, चाय का एक ढाबा; ड्राइवर ने बस की बत्ती जला दी, पीछे मुड़कर देखा :

"यहाँ कुछ देर रुकेंगे या वापस चलूँ?"

आगे बैठे हुए छात्र कुछ देर रुकना चाहते थे लेकिन सेमीनार के डेलीगेटों को न ढाबे की चाय में दिलचस्पी थी—न मन्दिर देखने की जिज्ञासा।

उनमें से कुछ को कल सुबह की फ़्लाइट भी पकड़नी थी, इसलिए यही तय हुआ कि बस को मोड़ लिया जाए। सबको होटल पहुँचने की जल्दी थी।

हवा भीतर आ रही थी। कभी-कभी खिड़की के बाहर कोई तारा दिखाई दे जाता था—बस के ऊपर एक जुगनू-सा रेंगता हुआ। ड्राइवर ने बस की बत्तियाँ बुझा दी थीं, इसलिए बाहर का अँधेरा भीतर के अँधेरे से कहीं उजला दिखाई दे रहा था।

"हवा बहुत ठंडी है..." उन्होंने सिगरेट जलाई, तो एकदम रोशनी में उनका चेहरा दिखाई दिया।

"खिड़की बन्द कर दूँ?" मैंने पूछा।

"नहीं...ऐसे ही ठीक है। कुछ जानवर सिर्फ़ रात को दिखाई देते हैं।"

उनके स्वर में कुछ ऐसा था कि मेरे भीतर कुछ ठिठक-सा गया। कैसे जानवर? खिड़की के बाहर कुछ भी दिखाई नहीं देता था...सिर्फ़ एक विराट वन-प्रान्तर, जिसके परे एक मैला, बनैला-सा अँधेरा था, जो हेडलाइट्स की रोशनी से कटकर सड़क के दोनों तरफ़ छिटकता जाता था।

मुझे कुछ याद आया—कल ही की तो बात है, जब उन्होंने बाहर आने की असीम आकांक्षा के बारे में कहा था। सर्किट हाउस की बेंच पर बैठे हुए, चलती हुई रेल से बाहर निकल आनेवाले लोग, पटरियों के किनारों पर लहूलुहान...।

कौन-से जानवर बीहड़ अँधेरे में बाहर दिखाई देते हैं?

उनकी साँस, बाहर का जंगल, बस के ऊपर रेंगता हुआ तारा। कुछ देर तक वह हमारे साथ-साथ चलता रहा। वह जैसे कोई तीर्थयात्री था, जो नीचे के गृहस्थों के साथ घिसटता जाता है।

"आप?" मैंने बाहर देखते हुए कहा, "क्या कल आपका जाना ज़रूरी है?"

पता नहीं, यह मैंने क्यों पूछा था। मुझे यह भी पता नहीं चला। क्या यह बात मैंने अपने से कही है या—वह उन तक पहुँची है? क्योंकि कुछ देर तक वह वैसे ही निश्चल बैठे रहे थे, जैसे मैंने कुछ न कहा हो लेकिन नहीं...यह सच नहीं था। उनकी देह हिली थी और हाथ चेहरे पर गया था, जैसे वह किसी पुराने संकेत से नया उत्तर देने की कोशिश कर रहे हों!

"मुझे लगता है, मैं फिर यहाँ आऊँगा !"

मैं चकित-सी उन्हें देखने लगी...वह जाने की नहीं, लौटने की बात कर रहे थे।

"लेकिन अभी...इस बार कुछ दिन क्यों नहीं रुक जाते?" मैंने कहा।

"मैं अब दिल्ली नहीं रुकूँगा..." उन्होंने कुछ ऐसे कहा, जैसे मेरे नये प्रश्न के बहाने वह अपने किसी बहुत पुराने प्रश्न का उत्तर दे रहे हों। "बेटी की बरसाती में रुकूँगा, तो यहाँ की बातें याद आएँगी... पेपर की बातें...जो मैंने उसके घर में लिखी थीं। लेकिन यहाँ मैं अवश्य आना चाहूँगा। आपसे और आपकी माँ से मिलने..." वह एक क्षण रुके।

"इस बीच मैं आपकी सारी किताबें पढ़ डालूँगी..." मैंने कहा।

"मेरी किताबें?" वह कुछ देर सोचते-से रहे। "तब आपको बहुत निराशा होगी...। अगर इन दिनों आपके साथ मुझे अच्छा लगता रहा तो सिर्फ़ इसलिए कि आपने मेरा कुछ नहीं पढ़ा था।"

मैंने कुछ साहस बटोरकर उनकी ओर देखा, "क्या आपको वे अब अच्छी नहीं लगतीं? आपने दस साल से कुछ भी नहीं लिखा?"

कुछ देर तक वह बाहर अँधेरे में देखते रहे, फिर धीरे से कहा, "नहीं, वे मुझे बुरी नहीं लगतीं...सिर्फ़ वह आदमी मुझे अच्छा नहीं लगता, जिसने उन्हें बरसों पहले लिखा था," वह एक क्षण रुके। "आप क्या सोचती हैं, सूखा क्या सिर्फ़ बाहर पड़ता है?"

सिर्फ़ बाहर, बाहर कहाँ? बाहर, जहाँ रजत घूमता था?

मैं उनसे कुछ पूछना चाहती थी—शायद कोई बहुत महत्त्वपूर्ण बात—जो आनेवाले दिनों में मेरी शंकाओं के साथ-साथ चलती रहती, लेकिन यह नहीं हुआ। मैं झिझककर रह गई...मैं उस इंटरव्यू का अन्त नहीं चाहती थी।

लेकिन सेंक्टुअरी का अन्त आ पहुँचा था। इस शहर की सीमाओं में आ गए थे। जहाँ कुछ देर पहले तारों का जमघट लगा था, वहाँ अब मकानों की रोशनियाँ दिखाई दे रही थीं।

उस रात वह सीधा अपने कमरे में चले गए, मैं अपने बेसमेंट में। मैं बिना कपड़े बदले बिस्तर पर लेट गई। पता भी नहीं चला, कब नींद आ गई। जब सुबह उठी तो काफ़ी देर हो चुकी थी। कोई देर से दरवाज़ा खटखटा रहा था। बाहर आई, तो चक्रवर्ती साहब खड़े थे।

"ये किताबें देव साहब आपके लिए छोड़ गए हैं।"

"वह कहाँ हैं?"

"वह तो बहुत पहले सुबह की फ़्लाइट से चले गए...मैं उनके साथ एयरपोर्ट गया। जाने से पहले उन्होंने कहा कि ये किताबें आपको दे दूँ।"

"कुछ और तो नहीं कहा था?"

"नहीं, क्यों?" उन्होंने कुछ आश्चर्य से मुझे देखा।

"धन्यवाद..." मैंने किताबें उनसे ले लीं। फिर हम दोनों मुस्कराए, "चलिए, सेमीनार ख़त्म हुआ।"

हम दोनों ने हाथ मिलाया—और मैं अपने कमरे में लौट आई।

तीन महीने बाद एक सुबह अख़बार में उनका फ़ोटो दिखाई दिया—चारों तरफ़ काली सुर्खी का बॉर्डर...ऊपर उनका नाम, नीचे उनकी जन्म और मृत्यु की तिथियाँ, किताबों की लिस्ट और एक छोटी-सी लाइन : 'उन्होंने अपना आख़िरी पेपर...शहर के प्रमुख कॉलेज के सेमीनार में पढ़ा था।'

वह फ़ोटो से बाहर मुझे देख रहे थे—कितनी बड़ी आँखें थीं, कितनी उत्सुक और कितनी भयभीत!

बावली

देहरी पर खड़ी वह उनकी पगड़ी को देखती रही। हर क़दम के साथ वह छोटी होती जाती थी। पहले वह स्क्वायर पार करते थे, और जब बस-स्टैंड के पास पहुँचते थे, तो पीपल के पेड़ तले उनकी पगड़ी एक धब्बा-सा जान पड़ती थी। लगता था, ज़रा-सी हवा चलते ही वह कहीं ऊपर उड़कर पत्तों में गुम हो जाएगी। फाटक पर खड़ी वह कुछ देर तक ख़ाली निस्पन्द आँखों से उस धब्बे को देखती रहती...बस के आते ही वह हवा में घुल जाता—बस-स्टैंड सूना पड़ जाता—और तब तक वह लौट जाती।

इच्छा होती, एक बार फिर अपने बिस्तर पर जाकर लेट जाए—बिस्तर के उस पासे पर, जहाँ बाबू सोते थे। वह अब भी गर्म था, जैसे वह अभी-अभी उठे हों, चौके में जाकर चाय का पानी रखा हो, बेसिन में हाथ-मुँह धोया हो! सुबह के अँधेरे में आँखें मूँदे वह रसोई की खटर-पटर सुनती रहती...उस क्षण की प्रतीक्षा में लेटी रहती, जब वह उसके पास आते,

धीरे से उसके बालों पर हाथ फेरते और जब वह जाने लगते, तो वह कम्बल फेंककर उठ खड़ी होती। अपनी दुखती टाँग को घसीटते हुए फाटक तक आती, उन्हें देखती रहती, कैसे वह अपने भारी ग़मगीन क़दमों से बस-स्टैंड की ओर बढ़ते जाते हैं।

ऐसा लगता, अब वह कभी वापस नहीं लौटेंगे।

'खट!' वह चौंक गई। दूसरे कमरे का दरवाज़ा हिला था। सारे घर में यह आवाज़ सबसे अधिक दिल दहलानेवाली थी। दरवाज़े के दोनों पट्टे फटाक से हिल जाते और बीजी की नाक की लौंग अँधेरे में चमकने लगती। पता नहीं चलता था, वह कहाँ बैठी हैं। बैठी भी हैं या सिर्फ़ आँखें खोले बिस्तर पर लेटी हैं। वह डरते-डरते उनके कमरे की देहरी तक आई, भीतर झाँका ही था कि आवाज़ आई, "तोशी, तू है?"

"हाँ!" उसने कहा।

"चले गए?"

उसे मालूम था, वह किसके लिए पूछ रही हैं। हर सुबह यही होता था। बाबू के जाने के बाद वह उठती थीं। जानती थीं, वह चले गए हैं, फिर भी उससे पूछना नहीं भूलती थीं, जैसे उन्हें डर हो कि कहीं वह रसोई, बाथरूम, बरामदे में न छिपे हों!

"हाँ, चले गए," उसने कहा, "चाय बना दूँ?"

"इधर तो आ।"

दरवाज़ा कुछ और खुल गया। बाहर की रोशनी भीतर आते हुए कुछ वैसे ही झिझक रही थी, जैसे वह—देहरी पर खड़ी हुई। रात की सलवटों में बीजी का चेहरा कुछ ज़्यादा ही म्लान दिखाई दे रहा था, एक अजीब-सी गन्ध उनके बिस्तर से उठ रही थी—जिसका नाता न घर से था, न कपड़ों से—जैसे वह कहीं बीजी की देह और बीती हुई रात के साथ जुड़ी थी—एक गोपनीय और गदराई-सी गन्ध—जो उसे जितना अपने पास खींचती थी, उतना ही अपने से परे खदेड़ती थी।

"मुझे आज जल्दी जाना है।"

वह धीरे-धीरे उसके बालों को सहला रही थीं। वह प्यार नहीं था...सिर्फ़ उसे बहलाना था, जब वह उससे कोई काम निकालना चाहती थीं।

"खाना आज लौटकर बनाऊँगी...तुझे भूख तो नहीं लगेगी?"

"आज स्कूल की छुट्टी है?" उसने पूछा।

"नहीं, छुट्टी नहीं...मुझे कहीं और जाना है। मैं जल्दी आ जाऊँगी।"

बीजी ठीक से झूठ भी नहीं बोल पाती थीं। शायद कहीं उन्हें लगता होगा, बच्ची से छिपाने का कोई फ़ायदा नहीं। दिन बीतने के साथ-साथ न सच रह पाता था, न झूठ।

चादर से हाथ निकालकर उसके हाथ को छुआ, तो पाया, वह बन्द है। ठंडा, निर्जीव, ताले-सा बन्द। "क्या है इसमें?" उन्होंने कुछ उत्सुकता से तोशी को देखा।

उसने मुट्ठी खोल दी। हथेली पर एक मुरझाई-सी अठन्नी पड़ी थी—गोल और गीली...पसीने में नहाई हुई।

"कहाँ से मिली तुझे?"

वह चुप खड़ी रही।

"क्या वह दे गए थे?"

सिर हिला, तो अपनी इच्छा से नहीं, नफ़रत से...जैसे उसे मालूम हो, बाबू की उस अठन्नी के लिए माँ के भीतर कितनी हँसी और हिक़ारत छिपी थी।

"कुछ बोलती क्यों नहीं?" बीजी की आवाज़ ऊपर उठी, तो हाथ काँप गया। अठन्नी लुढ़कती हुई पलंग के नीचे गुम हो गई। लेकिन वह? वह न हिली, न डुली—फफकती आँखों से माँ को देखती रही।

वह उठ रही थीं। सुबह की पथराई सफ़ेदी से पहले उनका चेहरा दिखाई दिया, फिर ब्लाउज़, फिर पेटीकोट, फ़र्श पर पड़े नंगे पैर,

पैरों के रँगे नाख़ून—सब एकसाथ सिमटकर पूरी एक देह में जुड़ रहे थे। ऐसा कम होता था कि वह बीजी को पूरा-का-पूरा देख सके—कभी एक हिस्सा दिखाई देता, तो दूसरा आँखों से ओझल हो जाता था। उनकी देह छोटे-छोटे दृश्यों से बदलती दिखाई देती थी—बिस्तर से उठते हुए, बेसिन की ओर जाते हुए, टूथ-ब्रश करते हुए शायद माँ एक औरत नहीं थीं—बहुत-से टुकड़ों में बँटी थीं...।

क्या इसीलिए वह इतनी परेशान दिखाई देती थीं—एक बनने की कोशिश में?

"तोशी, कितनी बार तुझसे कहा है, इस तरह आँखें फाड़-फाड़कर मुझे न घूरा कर।"

वह हड़बड़ाकर मुड़ गई। घिसटते हुए रसोई में आई, तो चुन्नी भी पीछे-पीछे घिसटती आई। सुबह की धूप रात के जूठे बर्तनों पर गिर रही थी। केतली में चाय की पत्तियाँ तैर रही थीं—वही चाय, जिसे कुछ देर पहले बाबू बनाकर गए थे, अब राख में मिली घुट्टी-सी दिखाई दे रही थी। वह केतली को धोने पम्प के नीचे झुकी ही थी कि उसे अपनी पीठ पर हल्की-सी थपथपाहट महसूस हुई। मुड़ी, तो बीजी का चेहरा दिखाई दिया। पाउडर की परतों में नींद की सलवटें दब गई थीं और सेंट की हल्की-सी गन्ध ऊपर आ रही थी।

"चल, बैठ...मैं जल्दी से बना देती हूँ...तू तो घंटों भिन्न-भिन्न करती रहेगी।"

वह हट गई, फ़र्श से चुन्नी का सिरा उठाकर मुँह पोंछा, बरामदे में आई, तो रस्सी पर बाबू का नया धुला साफ़ा लटकता दिखाई दिया...। वह उसे हर सुबह धोकर रस्सी पर लटका देते थे और सूख जाने पर वह उसे समेटकर उनके बिस्तर पर रख देती थी। जब वह बहुत छोटी थी, तो बाबू का कलफ़ लगा हुआ साफ़ा सुखाती थी। एक सिरा वह पकड़ती थी, दूसरा बाबू, जैसे वह रस्सी-खिंचाई का कोई खेल हो!

जब वह बिलकुल तन जाता और बीच की सलवटें झर जातीं, तो बाबू उसका सिरा अपने हाथ में ले लेते और अपना सिरा उसे पकड़ा देते। आईने के सामने पगड़ी बाँधते, तो वह ढील देती हुई उनके पास सरकती आती और जब उनका सिर बिलकुल ढक जाता तो वह हैरानी से बाबू का माथा देखने लगती—बँधी हुई पगड़ी के बीच उनके बालों का छोटा-सा निशान दिखाई देता रहता। वह उसे छूकर कहती, "बाबू, यह क्या आपकी बिन्दी है?"

और तब एक नहीं, सैकड़ों बिन्दियाँ आँखों के सामने नाचने लगीं। "सारी रसोई गन्दी पड़ी है...और तू यहाँ खड़ी है?" माँ ने ग़ुस्से से उसका झोंटा खींचा था।

गालों की रूखी जड़ों पर आग-सी सुलगने लगी और आँखों से पानी निकल आया। इच्छा हुई, माँ के हाथों पर अपने नाख़ून भोंक दे, लेकिन तभी वे ढीले पड़ गए। भीगी आँखों में बीजी का तैरता चेहरा दिखाई दिया और वह तय न कर सकी कि वह अपने बहते पानी में माँ को देख रही है। माँ अपने आँसुओं से उसे निहार रही है।

"तोशी, यह तुझे क्या होता जा रहा है?" माँ ने हैरान आँखों से उसे देखा।

"मुझे क्या होगा?" उसने छलछलाई आँखों से माँ को देखा।

"तू बीच-बीच में कहाँ खो जाती है?"

माँ के कमरे का अधखुला दरवाज़ा, बाबू के बिस्तर पर उनके रात के कपड़े, बरामदे की खुली धूप और चौके की सोंधी गरमाई—इन सबके बीच भला कोई कैसे खो सकता है? उसने तार पर लटकी झाड़न उठाई और मेज़ पोंछने लगी।

"तू कुछ बताती क्यों नहीं?"

"क्या बीजी?" उसने मेज़पोश पर किसी अदृश्य दाग़ को कुरेदते हुए पूछा।

"तू आख़िर सोचती क्या रहती है?"

सोचने के बारे में भला कोई सोच सकता है! उसने कुछ कौतूहल से माँ को देखा, "सोचूँगी क्या बीजी?"

"जानती है, स्कूल का चपरासी मुझसे क्या पूछता था, क्या आपकी बिटिया गूँगी है?"

"आपने क्या कहा?"

"मैंने कहा, गूँगी का तो मालूम नहीं, बहरी ज़रूर है। मेरी एक बात नहीं सुनती।"

वह टोस्ट पर मक्खन लगाते हुए मुस्करा रही थीं। वह उसे मना रही थी, जैसे जाने से पहले सुलह करना चाहती हों! यह बहुत नाज़ुक क्षण होता था। माँ-बेटी के सिर नाश्ते की प्लेटों पर झुके रहते। प्लेट पर चम्मच की आवाज़, चौके से आती नल की टपाटप, हिलते दरवाज़े पर हवा की आहट—कोई भी इस क्षण को तोड़ सकता था। इसीलिए वे इन घरेलू आवाज़ों की ओट में एक-दूसरे की नज़रों से छिपकर बैठे रहते थे—अपने उन अँधेरे कोनों में सिमट जाते थे, जिनके पीछे सिर्फ़ एक झिलमिल-सा जाला काँपता रहता था। एक मंत्रजाल—जिसके भीतर माँ-बेटी एक-दूसरे के सामने होते हुए भी—कुछ देर के लिए एक-दूसरे से मुक्त हो जाते थे।

उसने धीरे से कुर्सी खिसकाई, किन्तु तभी बीजी का स्वर सुनाई दिया।

"तुमसे वह कुछ कह गए थे?"

वह ठिठक गई, "किस बारे में?"

"कब लौटेंगे?"

"उन्होंने कुछ नहीं बताया।"

"दोपहर को खाना खाने नहीं आएँगे?"

"नहीं, टिफिन अपने साथ ले गए हैं।"

उसे समझ नहीं आ रहा था, माँ उसका पीछा करते हुए क्या टोह रही थीं। वह उठ खड़ी हुई, अपनी जूठी प्लेट और ख़ाली कप चौके में ले गई। जल्दी से नल खोला, जैसे पानी की धार से वह अपने को उनसे काट सकती हो।

कुछ देर बाद जब वह रसोई से बाहर निकली तो घर में सन्नाटा था। सब कमरे चुप थे। मेज़ साफ़ पड़ी थी। क्या वह चली गईं? ड्राइंग-रूम में आई तो निगाह सोफ़ा पर गई—चमड़े का बैग वहाँ पड़ा था। ख़ाली घर में अब भी कहीं उनकी छाया थी—किसी भी क्षण कमरे से बाहर निकल सकती थीं।

लेकिन वह आईं तो भीतर से नहीं, बाहर के दरवाज़े से। उसे वहाँ खड़ा देखकर सिटपिटा-सी गईं, "ज़रा शर्माजी के घर फ़ोन करने गई थी...।" ऐसे कहा, मानो कोई सफ़ाई दे रही हों। किन्तु उसकी ओर देखा नहीं। जल्दी से बैग उठाया, एक बार बेसिन के आईने में चेहरा देखा, फिर बरामदे की सीढ़ियाँ उतरीं, फाटक खोला, तो कुछ याद आया। मुड़कर उसकी ओर देखा, "बाई आए, तो कहना, कपड़े कल धुलेंगे...वरना वह सारी दुपहर खट-खट करती रहेगी।"

वह फाटक के बाहर निकल जाती, धूप से बचने के लिए दुपट्टे को पल्लू की तरह सिर पर खींच लेतीं, जल्दी-जल्दी चलने लगतीं...और तब पहली बार उसे उन पर तरस-सा आता। उसका मन डोलने लगता। जब माँ बाहर के कपड़ों में होतीं—शॉल, मेकअप, बैग के साथ, तब वह उन्हें निस्संग भाव से देख सकती थी, जैसे वह कोई दूसरी औरत हों और तब न जाने क्यों उसका मन डोलने लगता। सुबह का सारा ग़ुस्सा एक टीसते मवाद की तरह बहने लगता। वह बहुत अरक्षित-सी जान पड़ती थीं। जब वह सुबह बाबू को फाटक तक छोड़ने आती, तो लगता था, वह ख़तरे से बाहर जा रहे हैं और जब माँ जाने लगतीं तो लगता, कोई ख़तरा उनसे मिलने आ रहा है।

घर की देहरी के बाहर कितने ख़तरे दिखाई देते थे। उनके बीच चलती हुई बीजी कितनी छोटी होती जाती थीं...!

वह लौट आती। चौके में जाती। केतली की बची हुई चाय अपने कप में डालती। कुछ क्षणों के लिए भूल जाती—घर कितना अकेला है, बाबू कब लौटेंगे, बीजी कहाँ गई हैं...।

फाटक पर 'खन'-सी आवाज़ हुई, तो आँखें खुल गईं। बाई का ताँबई चेहरा झाँकता दिखाई दिया। वह हमेशा एक काली बिल्ली की तरह आती थी। अगर कलाइयों पर चाँदी के कड़े खन-खन न करते, तो पता भी न चलता, कब आई, कब चली गई।

"मुन्नी, तू यहाँ बैठी है?" उसने तोशी के कन्धे को प्यार से झिंझोड़ा।

उसका हाथ कन्धे से सरकते हुए उसके गले तक चला आता—कड़ों की नंगी छुवन से देह में झुरझुरी फैलने लगती। वह उसकी गर्दन के गड्ढे को अपनी उँगली से गुदगुदाने लगती और उसे हँसाने के बजाय ख़ुद खिलखिलाकर हँसने लगती।

"चाय और अकेली?"

"चल, छोड़।" वह उसके हाथ को झटक देती।

यह सबसे सुखद घड़ी होती। वह बाई के लिए चाय बनाती और बाई रात के जूठे बर्तन धोने लगती। धुले हुए बर्तनों की खनखनाहट तले दिल की धड़कन दब-सी जाती—वह टीस भी, जो धड़कनों के बीच एक फाँस की तरह रिसरिसाती रहती। सुबह की बची नींद पलकों पर फड़फड़ाने लगती। एक कुहासा-सा घिरने लगता, जिसके बीच—बाई के गीले हाथ दिखाई देते, साबुन से सने हुए, खन-खन करते...।

"छोटी बीबी, क्या सो रही हो?"

वह झटके से होश में आई। केतली में पानी बुदबुदा रहा था। उसने अपनी चुन्नी से उसका ढक्कन खोला, पत्ती और शक्कर मिलाई और खट से उसे बन्द कर दिया।

उड़ती भाप के घेरे में बाई मुस्करा रही थी।

"तुझे देखकर पता है, मुझे क्या याद आती है?"

"क्या?" वह दो गिलासों में चाय उड़ेल रही थी।

"बावली भक्तिन।"

उसकी आँखें चौड़ी हो गईं, "कौन होती है, वह?"

"आँखें मूँदे बैठी रहती है।"

"मुझे नहीं मालूम।" उसे बाई की बातें किसी सुदूर देश की परीकथाएँ जान पड़ती थीं- -सुनना अच्छा लगता था, समझ में कुछ नहीं आता था।

"मुझे मालूम है..." बाई ने चाय सुड़कते हुए कहा, "तू सबसे छोटी है, लेकिन घर की चिन्ता तुझे सबसे ज़्यादा खाती है।"

वे सिंक और स्टोव के आमने-सामने बैठी थीं। धुली हुई 'प्लेटों से पानी' टपक रहा था, विम की गन्ध चारों तरफ़ तैर रही थी।

"क्या वह अब भी आता है?"

"कौन?" तोशी कहीं दूर से लौटी। चौके की गरमाई में उसकी देह बाई के पास सरक आती थी, मन कहीं दूर जाकर भटकने लगता था, "कौन आता है?"

"तेरे अंकलजी...और कौन?" बाई के मुँह से एक फूत्कार-सी निकली।

तोशी आतंकित आँखों से उसे देखती रही। न सिर हिलाया, न आँखें मूँदी—क्या इसे सब मालूम है? नहीं, सब नहीं...सब कोई नहीं जानता।

"कैसी है तेरी माँ...देखती नहीं, तुझे क्या होता जा रहा है?"

"मेरे साथ क्या होगा?"

"तेरे साथ नहीं, तो मेरे साथ होगा!" बाई ने गिलास की बची-खुची चाय को सिंक में फेंक दिया, दोनों घुटनों पर हाथ रखे, एक लम्बी साँस खींची और झट से उठ खड़ी हुई।

नहीं, नहीं, नहीं...अभी नहीं। तोशी उसका हाथ पकड़कर खींचना चाहती थी, अपने पास बिठाना चाहती थी। वह धीरे से फुसफुसाई, "क्या तुम्हें वह अच्छे नहीं लगते?"

बाई ठिठक गई, "मेरी बात छोड़, तुझे कैसे लगते हैं?"

"मैं उनके पास नहीं जाती।"

"तू नहीं जाती, वह तो आते हैं—तू उन्हें देखती नहीं?"

देखना? वह क्या होता है...दरवाज़े के पीछे छिपकर, साँस रोककर, सुनना। सुनना होता है! अगर वह अपने 'सुनने' को बाई के सामने रख सके, तो सारी दुपहर गुज़र सकती है।

बाई ने झपटकर उसके हाथ से गिलास छीन लिया और नल की धार में उसे रगड़ने लगी। वह छोटा-सा गिलास, पता नहीं, कितनी बार बाई के ग़ुस्से को झेल चुका था और फिर भी बेशर्म-सा साबुत-का-साबुत बचा था। लेकिन बाई का ग़ुस्सा गिलास पर उतना नहीं, जितना इस लड़की पर था जो चौके में बैठकर हवा में ताका करती थी। कहीं वह उन लड़कियों में तो नहीं थी, जिनकी देह फैलती जाती है, मन मरता जाता है? तब उसे अख़बार के फ़ोटो याद आए, कैसे कुछ लड़कियाँ पंखे पर अपना दुपट्टा बाँधकर लटक जाती हैं, हवा में झूलती रहती हैं, उठती हुई जवानी से घबराकर बचपन के हिंडोले में लौट जाती हैं, डोलते हुए पंखे के नीचे झूलती हैं...सो जाती हैं।

"अपने कमरे में जा...यहाँ मुझे पोचा लगाना है।"

वह स्टूल से उतरी, लेकिन पाँव कमरे की ओर मुड़ने के बजाय आँगन की तरफ़ बढ़ने लगे। यह जगह उसे अच्छी लगती थी—न भीतर, न बाहर—यहाँ से वह बाई की नंगी पीठ देख सकती थी, फ़र्श पर पोचा लगाते हुए झुकी हुई—नंगी और गर्म—जैसे बाहर की सड़क। गर्म और ख़ाली। स्कूल की बसें एक-दो मिनट किसी मकान के आगे रुकतीं, हॉर्न की आवाज़ गूँजते ही चिड़ियों का झुंड ऊपर उठता,

मुर्दा गली पर धूल और गर्द का गुब्बार उड़ने लगता और फिर सबकुछ पहले जैसा शान्त हो जाता।

"छोटी, अरी ओ छोटी!"

बाई की आवाज़ इतनी दूर से सुनाई दी कि लगा, वह उसे किसी दूसरे घर से बुला रही है। वह अपना पाँव घसीटते हुए भीतर आई, जल्दी-जल्दी ड्राइंग-रूम पार किया और जब वह अपने कमरे में आई तो देखा—बाई अपनी खुली हथेली को इतने ध्यान से देख रही है, मानो अपनी भाग्य-रेखा पर अचानक उसे कोई ख़ज़ाना दिख गया हो।

तोशी को देखकर उसने झट से हथेली बन्द कर ली, चुपके से उसके पास चली आई, आँखें चमकाकर कहा, "मालूम है, इसमें क्या है?"

वह बाई को उत्सुकता से देखती रही, "क्या है इसमें?"

बाई ने झट से हथेली खोल दी—बाई की हथेली पर धूल से सनी अठन्नी दिखाई दी और तब उसे सहसा याद आया—लेकिन उसने बाई को बताया नहीं, वह उसे निराश नहीं करना चाहती थी।

"लेगी तू?" बाई मुस्करा रही थी।

बाई ने चारों तरफ़ देखा, मानो वह सबकी आँखों से छिपाकर उसे धूल में सनी अठन्नी नहीं, कोई सोने की अशर्फ़ी दे रही हो।

"यह तेरे लिए है—बीजी को मत बताना।"

वह अठन्नी लेकर बाथरूम में गई, नल के पानी से उसे धो डाला—जैसे बाबू की दी हुई चीज़ सचमुच कोई ख़ज़ाना हो...जब से उनके बिज़नेस में घाटा पड़ा था, वह शायद ही कभी उसे कुछ दे पाते हों—बहुत हुआ, हफ़्ते में एक बार अठन्नी या एक रुपया...वह बाबू का मन रखने को ले लेती, लेकिन भीतर एक काँटा चुभता रहता था... वह जो स्कूटर न लेकर बस की लाइनों में खड़े रहते हैं, उनसे कुछ भी लेते हुए उसका मन डूबने लगता था।

"अच्छा, मुन्नी, मैं चलती हूँ।" बाई ने पीछे से आकर उसकी चुन्नी को हिलाया, कन्धे पर हाथ रखा...।

गीले हाथों की छुअन से उसकी देह सिहर उठी, "एक कप चाय और लोगी?" उसने पूछा।

"नहीं, अब नहीं..." बाई ने पोचा निचोड़कर रस्सी पर टाँग दिया और बाल्टी का गन्दा पानी फेंक दिया, "अभी तीन घरों में और जाना है...आज पहले से ही देर हो गई।"

"ज़रा ठहर...अभी आती हूँ।"

वह तेज़ी से रसोई में गई—रात की जो रोटियाँ और सब्ज़ी बची थीं, उन्हें जल्दी से पोलिथिन के थैले में डाला, बाहर आई, और उसे बाई के हाथों में पकड़ा दिया, "ये तेरे बच्चों के लिए है...और सुन..." वह एक क्षण हिचकी, जैसे कहते हुए मुश्किल पड़ रही हो, "दुपहर को कपड़े धोने मत आना...!"

"क्यों, तू आज घर में नहीं रहेगी?" बाई ने कुछ हैरत में उसे देखा।

"माँ रहेंगी...उन्हें कुछ काम करना है। वह शोर नहीं सुनना चाहतीं।"

"कपड़े धोने से शोर होता है?" बाई हिक़ारत में हँसी, तो उसका चेहरा अजीब-सा विकृत हो आया—पान और तमाखू में रँगे दाँत चमकने लगे। वह दरवाज़े के पास गई, फिर रुक गई, पीछे मुड़कर उसकी ओर देखा, "मुझे मालूम है, उन्हें क्या काम करना है।"

दरवाज़ा फटाक से बन्द हुआ—और वह अपलक उसकी हिलती साँकल को देखती रही। शायद अभी कुछ और होगा? बहुत पहले बीजी उसे कॉलेज का ड्रामा देखने ले गई थीं। बीच-बीच में परदा गिर जाता, स्टेज अँधेरे से छिप जाता, किन्तु कहीं परदे के पीछे हलचल सुनाई देती रहती—कुछ वैसी ही, जो उसे घर के सन्नाटे में सुनाई देती थी। उसे लगता, अभी परदा उठेगा, दरवाज़े पर हलचल होगी।

वह जो कुछ भीतर अँधेरे में सुन रही है, वह भक से रोशनी में चला आएगा...और वह इसी इन्तज़ार में काउच पर बैठी रहती।

उसे पता भी नहीं चलता, कब घंटी बजती, परदा उठने लगता, भीतर की हलचल सहसा शान्त हो जाती। दरवाज़ा खुल जाता, इस बार फटाक से नहीं, जैसे बाई ने बन्द किया था, किन्तु इतना झिझकते, धीरे-धीरे जैसे हाल की बत्तियाँ जलती थीं, अँधेरे की एक-एक परत छीलती हुई और वह अपने कमरे में भाग जाती, किसी छिपे कोने से खुलती रोशनी को पास सरकते हुए देखने लगती।

पहले बीजी दिखाई देतीं, कमरे की देहरी पर ठिठकी हुईं, घर के ख़ाली कोनों को टोहती हुई...फिर उनके पीछे वह दिखाई देते—उन्हें देखते ही वह आँखें मूँद लेती, इतनी कसकर भींच लेती कि पलकों की छत पर काली-सफ़ेद बुँदकियाँ चमकने लगतीं—जैसे धूप में बारिश की बूँदें झर रही हों—और उन्हें रोकना चाहती, कहना चाहती, अभी नहीं... थोड़ा ठहरो, मैं अभी गीली हूँ...।

लेकिन वह आ रहा था। वह पाँव फूँक-फूँक कर आगे बढ़ रहा था, जैसे मालूम हो कि घर के जंगल में चलना कितना बीहड़ होता है। वह काफ़ी...लम्बा था, लड़का-सा, लेकिन लड़का नहीं, काफ़ी बड़ा और भरा हुआ, गालों पर इतना मांस कि वह थैलियों-सा लटकता दिखाई देता—साफ़ और चिट्टा, इतना चिट्टा कि उसे देखकर घबराहट-सी होती थी...। बाबू के चेहरे पर जो हमेशा एक स्याह-सी छाया पड़ी रहती... उसकी एक झाँईं भी यहाँ दिखाई न देती थी—नहीं, बाबू की तरह नहीं। वह किसी और दुनिया से आता था, एक अजीब-सी गन्ध अपने साथ लाता था—वैसी नहीं, जो बीजी के कपड़ों से आती थी, जब वह बाहर जाती थीं। नहीं, वैसी नहीं, उससे ज़्यादा गाढ़ी और गर्म और गूढ़—वह जो देह से नहीं, उस दुनिया से आती थी, जो वह अपने साथ लाता था, किन्तु जो दिखाई कहीं न देती थी।

क्या परदों के कारण—दरवाज़े, खिड़कियों के परदे, जो बीजी भीतर आते ही नीचे खींच देती थीं? ठीक से अँधेरा फिर भी न होता था, रोशनी की एक शहतीर उसके कमरे तक आती थी, जिसका एक सिरा बीजी के सलवार तले पैर पर गिरा होता—रँगे हुए सुर्ख़ नाख़ूनों पर धीरे-धीरे ऊपर उठा हुआ, उसके पास आता हुआ, "तोशी, तू यहाँ है?"

वह चुपचाप दम रोके बैठी रही, जैसे वह सो रही हो, और सारी दुनिया किसी ग्रहण लगे सूरज तले सिर छिपाकर बैठी हो, लेकिन धूप की शहतीर चौड़ी होती जाती और आँखें मिचमिचाते हुए उठ खड़ी होती...पूरा कमरा रोशनी से लबालब भर जाता।

"तोशी, तू यहाँ?"

बीजी का हाथ धीरे से उसके सिर पर गया, हिचकता-सा सहलाता, सिहरता हुआ—और उसकी छुअन से ही जान गई कि माँ कितनी आतुर है, कितनी बेकस, कितनी भयभीत और फिर भी कितनी जागृत और तनी हुई, और उल्लसित और डरी हुई, धड़कनों की एक धुँधुआती हुई धुकधुकी से बँधी हुई और तब तोशी का मन उमड़ने लगता, वह छोटी से बड़ी हो जाती—उन बिल्लियों की तरह, जो ख़तरे की टोह मिलते ही अपना शरीर फुला लेती हैं, माँ से भी बड़ी-बड़ी और पुरानी, एक जादू-टोनेवाली डाइन, जो हवा में उड़ता भेद भाँप लेती है, "बीजी, मैं यहाँ।" उसने फुसफुसाते हुए कहा, "कुछ काम है?"

"तेरे अंकलजी आए हैं...चाय मैं बना दूँगी, तू बाज़ार से कुछ ला सकती है?"

"क्या लाऊँ?"

"कुछ भी...थोड़ा-सा नमकीन और कुछ नहीं...हिसाब वह लिख लेगा। अब जा..."

माँ ने धीरे से उसके कन्धे को धक्का दिया, वह उससे छुटकारा पाना चाहती थीं।

वह गली में चल रही थी। हँसी अब भी होंठों पर जमी थी। होंठों के ऊपर नन्हे गड्ढे में पसीने की बूँदें चमक रही थीं। वह अपनी चुन्नी से उसे पोंछती, तो पसीने की झाँईं मिट जाती पर मुस्कराहट की छाँव वैसे ही जमी रहती। वह उसे ढोते हुए आगे बढ़ती जाती। अक्टूबर की धूप में घास का मैदान एक हरे रूमाल-सा दिखाई देता, जिसकी ओट में मदर डेरी का कैबिन एक गुड़ियाघर की तरह खड़ा रहता। उसके आगे बूढ़े फ़क़ीर-सा पीपल दिखाई देता, जिसकी नाभि में हनुमानजी मुगदर उठाए दिखाई देते। ऊपर फुनगियाँ लहरातीं, जिसका शोर गर्मी की रातों में घर तक आता—फर, फर, फर, सुनसान और ग़मगीन और गहरा।

लेकिन अब बस-स्टैंड उजाड़ पड़ा था। बीच दुपहर वह सन्नाटे का टापू-सा जान पड़ता था। मन में आया, वह वहीं शेड के नीचे बैठ जाए। किसी को पता भी नहीं चलेगा, वह कहाँ गई। दिन ढलने पर जब बाबू बस से उतरेंगे तो उसे देखकर हैरान हो जाएँगे—मुन्नी, तू यहाँ? आँखों में किरकिरी-सी झिलमिलाने लगी। दुकान के सामने पहुँची तो लगा, जैसे पेड़ के पवनपुत्र उससे पहले वहाँ पहुँच गए हैं, गद्दी पर आलथी-पालथी मारकर बैठे हैं, उसकी ओर ताक रहे हैं...लालाजी का सुर्ख़ चेहरा और भोली आँखें देखकर उसे हमेशा हनुमानजी याद आते थे।

"कुछ नमकीन होगा?"

लाला ने लम्बी कलुछी से मूँग की दाल और भुने हुए मटर तौले, लिफ़ाफ़ों में बन्द किया, फिर तोशी की ओर देखा, "कुछ और तो नहीं मँगाया बहन जी ने?"

"नहीं, और कुछ नहीं।" उसने दोनों हाथों से लिफ़ाफ़े पकड़े और धीरे से कहा, "पैसे लिख लीजिएगा।"

"मुझे मालूम है..." लालाजी ने हाथ आगे बढ़ाकर उसके गालों को सहलाना चाहा, किन्तु वह पीछे हट गई और लालाजी कुछ खिसिया से गए, "पैर अब कैसा है?"

"ठीक...अच्छा, मैं चली।"

इस बार वह सचमुच भागते हुए जा रही थी। बस-स्टैंड, पीपल का पेड़, हनुमानजी का ग़मगीन चेहरा और मदर डेरी का गुड़ियाघर—सब एकसाथ हवा में बह रहे थे। किन्तु जब अपने घर के सामने पहुँची, तो सबकुछ एकाएक ठिठक गया। दरवाज़े बन्द पड़े थे और रोशनदारों से कबूतर बाहर झाँक रहे थे। वह दबे पाँवों से घर के पीछे गई, बीजी की कड़ी हिदायत थी कि मेहमान को पता नहीं चलना चाहिए कि कोई बाहर से खाने-पीने की चीज़ें लाया है, इसीलिए वह चोरों की तरह पिछवाड़े के दरवाज़े से भीतर आई, चौके में जाकर दो तश्तरियों पर नमकीन सजाया—एक में मूँग की दाल, दूसरी में मटर, शीशे के गिलासों में फ्रिज़ से पानी भरा, प्लास्टिक की ट्रे पर उन्हें रखकर वह ड्राइंग-रूम के दरवाज़े पर आकर ठिठक गई, मुस्कराने लगी। बीजी उसे देखकर विस्मय में पड़ जाएँगी, वह कितनी जल्दी बाज़ार जाकर लौट आई है...!'

परदा हटाया, तो ड्राइंग-रूम ख़ाली पड़ा था। वहाँ कोई न था। पंखे के नीचे एक मैगजीन के पन्ने रह-रहकर फड़फड़ाने लगते थे जिससे घर का सन्नाटा और भी घना जान पड़ता था। खिड़की के परदों से दुपहर की रोशनी छनती आ रही थी—पीली, पथराई-सी, मैली। न कोई खटका, न आवाज़।

वह शायद ज़रूरत से ज़्यादा जल्दी लौट आई थी।

कुछ देर तक वह ट्रे को हाथ में लिये खड़ी रही...माँ के कमरे को देखती रही जो बन्द पड़ा था। फिर वह धीमे क़दमों से देहरी तक आई, अपने स्लीपर की नोक से दरवाज़े को खटखटाया—एक बार, दो बार। जब भीतर से कोई आवाज़ सुनाई नहीं दी तो धक्का दिया अपने हाथ से, फिर दोनों हाथों से, फिर कन्धे से, बिलकुल चुपचाप, बिना कोई आवाज़ किये—उस गूँगी ताक़त से, जो कभी-कभी नशाख़ोरों या पागलों में आ जाती है। एक अंधड़-सा भीतर उठा, किन्तु तभी बिजली की कौंध में ध्यान आया, यह मैं क्या कर रही हूँ? वह हाथ जो धक्का देने ऊपर उठा था, नीचे आया, चुन्नी से माथे का पसीना पोंछा, रूखे होंठों को किवाड़ के काठ पर रख दिया—एक कसैले, उखड़े पॉलिश का स्वाद भीतर आया और आवाज़ बाहर निकली, "बीजी, मैं आ गई।"

दरवाज़ा धीरे से खुला—पूरा नहीं, बित्ता-भर, थोड़ा-सा जिसमें छोटी अँगुली भी न फँस सके। एक आँख दिखाई दी—वहीं, जहाँ उसके होंठ चिपके थे।

"अभी जा," रुँधी-सी आवाज़ सुनाई दी, "मैं आती हूँ।"

और वह मुड़ गई, ध्यान भी नहीं आया, फ़र्श पर ट्रे पड़ी है, पंखे के नीचे पत्रिका फड़फड़ा रही है, चौके की धूप में बाई का पोचा सूखकर अकड़ गया था—अगर बाई ग़ुसलख़ाने में कपड़े धो रही होती, तो वह उसके पास जाकर बैठ सकती थी। लेकिन इस घड़ी ग़ुसलख़ाना भी ख़ाली पड़ा था, गन्दे कपड़ों के ढेर पर सिर्फ़ पम्प की बूँदें कभी-कभी टपक जाती थीं...।

उसने नल पूरा खोल दिया और अपना सिर बहती धार के नीचे छोड़ दिया। यह उसने बीजी से सीखा था—पानी के नीचे अपने को बहते देना। बहुत बरस पहले, जब वह बहुत छोटी थी, बीजी इसी तरह बाथरूम में घुस जाती थीं। बाबू बाहर से दरवाज़ा पीटते थे और वह कोने में बैठकर

बिलकुल पत्थर-सी बन जाती थीं। घर के सन्नाटे में सिर्फ़ दरवाज़े की खट-खट सुनाई देती थी, जैसे बाबू की लड़ाई दरवाज़े से हो, बीजी की पम्प की धार से और जब बाबू हार जाते थे तो उसके पास आते थे, उसका सिर दरवाज़े से टकराते थे, इतना ज़ोर से नहीं, कि चोट आए, सिर्फ़ इतना जिससे उसकी चीख़ मुँह से बाहर निकल सके—बाहर निकलकर दरवाज़े को भेद सके—दरवाज़े को भेदकर पानी की धार को काट सके...और तब धड़ से दरवाज़ा खुल जाता—बीजी की सुर्ख़ तरेरती आँखें दिखाई देतीं, दो नंगी बाँहें बाहर निकलतीं, उसकी सुबकती देह को बाबू की गोद से खींचकर अपनी सिसकती देह से सटा लेतीं...'हत्यारे—मुझसे बदला मेरी बेटी से लेगा'—वह भागने लगतीं, पानी में लथपथ, उसे नंगी छाती से चिपकाए अपने कमरे की तरफ़ भाग जातीं। बाबू को धकेलकर दरवाज़ा बन्द कर लेतीं...और वह बाहर खड़े रहते।

उसने जल्दी से नल बन्द कर दिया। तौलिए से अपना मुँह और सिर पोंछ डाला। कोई बाथरूम का दरवाज़ा खटखटा रहा था। हड़बड़ाकर साँकल खोली, तो बीजी खड़ी दिखाई दीं।

"तू यहाँ?"

"कुछ चाहिए बीजी?"

वह एकटक उसे देख रही थीं।

"कमरे में नहीं आएगी?"

"आप चलिए, मैं अभी आती हूँ।"

वह बाबू के कमरे में गई। जिस आईने के सामने खड़े होकर वह पगड़ी बाँधते थे, वहाँ उसे अपनी परछाईं दिखाई दी। उसने कुछ आगे झुककर उसे छुआ, जहाँ उसके कपोल थे, आँखें थीं, नाक का निरीह सिरा था। परछाईं को छूते हुए वह अपने को थाह रही थी—और तब उसे वे दोनों दिखाई दिये।

बीजी का चेहरा अँधेरे में छिपा था, लेकिन आदमी का चेहरा खिड़की की तरफ़ था, जहाँ से शाम की फ़ीकी रोशनी उसके घने बालों, कमीज़ के कॉलर और खुले होंठों पर पड़ रही थी। लगता था, वह कुछ कह रहा था और अचानक चुप हो गया हो—ऐसी चुप्पी, जो चुकी हुई बातों के बाद भी बराबर हिलती रहती है, हालाँकि बातें कब की टूट चुकी होती हैं...। एक बार उसने मुर्ग़ी को कटते देखा था, सिर कटने के बाद भी उसका धड़ हिलता रहा था। उनकी मुर्दा चुप्पी कुछ वैसे ही हिलती थी, जबकि बातों का कटा सिरा कहीं बीती हुई दुपहर के बाद दरवाज़े के पीछे तड़पता रहता था। उन्हें पता भी न चला कि कब वह अपनी परछाईं लाँघकर उसके पास चली आई है—और जब पता चला—तो आदमी को, जिसने उसे देखा था, उसे देखकर मुस्कराया था और धीरे से काउच के कोने में सरक गया था। वह बैठी नहीं।

"बैठो, मुन्नी!" आदमी ने कहा।

दिन की आख़िरी रोशनी और रात के शुरू अँधियारे के बीच वे काफ़ी लुटे-पिटे से दिखाई दे रहे थे। वह उन्हें दिलासा देना चाहती थी, किन्तु वे इतने भयभीत थे कि उसे लगा, जब तक वह वहाँ खड़ी रहेगी, वे उसके होने से ख़ुद अनहोने होते रहेंगे।

वह मुड़ी और जाने लगी, तभी उसे बीजी की आवाज़ सुनाई दी, "कहाँ जा रही है, बैठती क्यों नहीं?"

उस आवाज़ में आदेश नहीं, अनुनय था...अपनी तरफ़ उतना नहीं, जितना आदमी की ओर खींचता हुआ और वह खिंचती गई—उस झूठी गंध की तरफ़ नहीं, जो 'अंकलजी' के नाम से आती थी, बल्कि उस रिश्ते की तरफ़, जो एक गिद्ध की तरह उसके ज़ख़्म पर मँडराता था।

"तुम्हारे लिए ये बाज़ार से कुछ लाई थी..."

"मेरे लिए?" आदमी ने कुछ हैरत से उसे देखा।

"खड़ी क्या है—लाती क्यों नहीं?"

वह जाने लगी, तो सहसा उसे अपने हाथ पर आदमी की पकड़ महसूस हुई, "तुम बैठो...मैं कुछ नहीं लूँगा..."

उसने बीजी को देखा, वह अधूरी, अधलेटी-सी काउच पर पसरी थीं। बाल खुलकर नीचे लुढ़क आए थे, जिन पर शाम की पीली-सी चमक पिघल रही थी।

"वह इतनी दूर से लाई है और तुम कुछ नहीं लोगे?"

"तुम देखती नहीं, कितनी देर हो गई है?" आदमी ने बेहद बेताबी से बीजी को देखा, लेकिन उठा नहीं। उसकी तरफ़ मुड़ गया, हल्के से मुस्कराया, जिसमें ख़ुशी से ज़्यादा बेचैनी थी, "अगली बार मुन्नी..." उसने डरते हुए उसके बालों को सहलाया, खोई हुई अँगुलियाँ पता नहीं कितनी देर अँधेरी जड़ों के जंगल में घूमती रहीं, फिर सहसा ठहर गईं। उसकी मुट्ठी को अपनी मुट्ठी में भींच लिया और भीतर कुछ रख दिया, हमेशा की तरह।

वह उठ खड़ा हुआ। दिन के उजाले में उसके चेहरे का रंग जो इतना चिट्टा-चमकीला दिखाई दे रहा था, वह अब धूमिल पड़ गया था—एक नीली-सी झाँईं गालों पर उतर आई थी। कमीज़ का कॉलर मुड़ गया था। एक बार इच्छा हुई कि उठकर उसे सीधा कर दे, किन्तु वह इतना लम्बा था कि सिर्फ़ कुर्सी पर चढ़कर ही उस तक पहुँचा जा सकता था। जब तक वह वहाँ तक पहुँचेगी, वह उससे बहुत दूर जा चुका होगा।

बीजी की सूखी और अधीर आँखें उसे निहार रही थीं।

वह चौके में लौट आई, बिना बत्ती जलाए अँधेरे में बैठी रही। कुछ देर बाद फाटक के खुलने और बन्द होने की आवाज़ सुनाई दी... फिर बरामदे में बीजी के क़दमों की आहट सुनाई दी। एक क्षण चौके की देहरी पर वह ठिठकी रहीं...गर्म साँसों का बवंडर भीतर आता था, जैसे अँधेरी रात में लू चल रही हो, पीपल के पत्ते झनझना रहे हों,

कोई हुड़का हुआ कुत्ता बार-बार चीख़ता हो...फिर सब शान्त हो गया और उसने मुट्ठी खोल दी।

बन्द हथेली में क्या था, यह जानने के लिए उसे रसोई की बत्ती नहीं जलानी पड़ी। उसे मालूम था। वह देर तक दस के नोट को अपनी हथेली पर रखकर सहलाती रही जो वह उसके हाथ में रख गया था। उसे लगा, जैसे उस आदमी की हथेली की गन्ध अब भी इस नोट से चिपकी हो...फिर वह दबे पाँवों से अपने कमरे में गई, ऊपर के आले से अपनी मिट्टी की गुल्लक निकाली, उसे अपने तकिये पर टिकाया, नोट को अपने होंठों से चूमा और फिर उसे छोटी-छोटी चिन्दियों में फाड़कर गुल्लक के अँधेरे सुराख़ में डाल दिया, जहाँ न जाने इस तरह की कितनी चिन्दियाँ पहले से पड़ी थीं।

अपने कमरे से बाहर निकलकर ड्राइंग-रूम में आई, तो वहाँ अँधेरा था, बत्ती जलाई। माँ का कमरा बन्द पड़ा था। नमकीन की प्लेटें वैसी अनछुई पड़ी थीं।

उसने बत्ती बुझा दी और बाहर फाटक के पास आकर खड़ी हो गई। बस-स्टैंड को देखने लगी, जो ख़ाली और सुनसान पड़ा था। सिर्फ़ पीपल का पेड़ उसके हरे शेड पर फर-फर फरफराने लगता था। उसने जेब से अठन्नी निकाली और उसे फाटक पर रख दिया। फर्र, फर्र, फर्र—वह उसे फूँक मारकर सरकाने लगी। अठन्नी खिसकती जाती थी... और अन्त में फाटक के छोर पर आकर ठहर गई थी।

जब कुछ देर बाद चाँद निकला, तो वह सचमुच एक अशर्फ़ी की तरह चमक रही थी।

किसी अलग रोशनी में

बाहर बिजली चमकती तो भीतर की रोशनियाँ झिपझिपाने लगतीं। कोस्ता की आँखें भी। चूँकि वह शहर उसका अपना नहीं था, इसलिए वहाँ कोई घटना घटती—चाहे वह बारिश हो या बर्फ़—उसे अपशकुन जान पड़ती। जिस गाँव से वह यहाँ आया था, वहाँ बिजली चमकने पर लोग अपने घरों की बत्तियाँ बुझा देते। यह शायद कोई टोटका रहा होगा। अब उसे याद भी नहीं आता था। अब उसे बहुत-सी चीज़ें याद नहीं आती थीं—लेकिन अपशकुन वैसे ही थे और वे डर भी, जो उनके साथ आते थे।

वे अक्सर ऐसी घड़ियों में आते थे, जब 'बार' ख़ाली पड़ी रहती। बिलकुल ख़ाली भी नहीं। दो बूढ़े हर शाम की तरह अपनी शतरंज की बाज़ी पर झुके रहते। हर आधे घंटे बाद उनमें कोई हाथ उठता—और कोस्ता फेनिल झाग में लबालब बियर का मग उनकी मेज़ पर पहुँचा आता। फिर वह लौटकर काउंटर के पीछे खड़ा हो जाता।

वह कभी बैठता नहीं था। ऊँघने लगता तो भी खड़े-खड़े। उसके दोस्त हँसी-मज़ाक़ में कहते—'कोस्ता, तुम तो अपनी क़ब्र में भी खड़े-ही-खड़े नीचे जाओगे!'

साले सब-के-सब अपनी बीवियों के साथ लेटे होंगे। कोस्ता की घनी मूँछों के भीतर एक हुंकार-सी उठी। जैसे कोई झाड़ियों के पीछे गुर्रा रहा हो। हर शाम कोई-न-कोई आ टपकता था और घड़ी-दो घड़ी कोस्ता का मन लग जाता था। लेकिन आज? इस आँधी-बारिश में आज कौन बाहर निकलेगा? अपने-अपने बिस्तरों में सब दुबके पड़े होंगे। कोस्ता ने एक लम्बी उबासी ली। मुँह खुला तो जैसे अँधेरी खोह में दाँतों की सफ़ेद पंक्तियाँ चमचमा उठीं। डबडबाई आँखों पर एक छाया-सी उतर आई। उसने जल्दी से कमीज़ की झूलती आस्तीन से आँखें पोंछ डालीं और जब वे दोबारा खुलीं तो खुली रह गईं। देहरी में झिझकती हुई वह दिखाई दी, जिसकी आने की आशा आज सबसे कम थी—वह इंडियन लड़की, जो आर्ट स्कूल से लौटते हुए कभी-कभार यहाँ रुक जाती थी।

कोस्ता ने एक लम्बी गहरी साँस ली—इसे भी आज रात ही आना था। इतनी ठंड और बारिश में!

वह पायदान पर अपने जूते रगड़ रही थी, जो कीचड़ और काई में लिथड़े थे। उसने नीले रंग का रेन-कोट पहना था, जिसके साथ ही एक पैराशूट-सी टोपी उसके सिर को ढके थी। टोपी के बाहर गीले घुँघराले बालों के छल्ले निकल आए थे, कुछ माथे पर चिपक गए थे, कुछ कनपटियों पर झूल रहे थे।

वह कोस्ता को देखकर मुस्करा दी, थैला कन्धे से उतारकर काउंटर के नीचे रख दिया। रूमाल से अपने भीगे बाल झाड़ दिये। और जब स्टूल पर बैठी तो कोस्ता ने उसके सामनेवाले काउंटर को अपने डस्टर से पोंछ दिया।

"क्या वही?" कोस्ता ने पूछा।

"वही।" लड़की ने सिर हिला दिया और आँखें मूँद लीं।

लगा, जैसे सबकुछ झड़ रहा है, सिर से पैरों तक...छोटी बच्चियों की तरह वह स्टूल के नीचे अपने पैरों को हिलाने लगी। एक सैंडल पैरों से खिसककर गिरने न गिरने के बीच झूलता रहा। लेकिन उसे उसकी कोई ख़बर नहीं थी। वह कहीं और थी।

कोस्ता ने लागर का बड़ा मग उसके सामने रख दिया।

"कैसा चल रहा है?" कोस्ता ने पूछा।

उसने कुछ बेताबी से लम्बा गहरा घूँट लिया, उलटे हाथ से मुँह पोंछा—सिर हिलाया, जिसका मतलब कुछ भी हो सकता था।

"क्या पूरी हो गई?"

वह हँसने लगी। हाथ की दो उँगलियाँ हवा में फैला दीं—खुरदरी और ख़ुद्दार—स्याही, मैल और रंगों से सनी हुई।

"आख़िरी दो बची हैं," उसने कहा।

"अभी तो काफ़ी दिन हैं," कोस्ता ने तसल्ली देते हुए कहा, "मेरा कार्ड लाई हो?"

"ठहरो, अभी देती हूँ।" लड़की बैग में अपने शो का निमंत्रण-पत्र ढूँढ़ने लगी, जो अगले सप्ताह होनेवाला था।

कोस्ता के दिल में हमेशा इस लड़की के लिए हमदर्दी-सी उत्पन्न होती थी; एक तो वह उन आर्टिस्टों की तरह सिर हिला-हिलाकर ऊँची आवाज़ में बहस नहीं करती थी, जो कभी-कभी उसकी पब में जमा होते थे; किन्तु शायद इसलिए भी कि लड़की के चेहरे का नाक-नक़्श ख़ुद उसके अपने देश की लड़कियों से मिलता-जुलता था—ख़ास कर उसका साँवला रंग और गहरे काले बाल। क्या हर हिन्दुस्तानी लड़की इतनी ही पतली-तितली होती है, जैसी वह थी? एक बार उसने उससे पूछा था, और जिस तरह वह सिर हिलाकर हँसी थी, उसे लगा था, जैसे किसी दूसरे देश का प्रवासी ही इस तरह हँस सकता है।

देश की बात कुछ भी हो, लेकिन वह अब लड़की को अपना घर ही जान पड़ता था—आधा घर, आधा स्टूडियो। वह यहाँ घड़ी-दो घड़ी अपने में अकेले रह सकती थी, आनेवाली प्रदर्शनी के बारे में सोच सकती थी। यहाँ उसे कोई रोकने-टोकनेवाला नहीं था।

उसने अपना पहला स्केच शतरंज में लिप्त इन बूढ़े खिलाड़ियों का ही बनाया था। शायद इसलिए कि दोनों में से कोई भी उसके प्रति सचेत नहीं था। दोनों ही अपनी बाज़ी में इतने डूबे थे कि जीते-जागते प्राणी न होकर 'स्टिल लाइफ़' का भ्रम देते थे। वह कभी-कभी सोचती थी कि हिन्दुस्तान लौटने से पहले वह अपने सारे स्केच कोस्ता को भेंट कर जाएगी। हालाँकि उसे डर था कि उसे उन्हें पाकर ज़्यादा ख़ुशी नहीं होगी।

वह अपनी ग़मगीन आँखों से दरवाज़े के धुंध भरे शीशों को देख रहा था, जहाँ कभी बिजली की कौंध चमकती दिखाई दे जाती थी। पतझड़ और जाड़ों के बीच ही यहाँ बारिश हमेशा नागवार गुज़रती थी। घुटने में सुइयाँ जैसी चुभने लगतीं और पुराने गठिया की गाँठें खुलने लगतीं। वह कभी एक पाँव पर खड़ा होता, कभी दूसरे पर लेकिन नीचे की ज़मीन से कोई सुकून नहीं मिलता था। वह सुकून तभी छूट गया जब अपनी धरती छूट गई। इसीलिए वह कभी-कभी उस हिन्दुस्तानी लड़की को इतनी ईर्ष्या से देखता था। एक-दो साल के लिए आए, फिर अपने घर वापसी। 'वापसी' जैसे शब्द ने उसके दर्द को और अधिक बढ़ा दिया और वह जल्दी-जल्दी बियर के जूठे गिलासों को धोने लगा।

"क्या जिप्सी अभी नहीं आया?" लड़की ने पूछा।

"अभी कहाँ—धुत होकर शायद किसी गड्ढे में पड़ा होगा!"

कोस्ता को वह पोलिश यहूदी एक आँख नहीं भाता था, जो हर शाम पब में घड़ी-आध घड़ी पियानो बजाने आया करता था। जिप्सी नाम भी कोस्ता ने ही उसे दिया था—उसके उलझे, ऊबड़-खाबड़ बालों और चिथड़ा कपड़ों के कारण। वह टी.वी. की डॉक्यूमेंट्रीज़ के लिए संगीत कम्पोज़ करता था और जब बेकार होता था तो अस्पताल में पोर्टर का काम करने आता था। लौटते हुए वह हमेशा वोद्का के लिए पब में रुक जाता था, जो उसे मुफ़्त में मिल जाती थी, पियानो बजाने के एवज़ में। उसके मैल-भरे नाख़ून जब पियानो के की-बोर्ड पर चलते, तो लगता, जैसे लम्बी मूँछोंवाली चींटियाँ सफ़ेद शकरपारों पर रेंग रही हैं।

पियानो का स्टूल ख़ाली पड़ा था।

"उससे कुछ ज़रूरी काम था?" कोस्ता ने झाड़न से गिलास को पोंछते हुए कहा।

"नहीं—फ़िलहाल नहीं; लेकिन शो शुरू होने से पहले मैं उसे सारा काम दिखाना चाहूँगी।"

पिछले साल जिप्सी ने ही 'हैंगिग' में उसकी मदद की थी। कौन-सी पेंटिंग कहाँ लगाई जाए, इसका निर्णय वह कभी घबराहट में नहीं कर पाती थी।

प्रदर्शनी शुरू होने के पहले दिन सबसे अधिक यातनादायी होते थे। दिन-रात एक हौल-सा उठता रहता था। अगर कोई पेंटिंग सुबह अच्छी लगती थी, तो शाम होने तक उसे फाड़ देने की इच्छा होती थी। एक ठंडा-सा ख़ौफ़ हड्डियों को जकड़ लेता। अपना सारा किया काम एक प्रपंच-सा जान पड़ता। लगता, न सिर्फ़ वह अपने को धोखा दे रही है, बल्कि विदेश में आकर अपने बूढ़े पिता की गाढ़ी कमाई बरबाद कर रही है और तब वह सबकुछ छोड़कर यहाँ आ जाती। थोड़ा-सा पीने के बाद कुछ हल्का-सा लगता। 'ज़िन्दगी कितनी छोटी है और कला कितनी लम्बी!' उसे बचपन में रटी हुई कहावत याद हो आती और वह मुस्कराने लगती...।

उसे यह कहावत कभी समझ में नहीं आई, लेकिन उसे याद करते ही उसे गहरी राहत-सी मिलती थी, जैसे अचानक किसी ने उसका बोझ हल्का कर दिया हो!

बाहर बराबर बारिश की घिर्र-घिर्र सुनाई दे रही थी। सड़क की बत्तियों के बीच जैसे कोई सुलगती तीलियाँ गिरा रहा हो!

"यह पतझड़ की झड़ है," कोस्ता ने ठंडी साँस ली, "एक बार लगी तो रुकने में नहीं आती। हमारे यहाँ इसे विरह के आँसू कहा जाता है।"

"विरह के आँसू?" लड़की का ध्यान भटक गया, "कौन रोता है?"

"धरती और कौन?" कोस्ता ने एक एक्टर की तरह अपने दिल पर हाथ रखा, "वह रोती है—उन सब लोगों के लिए, जो चले गए। आपको बारिश में अपना देश याद नहीं आता?"

कोस्ता कुछ और कहना चाहता था किन्तु लड़की कुछ और सोचने लगी थी।

पीने के बाद चुप्पे-से-चुप्पे गाहक खुलने लगते थे और कोस्ता को उनसे अपनी जीवन-कथा कहने का मौक़ा मिल जाता था—कैसे लड़ाई के बाद सीमा पार करते हुए वह अपने सगे-सम्बन्धियों से बिछुड़ गया था, कैसे लुढ़कता-पड़ता हुआ वह इस देश में आ बसा था; लेकिन यह हिन्दुस्तानिन? वह एक गिलास पीने के बाद ही कहीं और चली जाती थी। मुस्कराती ज़रूर रहती, जैसे कुछ लोग सोते हुए मुस्कराते हैं। कुछ लोग एक साथ दो ज़िन्दगियाँ जीते हैं, कोस्ता ने सोचा—एक वह, जो बीत गई है; दूसरी वह, जो वे बिता रहे हैं लेकिन इस इंडियन लड़की को देखकर लगता था, जैसे कोई तीसरी ज़िन्दगी भी होती है जिसकी सिर्फ़ आहट सुनाई देती है, जो अपने में कुछ भी नहीं होती, लेकिन जिसका खटका हमेशा लगा रहता है—दरवाज़े पर बजती साँकल की तरह, जिसे कोई दूसरा नहीं सुन पाता।

कोस्ता कुछ आगे को झुक आया, "क्या सोच रही हैं आप?" उसने धीरे से पूछा।

लड़की कहीं बहुत दूर से लौट आई। "कुछ भी नहीं!" उसने सिर हिलाया।

"मुझे मालूम है," कोस्ता ने कहा।

"अच्छा?" लड़की की आँखों में एक शरारती-सी मुस्कराहट झलक आई, "तुम बताओ, कोस्ता, मैं क्या सोच रही थी?"

"अपनी अधूरी पेंटिंग के बारे में, ठीक है न?"

"हाँ, यह तो है!" लड़की ने उसका खेल खेलते हुए कहा।

"अच्छा, एक बात पूछूँ, आप हँसेंगी तो नहीं?"

"पूछो, मैं तैयार हूँ।"

"आपको कब ऐसा लगता है कि आपकी पेंटिंग पूरी हो गई?"

लड़की खेल छोड़कर कुछ सोचने लगी। बियर का घूँट लिया, फिर जैसे कुछ टटोलते हुए कहा, "जब यह जान पड़े कि अब उसमें कुछ और नहीं हो सकता!"

"पेंटिंग में कुछ नहीं हो सकता या आप और कुछ नहीं कर सकतीं?"

"दोनों ही। लेकिन कई बार ऐसा भी होता है कि पेंटिंग खुली रहती है और हम उसे बन्द कर देते हैं।"

"एक खिड़की की तरह?" कोस्ता ने पूछा, "और तब?"

"तब कुछ नहीं...तब मैं दूसरी पेंटिंग शुरू कर देती हूँ।"

"और इस तरह चलता रहता है।"

"हाँ, इस तरह चलता रहता है," लड़की ने कहा, फिर वह

मुस्कराने लगी, "एक खिड़की से दूसरे खिड़की तक!"

"दिन-रात?"

"नहीं, रात को नहीं। रात को मैं कुछ नहीं करती।"

रात को वह सोने की कोशिश करती थी। जब नींद नहीं आती थी तो वह बिस्तर के पास सस्ती सफ़ेद वाइन की बोतल लेकर बैठ जाती, अपने इक्के-दुक्के मित्रों को फ़ोन करती, अपने रिकॉर्ड प्लेयर पर हिन्दुस्तानी संगीत के रिकॉर्ड लगा देती और जब तक आँखें मुँदने नहीं लगती थीं, तब तक सोचती रहती थी—अहमदाबाद के बारे में, जहाँ उसका घर था। अपने पिता के बारे में, जिनकी चिट्ठी हर पन्द्रह दिन बाद आती थी; अपने आनेवाले शो के बारे में...दिन में जो हौल-सा उठा करता था, वह सब एक ज्वार की तरह नींद के कगार पर टकराकर लौट आता, फिर बहता, फिर लौट आता। वह एक पहेली के हल-सा दिखाई देने लगता, जिसे वह पा सकती है, पकड़कर अपने पास रख सकती है; किन्तु दूसरे दिन सुबह जब वह अपने स्टूडियो में आती तो वह कहीं खो जाता। वह क्या था, कहाँ से आया था, कहाँ चला गया, इसका पता भी नहीं चलता था।

तभी सचमुच की आहट सुनाई दी। झपाक से दरवाज़ा खुल गया और देहरी पर जिप्सी दिखाई दिया। वह काफ़ी देर तक पायदान पर अपने पानी और कीचड़ में सने जूते रगड़ते रहा। उसके घुटनों तक उठे हुए जींस के पायँचे और बारिश में भीगे बाल कुछ ऐसे दिखाई दे रहे थे, जैसे वह अस्पताल से नहीं, अस्तबल से आ रहा हो। उसने न दाएँ देखा, न बाएँ, सीधा नाक की सीध पर चलता हुआ कोनेवाली मेज़ पर बैठ गया।

"आप पूछ रही थीं...वह आ गए!" कोस्ता ने कुछ हल्के व्यंग्य से कहा।

किन्तु लड़की उसे पहले ही देख चुकी थी। वह अपनी धड़कनों को सुन रही थी। जिप्सी जैसे बारिश की टप-टप करती ठंडी ठिठुरती रात अपने साथ ले आया था।

कोस्ता काउंटर से बाहर आया और मेज़ों के बीच रास्ता बनाता हुआ

जिप्सी की मेज़ के सामने रुक गया, "गुड इवनिंग! आज क्या लेंगे?"

"आज?" जिप्सी की छितरी भूरी दाढ़ी के बीच एक फूत्कार-सी बाहर निकली, "आज क्या कोई अनोखा दिन है?"

"आज बारिश बहुत है," कोस्ता अपनी काली घनी मूँछों को सहला रहा था।

जिप्सी ने अपने लम्बे ढीले-ढाले पुलोवर की जेब से पाइप निकाली, लेकिन उसे सुलगाया नहीं, सिर्फ़ मेज़ पर उलटा करके उसे खटखटाने लगा, "एक कोन्याक और गरम पानी!"

"कुछ और?"

"क्यों, क्या यह काफ़ी नहीं है?"

कोस्ता जब लौटा, तो उसकी त्योरियाँ चढ़ी थीं, "पता नहीं, किस दुनिया में रहता है!"

वह भी यही सोचती थी, लेकिन कोस्ता की तरह चिढ़ती नहीं थी। उस आवारा पोल की सर्दीली आँखों के पीछे जो जंगल फैला था, उसका आर-पार लगाना मुश्किल था। अपने पिता को वह जो हर पखवाड़े चिट्ठी लिखती थी, उसमें वह अक्सर अपने इस अजीब दोस्त का ज़िक्र करती थी, जो बेकारी के दिनों में अस्पताल में काम करता था, दिन में सोता था और बची-खुची घड़ियों में अपना संगीत रचता था।

पहली बार वह उससे अपने स्कूल की प्रदर्शनी में मिली थी—वह... काफ़ी देर उसके चित्रों के साथ खड़ा रहा। बाद में जब जाने लगा, तो उससे परिचय हुआ...'मैंने आपको कहीं देखा है?' और वह हँसने लगी, कोस्ता की पब में! उसने कहा, और तब उसने पहली बार उसे अपने स्टूडियो में बुलाया था।

शायद ऐसे ही परिचय अच्छे होते हैं, जो अपने-आप हो जाते हैं और अपनी धीमी रफ़्तार में चलते रहते हैं। उनमें कोई बन्धन नहीं होता है। कभी इच्छा ज़रूर होती थी कि वह उससे अपने काम के बारे में पूछे,

लेकिन फिर हिम्मत छूट जाती थी, और वह भी जब उसे पब में देखता था, तो सिर्फ़ सिर हिलाकर अपनी मेज़ पर बैठ जाता था। अपने गिलास के आगे इस तरह ध्यानलिप्त होकर बैठ जाता था कि लगता, वह यहाँ सिर्फ़ अपने अकेलेपन के लिए आता है, किसी से मिलने नहीं। कभी-कभी वह अपनी स्केचबुक निकालकर उसे खींचने लगती—बैठे हुए, झुके हुए पियानो पर अपनी अँगुलियाँ सहलाते हुए। किन्तु जब घर आकर अपने पैड को खोलती, तो लगता कि कोई बहुत ज़रूरी चीज़ उसके हाथों से छूट गई है—जिप्सी का चेहरा वहाँ ज़रूरी होता, उसकी गहरी डूबी आँखें भी। लेकिन उसका सनकी और आवारा यहूदी दिल—पेंसिल की सधी नोक पर उसे कैसे बींधा जाए?

'बस, यही समय है, मैं जा सकता हूँ,' कोस्ता ने सोचा। हर शाम ऐसी घड़ी आती थी, कभी पहले, कभी बाद में जब मेज़ पर बैठा हर मेहमान कुछ देर के लिए अनुपस्थित हो जाता—बैठा वहीं रहता, जहाँ पहले था—अपने गिलास के सामने, लेकिन कोस्ता को लगता, जैसे कि कुछ देर के लिए वह कहीं और चला गया है, जिसका उस क्षण, उस पब, उस दुनिया, उस रात से कोई रिश्ता नहीं, जहाँ वह बैठा है। अचानक उसे लगता, जैसे हर कुर्सी ख़ाली हो गई है हालाँकि लड़की अपने स्टूल पर, शतरंज के खिलाड़ी अपनी बाज़ी के आगे, जिप्सी अपने गिलास के सामने वैसे ही दिखाई देते रहते, जैसे वे थे...लेकिन अब उन्हें कोस्ता की ज़रूरत नहीं थी। कुछ देर के लिए वह उनकी आँखों से ओझल हो सकता था।

वह बार के पीछे अपने प्राइवेट टॉयलेट में गया, जल्दी से हाथ-मुँह धोया और ऊपर की दराज़ से अपने देश की शराब निकाली, जो वह सिर्फ़

अपने लिए रखता था। उसे लेकर वह बाथरूम की खुली खिड़की के सामने बैठ गया, जहाँ से पब का दरवाज़ा और दरवाज़े के पीछे फैली रात और धुंध और बारिश में टिमटिमाती सड़क की बत्तियाँ दिखाई देती थीं। उसने एक लम्बी उसाँस में आधा गिलास गटक लिया। पब की आवाज़ें कहीं दूर गुफ़ा से आती सुनाई दे रही थीं। रात की उस घड़ी में उसे न अपने दोस्त याद आते, न छूटा हुआ घर, न मरे हुए माँ-बाप। सिर्फ़ एक लहर-सी उठती जो सब पुराने ढूहों को अपनी हाँफती हुई हूक में बहा ले जाती।

हर अकेले आदमी की तरह कोस्ता के अपने अपशकुन थे। उसे लगता था कि उसके न रहने से पब में न जाने क्या-कुछ घट रहा होगा, या तो वह जिप्सी चुपचाप बाहर चला गया होगा या शतरंज के खिलाड़ी किसी चाल को लेकर आपस में झगड़ रहे होंगे या वह हिन्दुस्तानी लड़की अपने से बोल रही होगी...जैसाकि इन दिनों कुछ थोड़ा-सा पीने के बाद होंठों के भीतर ही कुछ बुदबुदाने लगती थी—एक ऐसी भाषा में, जिसे वह नहीं समझ पाता था, किन्तु जिसके अजीब उतार-चढ़ाव को सुनते हुए उसे भ्रम होता था कि कोई कुएँ के अँधेरे तल से मदद माँग रहा हो। और संयोग से अगर ऐसी घड़ी में जिप्सी पियानो बजा रहा हो तो सचमुच कोस्ता को ऐसा लगता था कि वह अपने गाँव के गिरजे में अपनी माँ के साथ मोमबत्तियों के आगे बैठा हो, जब वह बहुत छोटा था और उसे कुछ भी मालूम नहीं था कि ज़िन्दगी के आनेवाले वर्षों में उसके साथ क्या कुछ होनेवाला है...।

किन्तु जब वह दोबारा काउंटर में आया तो सबकुछ वैसा ही था। वह इंडियन लड़की, वह पोल, वे बूढ़े खिलाड़ी वैसे ही बैठे थे, जैसा वह उन्हें छोड़ गया था। कुछ हुआ तो उसके जाने के बाद नहीं बल्कि लौटने पर, क्योंकि उसके आते ही सबकी आँखें उस पर उठी

थीं, एकसाथ, एक ही लम्हे में और तब कोस्ता की आँखें भी उनका पीछा करती हुई दरवाज़े पर ठिठक गईं।

वह धीरे-धीरे खुल रहा था।

पहले क्षण कुछ भी दिखाई नहीं दिया। दरवाज़ा हिचकिचाता-सा हिल रहा था, जैसे तय न कर पा रहा हो कि खुले न खुले। अधखुले दरवाज़े से बारिश की फुहार भीतर आ रही थी। कौन मरदूद आया है इस नामुराद घड़ी में...आया है तो चौखट पर खड़ा क्यों डोल रहा है? कोस्ता चिल्लानेवाला ही था कि उसे एक ठिंगनी-सी महिला दिखाई दी और उसके पीछे एक दुबला-पतला लम्बा-सा आदमी, जिसने उसका हाथ पकड़ रखा था। वे दोनों देहरी पर भौंचक्के-से खड़े थे, जैसे वे ग़लती से वहाँ भटक आए हों और मौक़ा मिलते ही उलटे पाँव लौट जाएँगे।

लेकिन वे मुड़े नहीं, आगे भी नहीं बढ़े। आदमी ने औरत की बरसाती उतारने का प्रयत्न किया लेकिन उसने उसे बीच में ही रोक दिया। हैंगर इतना ऊँचा था कि औरत ने अपनी बरसाती और आदमी की छतरी को सबसे पासवाली मेज़ की कुर्सी पर थमा दिया और फिर वहीं धप से बैठ गई।

आदमी अब भी अनिश्चित खड़ा था, अपनी छोटी-सी भूरी दाढ़ी को खुजलाता हुआ—कभी एक तरफ़ देखता था, कभी दूसरी तरफ़। लम्बे कृशकाय शरीर पर दोनों हाथ कठपुतली-से झूल रहे थे। काले कोट की आस्तीनों पर बारिश की बूँदें मोतियों-सी चमक रही थीं...इधर, महिला ने उसका हाथ खींचा। इधर? कहाँ? और तब उसे कुछ याद आया, वह नीचे झुका, झुकता रहा, जब तक महिला ने उसे कुर्सी पर नहीं बिठा दिया।

कुछ देर दोनों ऐसे बैठे रहे, बिना हिले-डुले, बिलकुल निश्चल—इतने निश्चल कि कोस्ता को साहस नहीं हुआ कि उनकी मेज़ के पास जाकर उन्हें याद दिला सके कि वे अपने घर में नहीं, एक बाज़ारू पब में बैठे हैं।

"क्या तुम इन्हें जानते हो?" लड़की ने पूछा।

कोस्ता ने कन्धे सिकोड़ दिये, "पहली बार देख रहा हूँ। रात के फ़रिश्ते जान पड़ते हैं। पता नहीं, यहाँ कैसे चले आए?"

"क्यों, पीने नहीं आ सकते?"

"इस हालत में?"

लड़की ने कहा, "उस आदमी को नहीं देखते?"

कोस्ता हँसने लगा, "क्यों, क्या बात है? उसने कौन-सा गुनाह किया है जो यहाँ नहीं आ सकता?"

कोस्ता ने हँसी में कहा, लेकिन भीतर से कहीं वह भी भयभीत था। जैसे उसने जिस अपशकुन की कल्पना की थी, वह एक छाया की तरह उस आदमी के साथ भीतर चली आई थी, कुर्सी पर बैठी थी। एक बार मन में आया, उसे जाकर कहे, 'माफ़ कीजिए, बहुत रात बीत गई है, अब कुछ नहीं मिलेगा,' लेकिन तभी उसे मुद्दत पुरानी अपनी माँ की बात याद आई जो कहा करती थी, 'किसी मेहमान को दरवाज़े से न लौटाओ, वह न जाने कौन-सा सन्देश लेकर आया है!' आधी रात के आँधी-पानी में कोई भला आदमी भला कैसा सन्देश लेकर आ सकता है, उसे विश्वास नहीं था, फिर भी वह उनकी मेज़ के पास गया और जब वापस काउंटर पर लौटा तो उसके चेहरे पर एक विस्मयभरी मुस्कराहट चमक रही थी।

"शैम्पेन!" वह मूँछों के बीच गुर्राया, "जनाब ने सबसे बढ़िया शैम्पेन मँगवाई है!"

लड़की अपने ख़यालों की धुंध से बाहर आई, "कौन, वह आदमी?"

"और कौन...वह जो अपनी बौनी बीवी के साथ आया है!"

नहीं, नहीं, वह सिर्फ़ रोशनी का छलावा रहा होगा, जिसमें आदमी का चेहरा एक स्याही के धब्बे-सा दिखाई देता था। और महिला एक

छोटी-सी गुड़िया। वे, पता नहीं, कौन-से नक्षत्र से उतरकर बारिश की इस बीहड़ रात में यहाँ चले आए थे!

तभी उसकी आँखें जिप्सी पर टिक गईं—वह अजीब निगाहों से नवागंतुक को देख रहा था। फिर एक बहुत छोटी...लगभग अदृश्य मुस्कराहट उसके चेहरे पर चली आई थी।

सहसा एक चमकीला विस्फोटन हुआ। सबकी आँखें अनायास उनकी मेज़ पर उठ आईं। कोस्ता ने शैम्पेन खोली थी। बोतल की देह को सफ़ेद एप्रन से पकड़ वह पहले महिला, फिर आदमी के गिलासों को भर रहा था।

कोस्ता जब लौटा, तो लड़की ने कहा, "लगता है, ये यहाँ कुछ सेलीब्रेट करने आए हैं।"

"इतनी बारिश में?"

"क्यों, क्या बारिश की रात में जन्मदिन नहीं मनाया जाता?"

"या शादी की सालगिरह?" कोस्ता ने कुछ और आगे बढ़कर कहा।

"हो सकता है, वे किसी कंसर्ट या थिएटर से आ रहे हैं।" लड़की ने कहा, "रास्ते में बारिश ने पकड़ लिया हो और उन्होंने यहाँ आने का फ़ैसला कर लिया हो।"

अजनबी लोगों को देखकर वह हमेशा उनके चेहरों पर उनकी जीवन-कथाएँ पढ़ने लगती थी।

"कंसर्ट, थिएटर इन कपड़ों में?"

कोस्ता ने कुछ मज़ाक़, कुछ हिक़ारत में कहा और तब लड़की ने पहली बार बहुत ध्यान से उनके कपड़ों को देखा। महिला ने ब्राउन रंग की ढीली-ढाली स्कर्ट पहन रखी थी, जो उसके घुटनों पर झूल रही थी; उसकी तुलना में आदमी की धारीदार टाई और कॉर्डरॉय की काली जैकेट कहीं ज़्यादा सूफ़ियाना दिखाई देती थी। किन्तु वह उसके सींकिया

हड्डी-पंजर पर लटकती-सी दिखाई देती थी, जैसे वह उसकी देह की काठी पर नहीं, काठ की खूँटी पर टँगी हो। महिला की स्कर्ट पर मुड़ी-तुड़ी सलवटें उतनी ही चिरंतन जान पड़ती थीं जितनी आदमी के चेहरे पर खुदी हुई झुर्रियाँ...।

क्या वे पति-पत्नी हैं? देखकर एकदम विश्वास नहीं होता था, इसलिए नहीं कि आदमी उम्र में बहुत बुज़ुर्ग जान पड़ता था और महिला बहुत छोटी, लेकिन वे बाप और बेटी भी नहीं दिखाई देते थे; रिश्ते की जिस गाँठ को उम्र बाँधती है, वहाँ सिर्फ़ दो धागे थे, दो प्रेमियों की तरह, एक-दूसरे से अलग, फिर भी एक-दूसरे को छूते हुए...। आदमी ने औरत का हाथ अपनी गोद में ले लिया था, उसे धीरे-धीरे सहला रहा था, मानो उसे डर था कि हाथ छूटते ही वह भी कहीं दूर छिटक जाएगी, धागा टूट जाएगा और उसके ख़ाली हाथ में सिर्फ़ एक खोई छुअन की धुकधुकी-सी धड़कती रहेगी।

'क्या यह सचमुच प्रेम था?' लड़की ने सोचा, 'यह डर, यह छुअन, यह धुकधुकी? या सिर्फ़ एक नशे की पीली कौंध, जब छूटी हुई चीज़ें दोबारा दिखाई देने लगती हैं?'

"क्या आप कुछ कह रही थीं?"

"जी, मैं?" लड़की ने कुछ आश्चर्य से आदमी को देखा, जो पता नहीं कब अपनी मेज़ से उठकर उसके पास चला आया था। एक कोमल-सी मुस्कराहट उसके चेहरे पर थी।

"शायद आप कुछ कह रही थीं।"

"नहीं...किसी से नहीं, ऐसे ही," लड़की ने झेंपते हुए कहा।

उसे पता नहीं चलता था, कब वह अपने-आपसे बोलना शुरू कर देती थी।

"अगर आप बुरा न मानें, तो हम आपको अपनी टेबल पर बुलाना चाहते थे..." आदमी ने कुछ संकोच में हिचकिचाते हुए कहा, "मेरा

मतलब है, अगर आप अकेली हैं और किसी का इन्तज़ार नहीं कर रहीं।"

"नहीं, इन्तज़ार कैसा?" उसके मुँह से अपने-आप निकल गया; तभी उसकी निगाह उस टेबल पर जा पड़ी, जहाँ वह महिला बैठी थी। वह चुप बैठी थी, किन्तु उसकी चुप्पी में वही आकांक्षा छलछला रही थी, जो आदमी के आमंत्रण में थी।

"क्या मेरा आना ठीक होगा?" लड़की ने सकुचाते हुए आदमी को देखा, "आप लोग यहाँ शायद किसी ख़ुशी को सेलीब्रेट करने आए हैं?"

आदमी ने कुछ अजीब निगाहों से उसे देखा, जिसमें ख़ुशी जैसी कोई चीज़ नहीं थी। वहाँ कुछ नहीं था; हँसी थी, उस 'कुछ नहीं' को छिपाती हुई, जो आँखों के भीतर एक छाई हुई रोशनी की तरह बैठी थी। "आप आएँगी?" उसके आग्रह में कुछ इतनी आकुलता थी कि उसे टालना दुष्कर जान पड़ने लगा। "ठीक है...लेकिन कुछ देर के लिए; मुझे जल्दी घर पहुँचना है," लड़की ने कहा।

"देखिए, क्या आप उन्हें भी बुला सकते हैं?" उसने जिप्सी की मेज़ की ओर इशारा किया।

"आप चाहेंगे कि वह भी...?"

"हाँ, क्यों नहीं...मैंने इन्हें कई बार अस्पताल में देखा है, लेकिन परिचय कभी नहीं हुआ।"

"अस्पताल में? क्या आप...?" किन्तु इससे पहले वह कुछ पूछे, आदमी मुड़ गया था। वह अपनी मेज़ की तरफ़ जा रहा था।

वह एकदम नहीं उठी। बैठी रही। हवा में उस जगह ताकती रही, जहाँ आदमी का चेहरा था मगर अब कुछ नहीं। वह अपने साथ कुछ

लाया था। जो यहाँ का नहीं था, इस ज़िन्दगी का होता हुआ भी इस दुनिया का नहीं; उन रिक्त स्थानों की तरह, जो किसी पेंटिंग में कोई भी छूने का साहस नहीं करता। वे होकर भी न होने की ज़िद की तरह जमे रहते हैं।

"क्या कह रहे थे?" कोस्ता ने पूछा, जो काउंटर के कोने से सारा तमाशा देख रहा था।

"मुझे बुलाने आए थे।"

"आपको बताया, किसकी ख़ुशी मना रहे हैं?"

लड़की ने सिर हिलाया, अपने बैग से छोटा आईना निकाला और ब्रुश से अपने बालों को सँवारा। रोशनी की कौंध में उसे अपना चेहरा कुछ उतना ही कटा-फटा दिखाई दे रहा था, जैसे 'ख़ुशी' का शब्द, जो उसने अभी-अभी सुना था।

"कोस्ता, मैं बैग यहीं छोड़े जा रही हूँ...बस, गई और आई।"

वह अपना ख़ाली गिलास लेकर धीरे-धीरे उनकी मेज़ की ओर जाने लगी, फिर बीच में ही ठिठक गई। एक उत्कट-सी इच्छा हुई कि उलटे पाँव वापस लौट जाए, बैग उठाए और बाहर निकल जाए, जैसे बाहर का अँधेरा, आँधी-पानी उससे कहीं ज़्यादा सुगम्य है, जो उसने अभी आदमी के चेहरे पर देखा था। किन्तु इससे पहले कि वह अपने डगमगाते फ़ैसले का सहारा लेकर अपने पैरों को साध सके, वह महिला मेज़ से उठी और उसका हाथ पकड़कर अपने पास खींच लिया।

"माफ़ कीजिए," उसने उसे सँभालते हुए कहा, "शायद आप अकेली रहना चाहती थीं?"

"नहीं, नहीं, ऐसा नहीं...लेकिन मैं ज़्यादा देर नहीं रुक सकूँगी।"

आदमी कुर्सी से उठ खड़ा हुआ, सिर झुकाकर अभिवादन किया, उसके हाथ से गिलास ले लिया और अपने पासवाली कुर्सी पर उसे

बिठा लिया। एक क्षण को उसे लगा, वे दोनों जादूगर हैं। उसके साथ वे जो चाहे कर सकते हैं।

"क्या आप यहाँ रोज़ आती हैं?" महिला बहुत ध्यान से उसकी ओर देख रही थी।

"जी, कभी-कभी घर लौटते हुए देर होती है तो यहाँ रुक जाती हूँ।" उसने हँसने की कोशिश की।

"इससे बेहतर और क्या ठौर हो सकती है...घर जाने से पहले!"

आदमी उसके गिलास में शैम्पेन डाल रहा था—और तभी उसने देखा—बोतल काँप रही थी, कुछ छींटे गिलास के बाहर छिटक आए थे। आदमी के हाथ की नसें इतनी उभर आई थीं कि नीचे की खाल उनके गुंजल में गुम हो गई जान पड़ती थी।

आदमी ने गिलास उठाया, धीरे से कुछ बुदबुदाया, ख़ुशी के लिए? स्वास्थ्य के लिए? या शायद कुछ और जो तीन गिलासों की खनक में कहीं खो गया था। हाथ का गिलास कुछ देर यों ही हवा में टिका रहा, काँपते हाथ में काँपता हुआ, जैसे कोई ख़याल आकर बीच अधर में अटक गया हो!

"आप यहाँ की नहीं जान पड़तीं," महिला ने कहा।

लड़की ने सिर हिलाया—बोली कुछ नहीं। बहुत दिनों बाद उसे लग रहा था कि जैसे अपने पिता के घर में है, न भी बोले तो किसी को अखरेगा नहीं। औरों के सामने कभी ऐसा नहीं लगता था...उनके सामने लगता था, जैसे वह किसी कठघरे में है, जहाँ उसे हमेशा किसी जवाबदेही के लिए तैयार रहना पड़ता था। यहाँ ऐसा कुछ नहीं था। यहाँ सिर्फ़ उठे हुए गिलास थे, एक-दूसरे को छूकर एक-दूसरे को अनछुआ रखते हुए; क्या कभी ऐसा पहले देखा है? किसी पुराने एलबम के फटे और पीले फ़ोटो में, जहाँ तीन लोग किसी लुटी-पिटी 'बार' में बैठे हैं, रोशनी की तैरती तलछट में—और बाहर बारिश गिर रही हो?

"जब मैंने आपको देखा, तो आप किसी चिन्ता में खोई थीं?" आदमी ने कहा।

"मुझे हमेशा डर लगा रहता है," लड़की ने कहा।

"कैसा डर?"

"अगले हफ़्ते मेरा शो है...मेरा बहुत-सा काम अब भी अधूरा पड़ा है। जब आप लोग आए, तो मैं उसी के बारे में सोच रही थी।"

"क्या सोचने से कोई हल मिल जाता है?" आदमी के स्वर में अजीब-सी उत्सुकता थी, मानो वह भी किसी हल की तलाश में बारिश की रात में यहाँ चला आया था!

लड़की ने अपना गिलास ख़ाली कर दिया और हँसने लगी।

"यहाँ बैठे हुए लगता है, वह मुझे मिल गया...लेकिन अगले दिन सुबह जब मैं अपनी स्टूडियो में जाती हूँ तो वह पेंटिंग में कहीं दिखाई नहीं देता..."

लड़की को लगा कि वह इन दोनों के सामने जो चाहे कर सकती है—जैसे वह अपने से बोलती थी, अन्धाधुंध भागती जाती थी, स्वयं अपना पीछा करती हुई, "आपको मालूम है, वह कहाँ चला जाता है?"

"मुझे नहीं मालूम..." आदमी ने कुछ सोचते हुए कहा, "लेकिन बहुत पहले नेशनल गैलरी में मैंने एक चित्र देखा था। उन दिनों मैं और मेरी पत्नी हर इतवार को कहीं-न-कहीं चले जाते थे। क्या हम आपके शो में आ सकते हैं?"

"मुझे बहुत ख़ुशी होगी।"

आदमी ने झुककर महिला से कुछ कहा, जो बिलकुल निश्चल बैठी थी। आदमी की बात सुनकर एक छोटी-सी मुस्कान उसके चेहरे पर चमक आई। उसने अपना गिलास उठाया और बहुत मृदु स्वर में कहा, "आपके शो की सफलता के लिए!"

आदमी काँपते हाथ से लड़की का गिलास भर रहा था।

कुछ देर तीनों चुप बैठे रहे, फिर लड़की को कुछ याद आया,

जो अधूरा छूट गया था, "आप कुछ कह रहे थे...कोई पेंटिंग देखी थी आपने गैलरी में?"

"जी?" आदमी कुछ देर तक सोचता रहा, फिर निराशा में सिर हिलाया, "मुझे याद नहीं, मैं क्या कह रहा था? बात कहाँ से शुरू हुई थी?"

"डर के बारे में..."

"ओह!" सूखी स्मृतियों की घास में जैसे कोई चिंगारी सुलग उठी हो, "शायद आपने भी उसे देखा हो, हालाँकि गैलरी के उस कमरे में ज़्यादा लोग नहीं जाते; वहाँ किसी नामी चित्रकार की तसवीर भी नहीं है... मैं काफ़ी थक गया था और थोड़ा-सा सुस्ताने के लिए सोफ़ा पर बैठ गया था...बैठे-बैठे मेरी नज़र उस पर पड़ी थी, वह एक कन्वेंशनल क़िस्म का लैंडस्केप रहा होगा; एक छोटी-सी घाटी थी, पीछे पहाड़ों की छाया, बीच में एक नाला बह रहा था, ऊपर एक छोटा-सा पुल था, जिस पर एक लड़की खड़ी थी। उसका सिर झुका था और वह नीचे झाँक रही थी।"

लड़की निमग्न होकर उसे सुन रही थी। जब वह कुछ देर तक नहीं बोला, तो उसने धीरे से कहा, "फिर?"

"फिर एक अजीब बात हुई; मैंने लड़की का चेहरा देखा, जो पानी में तैर रहा था। मैं उठकर कुछ पास आया तो देखा—वहाँ कुछ भी नहीं है। सिर्फ़ पीले रंग का एक धब्बा पानी पर झिलमिला रहा था।"

कुछ देर तक कोई नहीं बोला। महिला कहीं ऊपर हवा में ताक रही थी और आदमी नीचे—जैसे वहाँ कोई खोई हुई चीज़ तलाश रहा हो।

"ऐसा अक्सर हो जाता है...यह दूरी का भ्रम है," लड़की ने कुछ सोचते हुए कहा।

"आप शायद ठीक कहती हैं, लेकिन क्या डर के साथ भी ऐसा नहीं होता? जब आप उसके बिलकुल सामने आ जाते हैं, तो वह ओझल हो जाता है। जब मैं अस्पताल में था, तो अक्सर उसके बारे में सोचता था।"

"क्या आप वहाँ काफ़ी लम्बा अरसा रहे?"

"उतना नहीं, जितना मुझे डर था," आदमी ने जेब से रूमाल निकाल, आँखें साफ़ कीं, गिलास उठाया, लेकिन फिर से मेज़ पर रख दिया, "उन्होंने कहा, वे इतना ही कर सकते हैं और—बचा हुआ समय मैं कहीं भी गुज़ार सकता हूँ।"

"बचा हुआ समय?"

पियानो का स्वर धीरे से ऊपर उठा था, बीच हवा में रेंग रहा था। कुछ दूर जाकर थिर-सा हो जाता था, फिर थरथराने लगता था, फिर लौट आता था।

"आप डर की बात कर रही थीं..." आदमी कुर्सी के हत्थे पर झुक आया, "आपसे एक बात कहूँ—जब उन्होंने कहा, वे कुछ नहीं कर सकते तो मुझे पहली बार अपने भीतर एक राहत-सी महसूस हुई जो सिर्फ़ रिहाई से आती है...मुझे लगा, मैं अब कुछ भी कर सकता हूँ, कहीं भी पहुँच सकता हूँ, कुछ भी...मुझे लगा, मैं दुनिया को किसी दूसरी रोशनी में देख रहा हूँ।"

महिला मुस्करा रही थी, "अस्पताल से बाहर आए, तो इन्होंने कहा, हमें कहीं चलना चाहिए। कहने लगे, यह बाहर की दुनिया में हमारा पहला दिन है।"

उसने गिलास उठाया, पियानो के उठते हुए स्वरों के बीच एक भाप-सी उड़ रही थी, गिलास के काँच पर जमा हो रही थी और तब लड़की ने देखा, वह भाप बूँद-बूँद चू रही है—पियानो के अँधेरे से निकलकर बाहर की दुनिया में, जहाँ वह बैठी थी और उसके आँसू गिलास में से बूँद-बूँद टपक रहे थे।

"देखो, यह ठीक नहीं, तुम भूल गईं। हम यहाँ किसलिए आए थे?" आदमी ने जेब से मुड़ा-तुड़ा रूमाल निकाला और उसकी भीगी आँखों को पोंछने लगा।

"मुझे याद है," महिला ने अपना सिर उसके कन्धे पर रख दिया। आँसुओं के बीच एक उजली-सी मुस्कराहट बाहर निकल आई, "क्या हम एक गिलास शैम्पेन उन्हें भिजवा सकते हैं, जो पियानो बजा रहे हैं?"

"हाँ, क्यों नहीं!" आदमी उठने को हुआ, तो लड़की ने उसे रोक दिया, "आप बैठिए, मैं दे आती हूँ।"

बोतल में अब भी कुछ बूँदें बची थीं, लड़की ने उन्हें अपने गिलास में उड़ेल दिया और कुछ डगमगाते-से क़दमों से पियानो की तरफ़ जाने लगी।

बीच की मेज़ें ख़ाली पड़ी थीं। शतरंज के खिलाड़ी न जाने कब अपनी अन्तिम बाज़ी पूरी करके जा चुके थे। पब के अधखुले दरवाज़े से पीली रोशनी की एक परत भीतर सरक आई थी, जिसे देखकर पता चलना असम्भव था कि वह लैम्पपोस्ट की रोशनी का कटा हिस्सा है या—आनेवाले दिन का कच्चा आलोक।

"यह तुम्हारे लिए है," लड़की ने गिलास पियानो के पास रखे स्टूल पर रख दिया।

"इन्होंने तुम्हें अस्पताल में देखा था।"

जिप्सी ने सिर हिलाया, एक विचित्र-सी मुस्कराहट उसके चेहरे पर चली आई, "मुझे मालूम है। इनके डॉक्टर मेरे पुराने दोस्त हैं।"

"क्या बीमारी थी इन्हें?"

"उन्हें भी नहीं मालूम..." जिप्सी ने मुड़कर आदमी को देखा। "कहते हैं, कुछ महीनों बाद पता चलेगा, जब देह के भीतर झाँकने

का मौक़ा लगेगा!" उसने गिलास उठाया, रोशनी की चमक में शैम्पेन को देखा।

फिर सबकुछ एकाएक शान्त हो गया, स्थिर। किसी अँधेरी गुहा से पियानो का स्वर ऊपर उठा, साँप-सा सरसराता हुआ—कहीं किसी ठहरे ताल पर एक शहतीर-सा चमकता हुआ, किसी हंगेरियन जिप्सी ट्यून की मैली, मांसल, ज्वरग्रस्त त्वचा के रोयों पर रिसता, लबालब, भरपूर, मानो शैम्पेन के गिलास के एवज़ में वह उन्हें यह अनुपम भेंट दे रहा हो—एक अनोखा आमंत्रण, जिसे टालना असम्भव हो—और वे उठ गए थे, बीमारी, अस्पताल और पीड़ा के लम्बे गलियारे से बाहर निकल आए थे—आदमी ने स्त्री को अपनी बाँह में घेर लिया था और स्त्री ने अपना सिर उसकी कंकाल ठठरी पर टिका लिया था।

वे नाच रहे थे। दोनों एक-दूसरे में इतने संलग्न कि बाहर की दुनिया किसी टूटे तारे-सी अँधेरे में लोप हो गई थी—बची रह गई थी तो सिर्फ़ एक-दूसरे को सहलाती साँसें और वह पागल बनैली भटकती लावारिस जिप्सी ट्यून, जो पियानो से निकलकर बाहर की दुनिया में निकल आई...।

बेघर और लावारिस, कोस्ता ने सोचा, जो काउंटर पर खड़ा उन दोनों को देख रहा था, जैसे बरसों पहले मैं अपना घर छोड़कर चला आया था। और तब कोस्ता को लगा कि कुछ देर पहले उसने हिन्दुस्तानी लड़की से जो बात उसकी अधूरी पेंटिंग के बारे में पूछी थी, उसका उत्तर कहीं उसकी अकेली ज़िन्दगी में दबा है—कोई ऐसा सच, जो सहसा बारिश की उस रात में उसकी उजाड़ पब में चला आया था।

वह उससे यह कहना चाहता था, किन्तु वह कहीं दिखाई नहीं दी—न उसका बैग, न उसका रेन-कोट। और तब वह नाचते हुए दम्पती से किनारा करते हुए दरवाज़े से बाहर आया। बारिश थम गई थी। आकाश में बादलों के बीच इक्के-दुक्के तारे टिमक रहे थे।

दूर सड़क पर एक स्याह-सी छाया नज़र आई—तेज़ क़दमों से पानी के चहबच्चों के बीच रास्ता खोजती हुई। वह उसे बुलाना चाहता था, किन्तु तभी उसे एहसास हुआ कि उसे उसका हिन्दुस्तानी नाम भी ठीक से याद नहीं, सिर्फ़ यह पता था कि वह कभी-कभी शाम अपना बैग लेकर उसकी पब में आ जाती थी और थोड़ी-सी पीने के बाद अपने-आपसे बोलने लगती थी।

टर्मिनल

कहती कुछ नहीं थी, लेकिन उसे पता चल जाता था, वह अब उसके पास नहीं है। कहीं और चली गई है। वह उसका कन्धा हिलाता, "क्या तुम नाराज़ हो गई हो?" वह हिलती जाती, जैसे मोम की गुड़िया हो।

ऐसे नहीं, जब वे प्रेम करते थे, तब भी उसकी देह निढाल हो जाती थी, उसके साथ कुछ भी कर सकते थे लेकिन तब वह उसमें मिल जाती थी। वह सिसकी भी लेती थी तो लगता था, वह किसी तीसरी देह से बाहर आई है—पीड़ा और सुख से लिथड़ी हुई, जहाँ वर्तमान असीम था, जिस पर भविष्य की छाया भी नहीं फटकती थी। यहीं से शायद अपशगुन का काँटा उगने लगता था—भविष्य को क्या इतनी आसानी से अनदेखा किया जा सकता है?

"हमें पता चलाना चाहिए," वह पूछती थी।

"वह कहाँ जाता है?"

वह उसे अपने में ढाँप लेता। उसे लगता, वह क्या अँधेरे में देखती है, जो उसे नहीं दिखाई देता?

"तुम कहते हो, कुछ भी नहीं है। कुछ भी नहीं है, तो क्या वह कुछ भी नहीं होगा?" वह ग़ुस्से में उसे धकेल देती। छुओ, तो पत्थर-सी, नाराज़, तपती-सी।

"हमेशा तुम्हारी हथेलियाँ तपती-सी जान पड़ती हैं," वह कहता।

लेकिन वह न हिलती, न डुलती, सिर मोड़े रहती। नहीं, अब कुछ नहीं होगा, उसे मालूम पड़ जाता। इन सात महीनों में उसने उसके मन के अनेक मौसम देखे थे, लेकिन सबसे सर्दीला और ठिठुरनेवाला मौसम वह होता, जब वह उसका हाथ पकड़े बैठा रहता और वह कहीं और चली जाती।

दूसरे दिन जब वे दोबारा मिलते तो कुछ ऐसा लगता, जैसे आँधी-पानी के बाद कोई नया दिन निकला हो। होस्टल के बाहर निकलते ही उसका चेहरा दमकने लगता। वह अपने बँधे बालों से स्कार्फ़ उतार देती और वे उसके कन्धे पर बिखर जाते—शहर के उस हिस्से में, जहाँ नदी मुड़ती थी और सूरज डूबता था। उनकी अपनी एक बेंच एम्बेकमेंट पर ख़ाली पड़ी रहती थी। सामने एक स्केटिंग रिंक था, जहाँ से संगीत का उन्मादी स्वर और भागते हुए बच्चों की उज्ज्वल चीख़ें एक साथ सुनाई देती थीं। घर लौटने से पहले वे वहीं कुछ देर के लिए बैठ जाते थे। पिछले दिन के बीहड़ मौसम के बाद वही एक सूखी, साफ़-सुथरी थाह होती थी, जहाँ आधी छूटी बात को नये सिरे से पकड़ा जाता था।

लेकिन वह चुप थी। वह उन औरतों को देख रही थी, जो अपनी-अपनी प्रैम में बच्चों को ढक-लपेटकर एक-दूसरे से बतियाते हुए सैर कर रही थीं। कभी-कभी कोई आदमी आराम से पाइप पीता हुआ उनके सामने से निकल जाता था। पाइप का नीला धुआँ डूबती रोशनी

में साँप-सा लहराता हुआ उड़ता जाता और जब वह बहुत दूर निकल जाता तो लड़की उसे देखकर मुस्कराने लगती और उसके हाथ में एक छोटी-सी सिहरन दौड़ जाती, जैसे जो ठीक है, वह उन बतियाती औरतों, प्रैम में सो रहे बच्चों और पाइप पीते हुए आदमी के साथ उनके सामने से निकल गया है।

"यह कोई बीमारी है?" उसने लड़के की ओर देखा।

"कैसी बीमारी?"

"यही कि भरोसा आता है और पास से निकल जाता है?"

"हाँ, है तो," उसने हँसकर कहा, "पता चलाना चाहिए, यह क्या है कि तुम बार-बार सन्देह करने लगती हो। सन्देह का कोई इलाज है?"

"माँ-बाप होते, तो उनके पास जाकर पूछ सकती थी। वे मना भी करते कि तुमसे न मिलूँ तो भी तसल्ली रहती कि उनका फ़ैसला मेरे साथ है। फ़ैसला 'ना' में भी हो, तो अपने 'हाँ' के सिरहाने रहता है—अब तो कुछ भी नहीं है।"

"नहीं है, तो इतना सालता क्यों है, सताता क्यों है, भींचता क्यों है? आख़िर वह है क्या?"

"भरोसे की बात नहीं है," उसने अपने दिल के गोमड़ में झाँककर कहा, "हमें कहीं-न-कहीं से पता चलाना होगा कि यह ठीक है, जो हमारे साथ हो रहा है?"

"कौन बताएगा यह?" वह झींककर उससे पूछता, "किसके पास जाओगी यह पता चलाने?"

वह अपना मुँह उसके पास ले आती, उसके बिना शेव किये गालों पर उसे रख देती, "मुझे मालूम है, कहाँ जाना है। मेरे साथ चलोगे?"

"फिर वही पागलपन?" वह सिर मोड़ता, तो उसके अचकचाए होंठ उसके गालों पर सिहरते हुए एक गीला-सा धब्बा छोड़ जाते, "मैं कहीं नहीं जाऊँगा," वह अपनी रुआँसी ज़िद की रौ में अपने को दोहराने लगता,

जैसे मोटर का पहिया दलदल में फँस जाता है और एक ही जगह घूमता रहता है, "मुझे कहीं नहीं जाना है।"

"क्यों नहीं जाना है?"

"मैं तुमसे पहले भी कह चुका हूँ। लेकिन तुम कुछ भी नहीं सुनतीं।"

"क्या कह चुके हो, एक बार और कहो? मैं सुनती नहीं, तो याद कैसे रखूँगी?"

"मुझे ऐसी चीज़ों में कोई विश्वास नहीं है। तुम्हारा बहुत हठ है तो अकेली चली जाओ। बस!"

इस 'बस' के आगे उसका बस नहीं चलता था, लेकिन वह डिगती नहीं थी, सिर्फ़ थोड़ा-सा पीछे हट जाती थी।

"तुम्हें किस पर विश्वास है?"

मन में आया उससे कहे, किसी पर नहीं। जब तुमसे मिला था तो सोचा भी नहीं था कि जो तुम्हारे और मेरे बीच हुआ है, वह कोई दुर्घटना है, जिसके लिए किसी गवाह की ज़रूरत पड़ेगी। तुम्हें मालूम नहीं, जो मेरा है, वह सबकुछ तुममें जज़्ब हो जाता है। शहर के अँधेरे में सिर्फ़ अपनी धुकधुकी ही तुम्हारी देह में टिमटिमाती जान पड़ती है—इसके परे कुछ भी दिखाई नहीं देता। तुम्हें होस्टल में छोड़कर जब मैं अपने कमरे में लौटता हूँ तो मुझे अपना साथ भी भारी पड़ता है। जल्दी-से-जल्दी कपड़े उतारकर अपने से छुटकारा पाने की इच्छा होती है। अपने को तब तक भूले रहने की इच्छा होती है, जब तक अगले दिन तुम दोबारा मुझे अपने होने की याद नहीं दिलातीं...क्या यह कोई पाप है जिसे किसी दूसरे के सामने धोना होगा?

लेकिन वह कहता नहीं था। कुछ भी कहने का मतलब होता, लड़की के सन्देहों को नाम देना, उन्हें पाप के घेरे में लाना, जिससे भयभीत होकर वह कुछ भी कर सकती थी। जैसे नींद में चलता हुआ आदमी छत की छोर पर जाकर स्वयं तो आख़िरी लम्हे में मुड़ जाता है, लेकिन अगर कोई दूसरा उसे चेतावनी दे तो वह डरकर नीचे नहीं कूद जाएगा,

इसका कोई भरोसा नहीं। इसलिए ऐसे लम्हों में वह उसके सामने चुप रहता था। लेकिन अपने साथ बोलता रहता था, जैसे अब का बोला हुआ वह कभी भविष्य में ज़रूर सुन सकेगी। यही तो वह चाहती थी कि जो भविष्य में सुनाई देगा, उसे अभी सुन सके। यह उसे अपशगुन जान पड़ता था, एक काले जादू-सा, जिसे वह भुला देना चाहता था...।

"अकेली?" लड़की ने फफकती आँखों से उसे देखा, "ठीक है, मैं अकेली जाऊँगी। तुम्हें मेरे साथ आने की ज़रूरत नहीं।"

वह बेंच से खड़ी हो जाती है। अपने बालों पर स्कार्फ़ बाँध लेती है। अपने कपड़े झाड़ती है, बेंच को देखती है कि वहाँ कुछ छूट तो नहीं गया—सिवा उसके जो वहाँ बैठा था? उसे उसकी परवाह नहीं। वह अब एम्बेकमेंट से उतर सड़क पर आ जाती है। वह अब चलने लगती है। वह पीछे मुड़कर भी नहीं देखती जहाँ नदी का पानी अँधेरे में छिप गया और इस पर सिर्फ़ शहर की रोशनियाँ चमक रही हैं।

वह कुछ क्षण तक जड़-सा बैठा रहता है, फिर भड़भड़ाया हुआ उसके पीछे भागने लगता है। उसका हाथ पकड़ता है जो हल्के-से बुख़ार में तपता रहता है। उसे डर था कि वह झिटककर अलग कर देगी। वह ऐसा नहीं करती लेकिन उसे पकड़ती भी नहीं। उसका हाथ एक नरम लेकिन निर्जीव दस्ताने की तरह उसके हाथ में पड़ा रहता है। उन्हें सड़क पर न औरतें दिखाई देती हैं, न बच्चे, न दुकानें, न शराबघर। सबकुछ किसी अँधेरी सुरंग से गुज़रते जाते हैं, शहर के एक सिरे से दूसरे तक और जब वे बाहर आते हैं, तो होस्टल की इमारत दिखाई देती है, जहाँ हर मंज़िल पर अब भी रोशनियाँ जल रही हैं। वह वहीं तीसरी मंज़िल के एक कमरे में रहती थी। दिन का समय होता तो वह उसके ग़ुस्से को लाँघता हुआ भी उसके साथ हो लेता, लेकिन रात की उस निष्क्रिय घड़ी में सिर्फ़ होस्टल के पोर्च तक जाकर ही लौटा जा सकता था, वहीं अपने को रोक सकता था। वह भी रुक जाती है।

"अब तुम जाओ," उसने बिना उसकी ओर देखे कहा, जैसे रात से बात कर रही हो।

"कल तो मिलेंगे..."

"यह तो तुम पर है।"

"मुझ पर कैसे?" उसे ख़ुशी हुई कि अँधेरे पोर्च में वह उसका चेहरा नहीं देख सकती।

"फिर मेरे साथ आओगे?" इस बार लड़की के स्वर में अनुनय नहीं, निर्णय था—ठंडा, कठोर, अविचलित, जिसे टाला नहीं जा सकता था।

"कहाँ चलना होगा?"

"इसकी चिन्ता मत करो..." लड़की का स्वर थोड़ा-सा पिघला, फिर उमड़-सा आया, "म्यूज़ियम के ट्राम-स्टैंड पर आ जाना, हम साथ चलेंगे। हम उनके यहाँ कभी भी जा सकते हैं, लेकिन शाम को जाना बेहतर होगा, तब बहुत कम लोग आते हैं और उन्हें भी कोई हड़बड़ी नहीं रहेगी...अच्छा, बस मैं चलती हूँ," वह जल्दी में थी कि कहीं वह फिर अपनी ज़िद में न अड़ जाए। लेकिन जब वह दरवाज़ा खोलकर लिफ़्ट तक चली गई और बटन दबाया, तब उसने पीछे देखा, वहीं पोर्च के अँधेरे में। वह फिर लौटी, दरवाज़ा खोलकर फिर उसके पास आई, देखती रही, जहाँ उसका चेहरा था, आँखें थीं, "सब ठीक होगा," उसने अपने दोनों हाथों से उसके चेहरे को सहलाया, "तुम चिन्ता मत करना," वह मुस्कराई, "सोने से पहले किसी के बारे में कुछ न सोचना, सिवा मेरे!" अचानक नीचे लिफ़्ट के आने की आवाज़ सुनाई दी और वह फिर मुड़ गई, दरवाज़ा खुलते-खुलते भीतर चली गई। तीसरी मंज़िल के कमरे में जहाँ वह रहती थी, जहाँ अब भी अँधेरा था।

वह अपने घर की ओर मुड़ गया। उसका घर पुराने शहर में था, जहाँ पुल पार करके जाना होता था। वह पुल भी बहुत पुराना था। कहते हैं, उसे एक सम्राट् ने हज़ारों अंडों की जरदी को मिट्टी-रेता में घोलकर बनवाया था...तभी वह तीन सौ साल से वैसा ही था, जैसा पहले दिन, जब उस पर सम्राज्ञी पहली बार अपनी घोड़ागाड़ी में बैठकर गुज़री थी। एक बार जब वह अपने होस्टल से निकलकर उसके साथ उसके घर जा रही थी, तो उसने उसे बताया कि चाँदनी रात में जब शहर में सन्नाटा हो और नदी शान्त हो, तो उस पुल पर गाड़ी के पहियों की आवाज़ सुनाई देती है। विवाह से पहले सम्राट् ने, जब वह युवराज थे, रानी से यह कहने की जगह कि मैं तुमसे प्रेम करता हूँ, यह कहा था कि अब तक मैंने सारे पुल अकेले में पार किये हैं, मेरी बहुत इच्छा है कि अब जो पुल बनें, उन पर मैं तुम्हारे साथ चलकर अपनी ज़िन्दगी गुज़ार सकूँ। जानते हो, सम्राज्ञी ने क्या कहा? उसने कहा, पुल से रास्ता तो पार हो सकता है, उस पर घर नहीं बन सकते...पता नहीं, वह क्या कहना चाहती थी? बरसों बाद वह उसी पुल से नदी में कूद गई थी जो अब भी वैसे ही बहती थी, जैसी हमेशा से।

दूसरे दिन जब वह ट्राम-स्टैंड पर पहुँची तो वह पहले से ही वहाँ खड़ा था। वह ठंड में ठिठुर रहा है। हालाँकि सर्दियाँ अभी काफ़ी दूर थीं। यह तय करना भी मुश्किल था कि वह ठंड से ही ठिठुर रहा है, क्योंकि छाती के ऊपर, गले के आसपास, चेहरे को छूती-सी लपटें लग रही थीं, जबकि गर्मियाँ बीत चुकी थीं। सूरज भी बादलों में छिपा था। सुबह की बारिश में सिर्फ़ ट्राम की पटरियाँ चमक रही थीं।

पिछली रात की बातों से दोनों ही कुछ इतने संकुचित थे कि जब ट्राम आई तो दोनों को जैसे छुटकारा-सा मिला और वे जल्दी-जल्दी बिना एक-दूसरे से कुछ कहे भीतर चले आए।

भीतर बहुत कम लोग थे और वे भी सिकुड़े-से बैठे थे, अपनी-अपनी भीगी बरसातियों के भीतर। उन्होंने अपने पैर कुछ ऊपर उठा रखे थे ताकि उस दलदली कीचड़ से बच सकें, जो पिछले यात्रियों के बूट-जूते पीछे छोड़ गए थे। वे एक-दूसरे को न देखकर बाहर देखने लगे, किन्तु बाहर कुछ भी दिखाई नहीं देता था। ट्राम की खिड़कियों पर इतनी धूल और गर्द जमा थी कि फुटपाथ के पेड़, बिजली के लैम्पपोस्ट और सड़क पर चलते हुए लोग किसी पुरानी फ़िल्म पर फिसलते हुए धब्बे जैसे दिखाई देते थे। हर स्टैंड पर कुछ यात्री उतर जाते थे। ट्राम कंडक्टर जब रस्सी खींचकर घंटी बजाता था, तो ऊँघती हुई ट्राम हिचकोला खाकर फिर सरकने लगती थी।

टिकट कंडक्टर के आने पर लड़की ने जल्दी से अपना बैग खोला और दो टिकट ले लिये। जब वह चला गया, तो भी उसने बैग बन्द नहीं किया, उसमें से एक ब्रश निकाला और अपने बालों को सँवारने लगी। शीशे में अपना चेहरा देखा, पहले आदतन, फिर जब वह सचमुच दिखाई दिया, तो कुछ उत्सुकता से, जैसे वहाँ वह लड़का भी है जो आईने में न होकर कहीं बाहर बैठा था, लेकिन जिसका अक्स उसकी ओर ताक रहा था। वह मुस्कराने लगी, तो लड़का भी मुस्कराने लगा, शीशे में एक-दूसरे की छाया पर और जब उसने आईने को छोड़कर लड़के को देखा जहाँ वह अपने अक्स को छोड़कर असल में बैठा था, तो वह मुस्करा नहीं रहा था। वह चुप बैठा था। उसने घबराकर उसका हाथ लिया, मुट्ठी में भींच लिया, कस लिया और जब लड़के ने सी-सी करते, कराहते हुए अपना हाथ खींचा, तो उस पर नाख़ून के निशान खिंच गए, ख़ून की बुँदकियाँ ऊपर निकल आईं।

लड़की ने जल्दी से रूमाल निकालकर उन्हें पोंछ दिया। दोनों हँसने लगे, पिछली रात को धकेलकर एक-दूसरे से सटकर बैठ गए। लड़की ने अपना सिर उसके कन्धे पर टिका लिया और आँखें मूँद लीं।

वह खिड़की के बाहर देखने लगा, लड़की की गरम साँसें उसके गालों को सहलाने लगीं। कुछ भी नहीं होगा, उसने सोचा, हम जाएँगे और शाम होने तक लौट आएँगे। उसकी जेब में 'मैजिक फ्लूट' के दो टिकट थे, जो उसने बहुत दिन पहले एडवांस में लिये थे। वह उसे आश्चर्य में डालना चाहता था। यह वही ओपेरा था, जो ठीक आज के दिन सात महीने पहले उन्होंने देखा था, जब वे एक-दूसरे को जानते भी नहीं थे। अब तो लगता है, जैसे यह कभी बहुत पहले हुआ था। वह बहुत जल्दी पहुँच गया था ताकि टिकट आसानी से मिल सके। लेकिन जब वह पहुँचा तो बुकिंग ऑफ़िस की खिड़की बन्द हो चुकी थी और क्यू छँटने लगी थी। वह अजीब निराशा में खड़ा रहा। वह इस दिन की बहुत दिनों से प्रतीक्षा कर रहा था और अब विश्वास नहीं हो रहा था कि वह सूखा-का-सूखा ख़ाली हाथ घर लौट जाएगा। उसे अपनी टाई और काला सूट भी कुछ हास्यास्पद-से जान पड़ रहे थे, जो वह ख़ास उन दिनों पहनता था जब किसी ओपेरा या कंसर्ट में जाना होता था। वह खिसियाना-सा होकर थिएटर के बाहर लगे बोर्ड पर आनेवाले दिनों का प्रोग्राम देखने लगा ताकि लोग यह न समझें कि वह यहाँ यूँ ही खड़ा है।

तभी उसे अपने पीछे एक हल्की-सी आवाज़ सुनाई दी, "क्या आपको टिकट चाहिए, मेरे पास एक एक्सट्रा है..."

उसने पीछे मुड़कर देखा तो वह खड़ी थी, अपनी लम्बी काली पोशाक में जिसमें वह काफ़ी लम्बी और उम्र में छोटी जान पड़ रही थी जबकि जानेवाले दिनों में, जब वह उसे जानने लगा था, वह क़द में छोटी और उम्र में बड़ी दिखाई देती थी।

उसने अपनी मुट्ठी खोल दी जिसमें न जाने वे दो टिकट कब से तुड़े-मुड़े पड़े थे—उसकी हथेली की रेखाओं पर एक-दूसरे से चिपके हुए, जिन्हें एक-दूसरे से अलग करने में भी काफ़ी समय लगा था और जब वे भीतर एक-दूसरे के साथ बैठे, तो उसे पैसों का ख़याल आया था, जिन्हें वह उसे देना भूल गया था और जब उसे याद आया, तब तक काफ़ी देर हो चुकी थी।

वह हथेली अब उसके हाथ में थी—गरम और नरम, हल्के-से बुख़ार में तपती हुई। और तब उसने ट्राम की खिड़की से बाहर बारिश में भीगे धुँधले शहर को देखते हुए सोचा कि वह जो कुछ करती है, कहीं इस बुख़ार से तो बाहर नहीं आता, जहाँ होनेवाली चीज़ों की आहट पहले से ही अपनी नाड़ी के स्पन्दन, अपने ख़ून के बहाव, अपनी नसों की फड़कन में सुनाई देने लगती है?

बाद के दिनों में, जब वे एक-दूसरे की देहों को पढ़ने लगे, उसने एक दिन पूछा, "वह दूसरा टिकट किसके लिए था, जो उस शाम उसने मोत्सार्ट के ओपेरा के लिए ख़रीदा था?"

"तुम्हारे लिए," वह हँसने लगी।

"नहीं, सच बताओ, किसके इन्तज़ार में तुम खड़ी थीं?"

वह चुप रही, कुछ भी नहीं बोली, हँसी भी नहीं, "कुछ भी नहीं... मैं तुम्हें इसलिए नहीं बताना चाहती कि तुम मेरा विश्वास नहीं करोगे।"

वह विचलित-सा हो गया, "नहीं, विश्वास की बात नहीं है," उसने कहा, "तुम मुझे बताना नहीं चाहतीं कि तुम किसकी प्रतीक्षा कर रही थीं..."

"तुम्हारी," उसने कहा।

"लेकिन मैं तो तुम्हें जानता भी नहीं था।"

"इसीलिए मैं तुम्हें बताना नहीं चाहती थी। मेरे साथ ऐसा कई बार होता है। मुझे पता चल जाता है कि कुछ होनेवाला है, जैसे कोई दूर से सिग्नल देता हो! सिर्फ़ एक बार दिखाई देता है, और मुझे लगता है,

वह कुछ कह रहा है और मुझे उसके लिए तैयार रहना चाहिए। उस दिन मैं जब टिकट लेने गई, तो क्यू में मैं सबसे आगे थी। जब खिड़की से आवाज़ आई—'कितने?' तो मैंने कहा—'दो।' और जब मैं टिकट लेकर क्यू से बाहर आई, तो कुछ समझ नहीं आया कि यह दूसरा टिकट मैंने क्यों लिया है, और तब मुझे तुम दिखाई दिये।"

वह टर्मिनल था। ट्राम इसके आगे नहीं जाती थी। पीछे मुड़कर उसी दिशा में लौट जाती थी, जहाँ शहर था, जो दोपहर की दूधिया धुंध में डूबा था। ट्राम से नीचे उतरे, तो कुछ देर तक पता नहीं चला, वे कहाँ हैं...वह सिर्फ़ लड़की का पीछा कर सकता था, जो तेज़ क़दमों से आगे-आगे जा रही थी। कुछ दूर जाने के बाद जब वह मेन रोड छोड़कर गली में मुड़ी तो उसे लगा, वह यहाँ पहले भी आ चुकी है।

वह एक सँकरी गली थी। दोनों तरफ़ के मकान एक-दूसरे पर झुके जान पड़ते थे, जिसके बीच आकाश अच्छे दिनों में कभी नीला और उजला रहा होगा, लेकिन अब सिर्फ़ मैली चादर-सा ढका था—मकानों के धुएँ और धुंध में लिपटा हुआ। हर मोड़ पर वह रुक जाती, पीछे मुड़कर देखने लगती और जब वह उसके पास पहुँच जाता तो फिर चलने लगती। बीच-बीच में कुछ पुराने मकानों को ढहा दिया गया था। और उनकी उधड़ी ईंटें और लोहे की छड़ें और गारे-मिट्टी के ढेर मुर्दों के कंकालों-से दिखाई देते थे। वह जिस तरह मलबे के ढूहों से अपने को बचाती हुई सधे क़दमों से चली जा रही थी, लगता था, वह शहर के किसी अनजाने हिस्से में नहीं, अपने घर की तरफ़ जा रही है। लेकिन तभी उसके पैर कुछ अनिश्चित-से हो आए। वह एक दरवाज़े के आगे कुछ संशय में खड़ी हो गई और जब वह पास आ गया, तो वह उसकी ओर कुछ ऐसी निगाहों से देखने लगी जिसमें कुछ पाने का प्रलोभन कुछ खोने के आतंक में घुला था, लेकिन संशय का वह क्षण उगा ही था कि उसने उसे पैरों तले कुचल डाला और

धीरे से दरवाज़ा खटखटाया, लेकिन खुलने की प्रतीक्षा नहीं की। एक हाथ से उसका हाथ पकड़ा और लगभग घसीटते हुए उसे दरवाज़े से सटा दिया—वह अपने-आप खुलने लगा, एक अजीब-सी तीखी रिरियाहट में चीख़ता हुआ। पता नहीं, वह कितनी देर तक इसी तरह चीख़ता रहता, अगर वह उसे फटाक से बन्द न कर देती।

घर से पहले उसे घर की गन्ध दिखाई दी, जैसे वह हर जगह हो—चारों कोनों से उनकी ओर लपकती हुई, कुछ वैसी ही कसैली, गुनगुनी और बासी, जो सन्दूक़ में रखे दीमक लगे कपड़ों या जुओं से भरे अनधुले बालों से आती है, लेकिन वह बुरी नहीं थी; उसमें एक बियाबान-सा बुलावा था—भीतर आनेवाले को बाहर की रोशनी और छलना से बचाता हुआ, सब तरफ़ से काटकर अपनी तरफ़ बुलाता हुआ। लड़की बेताब इशारे से उसे भीतर न बुलाती, तो शायद वह भी भूल जाता कि वे यहाँ किसलिए आए थे।

क्या उसे मालूम था? यह नहीं मालूम था कि उसकी चाहना का रास्ता इतनी टेढ़ी-मेढ़ी गलियों से होता हुआ उसे यहाँ ले आएगा। आँगन के परे टाट के परदे लगे थे, जिन पर एक मद्धिम-सी रोशनी पड़ रही थी। बीच में आबनूस जैसी काली एक चौकी रखी थी, जिसके दोनों सिरों पर दो मोमबत्तियाँ जल रही थीं।

"पास आओ," दूर से आवाज़ आई।

वह पास आया तो चौकी के पीछे एक लम्बा, सफ़ेद चेहरा दिखाई दिया—कन्धे पर दोनों तरफ़ गिरते हुए बालों के बीच उठा हुआ, उसकी ओर उठा हुआ, जहाँ वह खड़ा था और लड़की कहीं न थी।

औरत ने जैसे उसके डर को भाँप लिया, सिर हिलाया, "वह अभी आती है, तुम बैठो! यहाँ नहीं," वह मुस्कराई, "यहाँ मेरे पास..."

चौकी के बाईं तरफ़ जो लाल मखमली कुशन रखा था, वह अपने आगे कर दिया और वह बैठ गया, तो उसे उसी आवाज़ की नीची सतह पर दूसरी आवाज़ सुनाई दी, "तुम वैसे नहीं दिखते, जैसा मैंने सोचा था।"

वह सिर झुकाए बैठा रहा।

"क्या यहाँ आते हुए डर लगता था?"

उसने सिर उठाया, मोमबत्तियों के आलोक में स्त्री का चेहरा संगमरमर की प्रतिमा-सा दिखाई देता था।

"मुझे मालूम नहीं था," उसने कहा।

"यह अच्छा हुआ कि तुम आ गए," उसका स्वर बहुत कोमल-सा हो आया, "जानते हो, सबसे पहली लम्बी यात्रा कहाँ से शुरू होती है? जब तुम पहला क़दम लेते हो!" वह पहली बार हँसी थी, बिना कोई आवाज़ किये—न स्नेही, न सूखी। सबकुछ जानती हुई और कुछ न छिपाती हुई, "मेरी तरफ़ देखो," उसने कहा। और जब उसने साहस बटोरकर सीधी आँखें औरत पर टिका दीं, तो उसे लगा, शायद ही उसने अपने जीवन में इतना अधिक जिया हुआ सन्तप्त और सुन्दर चेहरा देखा हो। वह कुछ और आगे झुक आया ताकि वह स्त्री के चेहरे का दूसरा हिस्सा देख सके, जो मोमबत्तियों के आलोक के पीछे अँधेरे में छिपा था—और तब उसे सहसा लड़की दिखाई दी, जैसे वह अचानक दीवार पर फड़फड़ाती मोमबत्तियों की छाया से निकलकर बाहर आई हो और चुपचाप चौकी के दूसरी ओर लगे कुशन पर बैठ गई हो। उसे देखते ही ख़ुशी का बवंडर उसके भीतर उठने लगा। वह अपने को नहीं दबा सका और उसे कुछ कहने के लिए आगे झुका ही था कि उसे अपने पर हल्का-सा स्पर्श महसूस हुआ। औरत ने अपना हाथ उसके सिर पर रखा था, शान्त और ठंडा, मृत्यु की तरह; एक काले ढक्कन की तरह उसके भीतर को ढकता हुआ।

"क्या तुम इस लड़के को चाहती हो?" औरत की आँखें लड़की पर टिक गईं।

लड़की ने 'हाँ' में सिर हिलाया।

औरत की आँखें अब लड़के पर उठीं, "और तुम?" वह कुछ देर प्रतीक्षा करती रही, फिर फूत्कार-सी उन पर उठी।

'हाँ' कहे या 'ना', वह किससे पूछ रही है, और तभी उसे लगा, चौकी के नीचे से लड़की का हाथ चोरों की तरह उसके हाथ के पास चला आया है। एक अजीब अकुलाहट में फुसलाता हुआ उसकी अँगुलियों को चींप रहा है। मना रहा है कि उसे कुछ कहना चाहिए। 'हाँ' या 'ना' के बीच कोई क्या चाह सकता है, जो कहा जा सके?

"जी हाँ," उसने कहा।

"क्या नाम है तुम्हारा?"

"नाम?"

वह उसे जबान पर लाया ही था कि औरत ने उसे उड़ते हुए पतंगे की तरह पकड़कर अपने हाथ में लिया—पाँच अँगूठियों के कारागृह में, जो उसकी अँगुलियों पर चमचमा रही थीं। और तब उसकी देह में एक झुरझुरी-सी फैलने लगी। कुछ देर पहले जो हाथ, उसे अपने सिर पर मृत्यु का स्पर्श जान पड़ा था, वह अँगूठी का हीरा था, जो उसकी बिचली अँगुली पर बैठा हँस रहा था। उसी हाथ से स्त्री ने जब काग़ज़ के दो टुकड़ों पर उनके नाम लिखे, तो लड़की का नाम नहीं पूछा था, जो शायद उसे पहले से ही मालूम था। दोनों नामों को पुड़िया में मोड़ दिया, मुट्ठी में दबाकर हिलाया और फिर उन्हें क़रीने से चौकी पर रख दिया...। कुछ देर दोनों नाम काग़ज़ के भीतर बन्द रहे, फिर वही हाथ उन्हें एक-एक करके मोमबत्ती की लौ के पास लाया—और वे धीरे-धीरे खुलने लगे। अँगूठियों के बीच लौ की लपलपाती जिह्वा के नीचे दो झुलसे हुए काग़ज़ के कंकाल, जिन पर उन दो नामों के अक्षर चमक रहे थे। वह कुछ देर उन्हें घूरती रही, फिर अचानक ताली बजाई, और दोनों हथेलियाँ जले हुए पुर्ज़ों से काली पड़ गईं और उनकी राख धीरे-धीरे उसकी अँगुलियों के बीच से नीचे झरने लगी...। औरत ने सिर हिलाया जैसे उसने कुछ देखा हो, जो कहीं नियति से भी परे हो,

जन्म से पहले का अंधड़, जब वे दोनों कहीं न थे और वह अकेली थी। उसने सिर हिलाया, गहरी निराशा में, एक बार, दो बार, तीन बार, एक पागल-सा पेंडुलम जो किसी धागे की धुरी पर हिलता जा रहा था, एक मिरगी के मरीज़ की तरह, जिसे रोकने के लिए लड़की ने चौकी पर रखे उसके हाथों पर अपना सिर रख दिया—और तब स्त्री ने आँखें खोल दीं, वैसी ही शान्त और निश्चल, जैसी वे हमेशा से थीं।

वह लड़की के झूलते बालों को अपने सफ़ेद और संगमरमरी हाथों से सहला रही थी। "पगली, तुम्हें तो ख़ुश होना चाहिए...तुम बड़ी विपत्ति से बच गईं। और यह भी...जो तुम्हारे साथ आया है।"

लड़की ने चौकी से सिर उठाया, और अपनी उथली, अबूझी आँखों से उसे देखा, "कैसी विपत्ति? क्या हम साथ नहीं रहेंगे?"

स्त्री चुप बैठी रही। पहली बार उसके उदासीन और निस्संग चेहरे पर क्लेश की कालिमा आई थी, जैसे वह उसे रोकना चाहती थी जो दीवार की छायाओं से उतरकर सिर पर आ खड़ा हुआ था।

"मैं कह नहीं सकती, सिर्फ़ दिखा सकती हूँ—देखोगी?"

लड़की का हाथ चौकी के नीचे उसके हाथ में थमा, थोड़ा-सा काँपा, फिर स्थिर हो गया...शायद यह क्षण था, जब उन्हें चले जाना चाहिए था क्योंकि उसके परे उनके प्रेम का भविष्य नहीं, उसे पाने का प्रलोभन छिपा था। शायद स्त्री यही चाहती थी, किन्तु यह उनसे कह नहीं सकती थी, न उनकी आकांक्षा को रोक सकती थी। वह उन्हें जिस प्रदेश में ले आई थी, वहाँ उसका कोई दख़ल नहीं था। वह स्वयं उसकी दर्शक थी, जो वह उन्हें दिखाना चाहती थी।

लड़की को लगा, जिस हाथ पर उसने सिर टिकाया था, वह धीरे-धीरे नीचे से सरककर बाहर आ गया है। औरत का हाथ अब चौकी पर था, वह अब कुहनी पर टिका हुआ, साँप के फन की तरह खुल गया था जिस पर अँगूठी का नीला नग चमचमा रहा था। वह उसे धीरे से वहाँ ले आई जहाँ लड़की की आँख थी—मछली की आँख की तरह स्थिर, जो पानी के नीचे से ऊपर के सूरज को देखती है, हीरे पर बिछी हुई, "क्या तुम यही देखना चाहती थीं?"

उसके बाद जो हुआ, वह लड़के को बहुत याद करने पर भी याद नहीं आता। उसे लड़की की चीख़ सुनाई दी थी—चाकू की धार-सी महीन और चमकीली। मोमबत्तियाँ एकबारगी फड़फड़ाकर बुझ गईं और वह छाया जो अब तक दीवार पर डोल रही थी, अब वहाँ आकर बैठ गई थी जहाँ स्त्री की देह थी। फिर कुछ भी दिखाई नहीं दिया, सिवा उस चीख़ के, जो अब भी अँधेरे में कौंध रही थी।

"अब बताओ, जो देखा है, उसके बाद भी?"

वह अपने को नहीं रोक सका। इच्छा हुई कि लपककर स्त्री का गला घोंट दे—इसके बजाय उसने लड़की का हाथ पकड़कर पास खींच लिया, "चलो, यहाँ से चलो।"

इस बार लड़की ने कोई विरोध नहीं किया, वह उसके साथ घिसटती गई, जैसे काठ की बनी हो, किन्तु जब वे टाट के परदों से बाहर आए तो वह रुक गई, उसके पाँव दरवाज़े की देहरी पर ठिठक गए। उसने लड़के को अपने पास खींचा और उसके मुँह पर अपना मुँह रख दिया, पागलों-सी उसे चूमने लगी—एक-एक चुम्बन मुँह के अँधेरे खोखल में जबरन और दाँतों के बीच बहते हुए भीतर के अतल कुएँ में डूबने लगे।

यह सिर्फ़ संयोग ही रहा होगा कि वे लौटते हुए उसी ट्राम में बैठे थे जिसमें वे आए थे। टिकट कंडक्टर उन्हें देखकर मुस्करा दिया। वह उन्हें देखते ही पहचान गया कि ये वे ही हैं जो दुपहर को उसके शहर के अन्तिम टर्मिनल पर उतरे थे।

सबकुछ वैसा ही था। वे उसी सीट पर बैठ गए थे, जो उनके जाने के बाद शायद ख़ाली पड़ी रही होगी। अन्तर था, तो इतना ही कि वे अब कुछ अलग-अलग बैठे थे और बाहर दुपहर की दूधिया धुंध के बजाय शाम की उजली धूप निकल आई थी—बारिश के बाद की धूप जिसमें शहर की छतें और बुर्जियाँ चमक रही थीं। कोई नहीं कह सकता कि वे किसी पुराने घर के अँधेरे और मोमबत्तियों की छायाओं से निकलकर आ रहे हैं।

होस्टल के आने से पहले स्टेशन पर लड़की ने पहली बार उसे देखा, धीरे से उसके हाथ को छुआ, उसके हाथ में ट्राम का टिकट दे दिया, "तुम अब मुझसे मिलने की कोशिश मत करना। भूल जाना, यह सब हुआ था..."

जब उसका स्टेशन आया, तो वह अपना स्कार्फ़, अपना बैग, अपना टिकट लेकर उतर गई...वह काफ़ी दूर तक ट्राम की लाइन के साथ चलती गई और फिर ईंटों वाली एक इमारत में चली गई, जो उसका होस्टल था, जिसकी तीसरी मंज़िल के कमरे में वह रहती थी।

ट्राम जब अपने दूसरे टर्मिनल पर ठहरी, तो कंडक्टर को उसने अपना टिकट दे दिया, जिस पर अब भी लड़की के हाथ का पसीना और बुख़ार चिपका था। ट्राम से उतरकर वह धीरे-धीरे चलता हुआ उस पुल पर चला आया, जिसे हर शाम होस्टल से लौटते समय घर जाने के लिए पार करना पड़ता था। वह बहुत पुराना पुल था और उसके नीचे नदी पर डूबते सूरज की सुर्ख़ी फैली थी...।

अचानक उसका हाथ जेब में गया, जहाँ ओपेरा के दो टिकट रखे थे। उन्हें छूते हुए उसे लगा कि वह कोई दूसरा समय था, जहाँ वह पहली बार लड़की से मिला था। वह चलने लगा और जब पुल के अन्तिम छोर पर पहुँच गया, तो फिर खड़ा हो गया। पुल के नीचे शान्त नदी को बहता देखता रहा, जिसका एक हिस्सा अँधेरे में छिप गया था, दूसरा अब भी धूप में चमक रहा था। और तब उसे धूप और अँधेरे के झिलमिले पर एक चेहरा दिखाई दिया पानी के भीतर से ऊपर देखता हुआ—उसकी ओर, जहाँ वह खड़ा था, और तब उसे देखते हुए वह निश्चय नहीं कर सका कि वह सम्राज्ञी का चेहरा है, जो तीन सौ साल पहले पुल के इसी छोर से नदी में डूबी थी या उस स्त्री का, जिसे मोमबत्तियों के बीच उसने तीन घंटे पहले देखा था, जो उन्हें नीचे से उबारकर ऊपर ले आई थी?

बुख़ार

इस बार मैंने तय कर लिया था कि मैं नहीं जाऊँगा—चाहे जो कुछ भी हो। बाबू के सामने तो मैं चुप बैठा रहा, लेकिन ज्योंही वह बाहर गए, मैं माँ के सामने भभक पड़ा, "क्या तुम लोग चाहते हो, मैं घर आना बन्द कर दूँ?"

माँ ने कुछ हैरत से मुझे देखा, जैसे कुछ न जानती हो।

"क्या बात हुई?"

"बात यह है," मैंने अपने को रोकते हुए कहा, "तुम अब मेरी बात कहीं नहीं चलाओगी। मुझे मेरी क़िस्मत पर छोड़ दोगी। तुम लोग अब मुझसे पूछने की भी ज़रूरत नहीं समझते, जहाँ मन करता है, तय कर लेते हो..."

मैं शायद कुछ और भी कहता, इतने दिनों की भड़ास जैसे एक साँस में बाहर आना चाहती हो, लेकिन एक तो मुझे अपनी आवाज़ ही कुछ रुँधी-सी जान पड़ी; दूसरे, माँ का फक चेहरा देखकर भी भीतर का बवंडर छितरा गया।

"तुम्हें चिट्ठी में तो लिखा था...क्या तुम्हें मिली नहीं है?" माँ ने भीरु स्वर में कहा।

"बात चिट्ठी की नहीं है।" मेरी आवाज़ भी अब मेरा साथ छोड़ने लगी, "मैं कब तक इन लड़कियों के घर चक्कर लगाता रहूँगा?"

माँ जैसे इसी मौक़े की तलाश में थीं। एकदम ललककर बोलीं, "अरे नहीं, ये लोग बिलकुल अलग हैं—औरों से बिलकुल अलग! एक बार मिल आने में क्या हर्ज है।"

मैं सिर पकड़कर बैठा रहा। ऐसे कब तक चलेगा? लड़कीवाले आते थे। एक-दो घंटे बैठकर इधर-उधर की बातें करके चले जाते थे और फिर उनका पता भी नहीं चलता था। मुझे खीज होती, शर्म आती और अन्त में एक अजीब-सी बेबसी पकड़ लेती। हर बार सोचता, बस, अब नहीं। क्या दुनिया में लोग अकेले नहीं रहते? और मेरी तो अपनी नौकरी है—स्कूल मास्टरी ही सही—किसी का मुँह तो नहीं जोहना पड़ता। स्कूल के पास ही एक घर भी ले लिया था, ताकि माँ-बाप के झमेलों से दूर ज़िन्दगी जैसी है, वैसी बिता सकूँ। लेकिन बाबू को चैन नहीं था। रिटायर होने के बाद उनका एकमात्र शौक़ अख़बारों में मैट्रीमोनियल कॉलम देखना था, चिट्ठियाँ भेजना था, जो जवाब आते थे, उन्हें एक फ़ाइल में जमा करना था—और अन्त में मुझे चिट्ठी लिखकर घर बुलाना था। नौकरी के लिए मुझे सिर्फ़ एक इंटरव्यू देना पड़ा था, जबकि विवाह के इंटरव्यू अब तक चल रहे थे...।

मुझे चुप देखकर माँ कुछ आगे सरक आईं, जैसे मुझसे कोई गुप्त बात कहनी हो, हालाँकि घर में हम दोनों के अलावा कोई भी नहीं था।

"वे हमारे घर आए थे। हम भी उनके घर गए थे...। तुम्हारे बाबू को तो सब बहुत अच्छा लगा। बस, तुम्हारे 'हाँ' करने की देर है।"

मन में आया, एक बार लड़की के बारे में पूछूँ—दिखने में कैसी लगती है। कहाँ तक पढ़ी है। घर में ही रहती है या कहीं काम पर जाती है।

हो सकता है, उन्होंने कोई फ़ोटो दिया हो और माँ उसे दिखाना भूल गई हैं, जैसे उनकी आदत है लेकिन जब माँ को देखा तो सारे सवाल हवा में घुल गए। कुछ चिन्तित-सा होकर मैंने पूछा, "क्या बात है?"

उन्होंने एक लम्बी-सी साँस ली, "कुछ नहीं बेटा। इस बार मेरा मन पता नहीं क्यों, इतना धुक-धुक कर रहा है...! इतने रिश्ते आए-गए, पहले कभी ऐसा नहीं हुआ।"

"क्या नहीं हुआ?"

"मुझे सुपना आया था। मैं कहीं बाहर से साग-सब्ज़ी लेकर आई हूँ। दरवाज़ा खोला, तो वह दिखाई दी। मेरे हाथ से झोला लेकर चौके में गई, जैसे इस घर में बरसों से रहती आई है।"

"कौन दिखाई दी? किसकी बात कर रही हो?"

"अरे वही, जिसे तुम देखने जाओगे।"

मुझे समझ में नहीं आया, कौन पागल है—मैं या सारे घरवाले?

"तुम्हें सुपने आते हैं?" मैंने माँ को देखा, और मुँह मोड़ लिया।

पता नहीं, हम लोगों की क़िस्मत में क्या बदा था? हमेशा कोई-न-कोई अड़चन आड़े आ जाती थी। बाबू थक गए थे। कभी-कभी झल्लाकर माँ से कहते, 'तुम्हारे बेटे का कुछ नहीं होगा। नौकरी मिल गई, यही बहुत है। शादी की बात अलग है, कोई बायोडेटा देखकर उसको अपनी लड़की नहीं सौंपेगा। स्कूल में पढ़ाता है, तो कुछ तो बोलती निकलती होगी, लेकिन लड़कीवालों के सामने ज़ुबान पर ताला लग जाता है। 'हाँ-ना' में सिर हिलाकर कोई बात होती है?' एक बार तो ग़ज़ब ही हो गया। लड़की के बाप के जाते ही बाबू भुनभुनाते हुए भीतर आए और माँ से बोले, (मैं दूसरे कमरे में था) 'सुना तुमने, लड़की के पिता मुझसे क्या कहते थे? जाने से पहले मुझसे जनाब हमदर्दी जताने लगे, कहने लगे, हमें नहीं मालूम था, आपका लड़का गूँगा है, क्या जन्म से ही ऐसा है?'

माँ हँसने लगीं, तो ताव खाकर बोले, 'देख लेना, इसका कुछ नहीं होगा। ज़िन्दगी-भर कुँवारा बैठा रहेगा। अभी तो ख़ैर हम हैं, लेकिन बाद में इसे अकेले ही सब झेलना पड़ेगा।'

बाबू का ग़ुस्सा धीरे-धीरे सन्ताप में घुलने लगा, जैसे मेरी आनेवाली ज़िन्दगी के कोरे पन्ने एकाएक उनके सामने फड़फड़ाने लगे हों! पहली बार मैंने अपने को उनकी आँखों से देखा—बिना किसी उम्मीद और छलना के जाले से—जैसा मैं था, वैसे ही शहर के सीमान्त पर किराए की कोठरी में रहनेवाला एक स्कूल मास्टर, जो हर इतवार एक अटैची लेकर चला जाता है और दूसरे हफ़्ते के ख़त्म होते-होते लौट आता है...। बाकी छह दिन क्या करता है, किसी को नहीं मालूम!

मुझे मालूम था, लेकिन मैं किससे कहूँ?

हर सप्ताह घर छोड़ते हुए लगता था, मैं किसी लम्बी यात्रा पर चल निकला हूँ। मेरा स्कूल शहर के बाहरी हाशिए पर था, ज़्यादा दूर नहीं, लेकिन लोकल ट्रेन जिस उनींदी गति से चलती थी, बीच के हर स्टेशन पर हिचकी लेती हुई, खेतों-खलियानों को पार करती हुई, तो कुछ ऐसा भ्रम होता था, जैसे मैं दुनिया के किसी दूसरे छोर पर पहुँच गया हूँ। गाड़ी के रुकते ही स्टेशन पर उकड़ूँ बैठे ग्वाले अपनी दूध की ख़ाली बाल्टियों को खनखनाते भीतर घुस आते और अगला स्टेशन आते ही बाहर निकल जाते। मेरा स्टेशन आते-आते लगभग सारा डिब्बा ख़ाली हो जाता, कुछ इक्के-दुक्के बेरोज़गार क़िस्म के नौजवान रह जाते। वे नौकरी ढूँढ़ने के बाद घर लौटते और मैं घर से लौटकर अपनी नौकरी पर आता, लेकिन चेहरे हम सबके एक जैसे ही जान पड़ते।

कोई और दिन होता, तो सीधा अपने क्वार्टर न जाकर हनुमानजी के मन्दिर की तरफ़ निकल पड़ता। मन्दिर एक छोटे-से टीले पर था, जहाँ से स्टेशन की रोशनियाँ और आती-जाती ट्रेनें दिखाई देती थीं। वहीं कुछ देर मन्दिर के आँगन में साँस लेने के बाद मैं अपने ख़ाली क्वार्टर में जाने का साहस जुटा पाता था। लेकिन इस बार मन कुछ इतना भारी था कि मैं सीधा घर जाकर ही बिस्तर पर शरण लेना चाहता था। बीच रास्ते में सरकारी डिस्पेंसरी आती थी, जिसके बरामदे में हमेशा मरीज़ बैठे दिखाई देते थे किन्तु इतवार होने के कारण उस दिन वह बिलकुल उजाड़ पड़ी थी। पिछली सर्दियों में जब मैं बीमार पड़ा था तो इसी डिस्पेंसरी में हेडमास्टर साहब की सिफ़ारिश पर एक कमरा मिल गया था। पूरे बीस दिनों तक मैं यहीं रहा था। माँ और बाबू को मेरी बीमारी की कोई भनक न पड़े, इसलिए मैंने उन्हें फ़ोन पर कह दिया था कि मैं अपनी क्लास के विद्यार्थियों के साथ ऐतिहासिक स्मारकों की यात्रा पर जा रहा हूँ। इतिहास का टीचर होने के कारण वे मेरी काल्पनिक यात्राओं पर विश्वास भी कर लेते थे। कुछ भी हो, डिस्पेंसरी में बिताए वे दिन मेरे लिए सचमुच ऐतिहासिक महत्त्व के थे। मैंने तब पहली बार विवाह करने का अन्तिम फ़ैसला किया था।

क्या वह एक तरह की हार थी, जब हम नियति के आगे घुटने टेक देते हैं? दो साल पहले जब मैं ट्रेनिंग के बाद यहाँ आया था, तब मैंने ऐसा नहीं सोचा था। तब मुझे अपने लिए यह जगह स्वर्ग जान पड़ी थी। शहर के भीतर होते हुए भी शहर के बाहर। धुएँ, गर्द, शोर और घर की झिक-झिक से इतनी दूर कि मुझे लगता था कि मेरा अब तक का जीवन सिर्फ़ एक तैयारी था, एक रिहर्सल, एक एक्सपेरीमेंट—जब सिर्फ़ पत्ते बाँटे जाते हैं और हमें पता होता है कि उन्हें खोलने के बाद ही असली खेल शुरू होगा। बाज़ी खुलते ही हमारी दौड़ शुरू हो जाती है। शुरू में हम कितना अकेला दौड़ना चाहते हैं,

हार और जीत का अपने से कोई सम्बन्ध नहीं जान पड़ता। हम अपने साथ हैं और यह हमारी दुनिया है और यह हमारी दुनिया में सबसे बड़ी जीत है, ऐसा लगता है। किन्तु ज़रा-सी ठोकर लगते ही कोई बीमारी, किसी की मृत्यु, कोई कीचड़ में सनी लांछना, और यह दुनिया भरभराकर नीचे ढह जाती है—एवं ढूह रह जाता है—और हम। हमसे जुड़ा एक हिस्सा ढूह में खो जाता है और दूसरा—जो मैं था, एक अनजाने डर से थरथराने लगता है। उस रात डिस्पेंसरी में मैंने अपने बिस्तर के पास उसी डर को देखा था और दूसरे दिन बाबू को फ़ोन किया था, मैं तैयार हूँ।

बाबू पहले तो चुप रहे—फ़ोन पर सिर्फ़ उनके दमे में धँसी खुर-खुर साँसें सुनाई देती रहीं—फिर सँभलकर बोले, "ठीक है, फिर ऐसा करो, अपनी पासपोर्ट साइज़ के दस-बारह फ़ोटो मुझे भिजवा दो। तुम्हारा बायोडेटा मेरे पास ही है, बाकी मैं सँभाल लूँगा।"

उसके बाद जो दिन आए, वे मुझे एक झिलमिला-सा जान पड़ते हैं। एक सिरा पकड़ता हूँ, तो दूसरा हाथ से फिसल जाता है और पूरा सत्य कहीं मुट्ठी में नहीं आता। पता नहीं, ऐसे बिताए अधूरे सत्य हवा में डोलते रहते हैं, उन चिथड़ों की तरह, जिन्हें यात्री अपनी मनौतियों में बाँधकर मन्दिर पर लटका देते हैं। मेरे साथ भी कुछ ऐसा ही हुआ। बाबू ने जिस घड़ी में मेरे विवाह की मनौती बाँधी थी, वह एक दिन उड़कर न जाने दुनिया के किस कोने में जा पहुँची, मेरे फ़ोटो और जीवन-चरित्र के साथ...और जो चीज़ वापस लाई, वह एक लाल सूत में लिपटा हुआ काग़ज़ था—एक ऐसी लड़की की जन्मपत्री—जिसके जन्म-मरण की बात तो बहुत दूर रही—उसका चेहरा भी न देखा था।

पत्री के साथ माँ का पत्र भी था। घर के ज्योतिषी ने दोनों पत्रियों की जाँच-पड़ताल करके कहा था कि बात आगे चलाने में कोई हर्ज नहीं,

लेकिन वह कोई आश्वासन नहीं देते। कहते हैं, 'यह नक्षत्रों का संयोग नहीं, जितना संकल्प की बात है और संकल्प की दिशा बदलती रहती है...जिस पर नक्षत्रों का कोई बस नहीं...' मुझे कुछ समझ में नहीं आया, सिर्फ़ यह लगा कि सबकुछ भाग्य पर ही निर्भर नहीं है, कुछ हमारी इच्छाशक्ति का भी योग है...। लेकिन इच्छा की लौ यूँ ही तो नहीं जलती, जब तक उसके पीछे कोई प्रेम, कोई लगाव, कोई चाहना की डोर न हो। मैं जब अपने भीतर झाँकता, तो वहाँ कुछ दिखाई न देता, जैसे वह कोई अँधेरा कुआँ हो, चीख़ो तो कुछ और नहीं, सिर्फ़ अपनी भुतैली आवाज़ सुनाई देती थी...क्या लड़की के नक्षत्रों तक वह चीख़ कभी पहुँच सकेगी? मैं बार-बार उसकी जन्मपत्री को देखने लगता। जैसे वह कोई एक्स-रे की प्लेट हो, जिसमें मैं अपने रोग का निदान खोज रहा हूँ, लेकिन वहाँ सिर्फ़ सिन्दूरी रंग के घर और अक्षर दिखाई देते—स्वच्छ, पवित्र और कुँवारे, जिन्हें जितने ध्यान से मैं देखता, वे उतने ही रहस्यमय नक्षत्र जान पड़ते, जितने आकाश के तारे। मेरी नियति और लड़की की जन्मपत्री के बीच यदि कोई फाटक था, तो वह कहीं दिखाई नहीं देता था। तब मुझे क्या मालूम था कि एक दिन मैं किसी अनजान घर का फाटक खोलूँगा, और अचानक वह दिखाई देंगी, जिनकी पत्री में मेरा भविष्य छिपा था?

लेकिन यह तो बाद की बात है। माँ का पत्र मुझे जब मिला, तब परीक्षाओं के दिन शुरू हो चले थे—शुरू अप्रैल के दिन—जब दिन उजले होने लगते हैं और स्कूल के गलियारों में पत्ते उड़ने लगते हैं। क्लासें तो बिलकुल बन्द हो जाती हैं, सिर्फ़ लाइब्रेरी के इर्द-गिर्द परेशान-से परीक्षार्थी और स्टॉफ़-रूम में पान चबाते-बतियाते टीचर दिखाई देते हैं, तीन घंटे इन्वीजीलेशन की ड्यूटी निभाकर जब मैं अपने क्वार्टर में लौटकर आता तो सोने को जी चाहता या कोई जासूसी उपन्यास पढ़ने को मन करता। आँखें वीकेंड पर बिछी रहतीं—क्या इस बार कुछ होगा?

माँ के पत्र के बाद जैसे सब लोग चुप साधकर बैठ गए थे। कोई खोज-ख़बर नहीं। मैं अपने कमरे में चपरासी के पैरों की आहट की प्रतीक्षा करता रहता—घर से कोई फ़ोन आता, तो वह ही मुझे स्कूल से बुलाने आता था। लेकिन इस बार उसका कहीं अता-पता नहीं था। दुपहर की साँय-साँय के अलावा कुछ सुनाई नहीं देता था। मन एक अपशगुन-भरे अन्देशे से भर जाता। हो सकता है, बात फिर टल गई। अजीब बात यह थी कि डर के साथ एक राहत भी मिली रहती, जैसे विवाह की बला टलते ही किसी अप्रत्याशित ख़तरे से भी छुटकारा मिल गया है।

शाम होते ही मैं हनुमानजी के मन्दिर के आँगन में आकर बैठ जाता। बेचारे हनुमानजी बन्द कपाट के पीछे मुगदर उठाए खड़े रहते, जैसे मैं कपाट के बाहर सीढ़ियों पर बैठा रहता। घंटी बजाने का काम हवा करती। वह धीरे से आती और मन्दिरों के द्वार पर लगे घंटे को हल्के से टुनटुनाती हुई आगे बढ़ जाती। बाहर खेतों के सन्नाटे में जब कोई एक्सप्रेस ट्रेन धड़धड़ाती हुई निकलती, तो उसकी थरथराहट देर तक हवा में गूँजती रहती। ये सब गाड़ियाँ पूरब की ओर जातीं—कानपुर, काशी, कलकत्ता।

मन्दिर के प्रांगण में ऊँघते हुए मुझे कोई पुरानी फ़िल्म याद आ जाती—कोई युवक अपने ओवरकोट के कॉलर मोड़कर ट्रेन में बैठा है और एक लड़की उसके कन्धे पर सिर टिकाकर सो रही है। पिछले दिनों जब किसी लड़की के साथ रिश्ते की बात चलती, तो अनायास मुझे वह सब स्मृतियों से पहले की याद आ जाती, जैसे जाड़े की रात में किसी ट्रेन के डिब्बे में किसी लड़की के स्पर्श को अपने कन्धे पर महसूस करना जीवन का सबसे बड़ा, सबसे दुर्लभ, सबसे दुर्भेद्य अलौकिक सुख हो! अप्रैल की उन दुपहरों में सुख का चेहरा हमेशा साफ़ दिखाई देता, लेकिन कन्धे पर सोती लड़की का चेहरा दिन-पर-दिन धुँधला पड़ता जाता। हफ़्ते के आख़िरी दिन जब मैं अपना सूटकेस लेकर घर लौटने

के लिए लोकल ट्रेन में बैठा, तो उस चेहरे का कोई पता नहीं था, मेरा कन्धा ख़ाली था और मेरे साथ वाली सीट भी ख़ाली पड़ी थी।

कौन कहता है, हमारे दारुण जीवन में दिल-भेदी चमत्कार नहीं होते? मैं जब स्टेशन से घर पहुँचा, तो देखा, बाबू छड़ी लेकर बरामदे में बैठे थे—चूँकि वह साफ़ा पहनकर बैठे थे, मुझे मालूम हो गया कि वह सैर के लिए निकलनेवाले हैं। मुझे देखते ही वह कुर्सी से उठ खड़े हुए और मेरे हाथ से सूटकेस ले लिया, जो वह कभी नहीं करते थे।

"भीतर जाओ," बोले, "तुम्हारी माँ कब से तुम्हारे इन्तज़ार में बैठी है।" वह सूटकेस लेकर आगे-आगे चलने लगे और मैं उनके पीछे।

मुझे लगा, जैसे मैं जाने-पहचाने अपने घर में नहीं, किसी पराये होटल में दाख़िल हो रहा हूँ।

माँ के कमरे में पहुँचा, तो चकित-सा खड़ा रहा। वह बहुत सूफ़ीयानी बादामी रंग की साड़ी पहने ठाकुरजी के आसन के सामने बैठी थीं, आँखें मुँदी थीं और होंठ बुदबुदा रहे थे। ठाकुरजी के सामने उन्हें गाते हुए कई बार देखा था, इस तरह गिड़गिड़ाते हुए कभी नहीं...समझ में नहीं आया, वह उनसे क्या माँग रही हैं? बढ़ती हुई उम्र की जीर्ण और जर्जर लकड़ियों में फूँक मारते हुए पता नहीं वह कौन-सी इच्छा सुलगा रही थीं? यह ख़याल भी नहीं आया कि वह मेरे लिए कुछ माँग सकती हैं? सहसा मेरी आँखें सिंहासन पर बैठे कुलदेवता के चेहरे पर गईं तो मैं कुछ चिन्तित-सा हो उठा। मनोकामना की लौ में उनका मुख और सन्तान का सुख जैसे एकसाथ टिमटिमा रहा था।

मैं हल्के से खाँसा तो उनकी बुदबुदाहट बन्द हो गई। बिना हिले-डुले, बिना मेरी ओर देखे बोलीं, "तुम तैयार हो जाओ, तो चलते हैं।"

घर में एक मैं ही था जिसे तैयारी की ज़रूरत पड़ती थी, जैसे सिर्फ़ एक पैंट और क़मीज़ काफ़ी न हो। उसके साथ कुछ और होना चाहिए, जो मेरे अधूरेपन को ढक सके, ऐसा वे सोचते थे। लेकिन वह क्या हो, जो मुझे मुकम्मिल कर सके, इसके बारे में कोई निश्चित नहीं था। शुरू के दिनों में बाबू कहते थे, 'लड़की देखने जा रहे हो, कम-से-कम कोट और टाई ही पहन लो।' एक-दो बार मैंने पहनी भी थी। सड़क पर चलते हुए लगता था, जैसे लोग मुझे घूर-घूरकर देख रहे हैं। पहले मैंने सोचा, शायद ये कपड़े लोगों की आँखों में खटकते हैं, बाद में मुझे पता चला कि बात कपड़ों की नहीं है, देह की है, जिस पर वे झूलते दिखाई देते हैं, लेकिन फिर मुझे लगा, असल में बात बेचारी देह की भी नहीं है। वह उसकी है, जो मैं हूँ, जिसके लिए बाबू इतना चिन्तित रहते हैं कि मेरा बायोडेटा भेजते समय इस बात का गहरा ध्यान रखते थे कि उसमें सबकुछ शामिल हो—सिवाय उसके, जो मैं हूँ। उनका बस होता, तो वह मेरे बग़ैर ही मेरा विवाह करवा लेते, अगर ऐसा सम्भव होता!

हाथ-मुँह धोकर मैं बरामदे में आया तो वह जा चुके थे—मैंने राहत की साँस ली। मुझे देखते ही वह मीन-मेख निकालने लगते थे—क़मीज़ की बाँहें लटकती रहती हैं, बुश्शर्ट क्यों नहीं पहनते, क़मीज़ से ज़्यादा तो वह कहीं रिसपेक्टेबल जान पड़ती है। फिर उनकी आँखें मेरे पैरों पर जातीं और साँस ऊपर आ जाती—'तसमे वाले जूते नहीं हैं, जो पेशावरी चप्पलें पहने हो...कुछ तो ख़याल करो, कहाँ जा रहे हो?' हर बार मुझे कुछ ऐसा लगता, जैसे मैं स्कूल मास्टर नहीं, स्कूल जानेवाला कोई लड़का हूँ, जिसका इम्तहान होनेवाला है और जो ऐन

मौक़े पर सबकुछ गड़बड़ कर देता है। अजीब बात है, ऐसे मौक़ों पर मुझे डर नहीं लगता था। मैं अपने कोरे भविष्य की कॉपी लिये निश्चित बैठा रहता, जबकि बाक़ी उम्मीदवार समय के साथ रेस करते हुए एक के बाद एक पन्ना भरते जाते—मुझे ऐसा देख बाबू कुछ सकपका-से जाते, मुझे कुछ संशय से देखने लगते कि मैं उनका ही बेटा हूँ या उसके भेस में कोई दूसरा जीव-जन्तु तो नहीं?

कभी रात के अँधेरे में अपनी पत्नी—मेरी माँ से पूछते, (जब मैं दूसरे कमरे में होता)."तुम्हें क्या लगता है, क्या इसका विवाह कराना ठीक होगा?"

"तुम भी क्या कहते हो?"

माँ कुछ तीखी आवाज़ में कहतीं, "क्या यह कोई लँगड़ा-लूला है?"

"लूला तो नहीं, गूँगा तो लोगों ने समझा है," बाबू ने कहा, "लेकिन मैं इस वक़्त उसके शरीर के अंगों की बात नहीं कर रहा..." फिर...फिर किसकी?" माँ पूछतीं।

और तब बाबू कुछ हकलाते हुए कहते, जैसे कमरे के अँधेरे में वह मेरे अँधेरे भविष्य को टटोल रहे हों, "क्या कोई लड़की इसके साथ सुखी रह सकेगी?"

माँ का स्वर भर्राया-सा बाहर आता, "तुम्हें परायी लड़की के सुख का तो बहुत ख़याल है, अपने बेटे का कुछ नहीं? क्या वह सारी ज़िन्दगी अकेले में काटेगा?"

अकेले में? माँ का स्वर ऊपर न उठता, तो भी उसे सुन लेता, क्योंकि वही एक डर था जो दोनों को घेर लेता—गँदले पानी के चहबच्चे-सा उनके कमरे में बहता हुआ मेरे कमरे की देहरी पर रुक जाता। बाबू की धीमी-सी आवाज़ सुनाई देती, "अभी तो ख़ैर हम हैं, लेकिन हमारे जाने के बाद?"

और तब उनकी आँखों से मैं अपने को देखने लगता, जैसे हम तीनों एक तरफ़ हैं और दूसरी तरफ़ वह जो मैं हूँ और बीच में—पहाड़ जैसी ज़िन्दगी फैली है...।

घर से बाहर निकले तो माँ ने मेरे हाथ में काग़ज़ का पुर्ज़ा पकड़ा दिया, जिसमें बाबू की लिखावट में कुछ लिखा था।

"यह क्या है," मैंने माँ की ओर देखा।

"यह उनका पता है, जहाँ हमें जाना है। टैक्सीवाला सीधा पहुँचा देगा।"

"बाबू नहीं आएँगे?" मैंने पूछा।

"नहीं, वह एक बार हो आए हैं, देखना तो तुम्हें है।"

मन में आया, उनसे कहूँ, फिर तुम क्यों चल रही हो, लेकिन अब इन घरेलू झगड़ों का समय नहीं था। दुपहर बीतने लगी थी और सड़क पर टैक्सी तो क्या, कोई स्कूटर-रिक्शा भी दिखाई नहीं दे रहा था। टैक्सी-स्टैंड कहीं आसपास नहीं था और बस-स्टैंड धूप की दुपहरी में सूना पड़ा था...। जब बहुत देर तक कुछ दिखाई नहीं दिया, तो लगा कि जैसे घर से आए हैं, वैसे ही लौट जाएँगे। इस ख़याल से मन कुछ डूबने-सा लगा, लेकिन जब किनारे पर आया, तो कुछ तसल्ली भी मिली, जैसे कोई आसन्न-विपदा सामने आते-आते अचानक आँखों से ओझल हो गई हो! तभी मैंने माँ को बेतहाशा हाथ हिलाते हुए देखा, टैक्सी की चाहत को दबाकर वह गली से स्कूटर को बुला रही थीं। स्कूटर के रुकते ही वह धम् से उसमें बैठ गईं, ताकि बेचारे को इनकार करने का मौक़ा न मिले। जब तक मैं उसे पते का पुर्ज़ा दिखाता, वह कोने में लुढ़ककर ठहरी निगाहों से चलती हुई सड़क निहार रही थीं।

मुझे याद नहीं आता, हम कितनी तंग, चौड़ी, घुमावदार सड़कों से गुज़रे थे। बीच में हरी घास से ढके स्क्वायर आते थे, जिनके चारों तरफ़ गाड़ियाँ किश्तियों की तरह अपनी धार में बहती हुई चली जाती थीं। ट्रैफ़िक के टापुओं पर लाल-हरी बत्तियाँ थीं, जिन्हें देखते हुए नींद-सी आने लगती थी। मैं बार-बार अपने को झटका देकर जगा देता था। हम दोनों इतना गुमसुम बैठे थे कि एक बार स्कूटरवाले ने पीछे मुड़कर देखा कि कहीं हम उसकी आँख बचाकर बिना पैसे दिये नीचे तो नहीं उतर गए हैं? मैं शान्त बैठा था। पहले जैसी आकुलता नहीं थी। इस बार मैंने सबकुछ भाग्य पर छोड़ दिया था, हालाँकि भाग्य मुझे छोड़कर कहाँ बैठा था, इसका बाबू और माँ को भी पता नहीं था, भविष्य की बात तो बहुत दूर की थी। माँ जो बिलकुल पास बैठी थीं, उन्हें भी शायद उसी समय यह ख़याल आया था, क्योंकि जब दो लोग बिलकुल पास बैठे होते हैं, तो अजीब तरह से एक का ख़याल चुप्पी के बीच से सेंध लगाकर दूसरे को भी छू जाता है। शायद इसीलिए वह छोर से मेरे कन्धे पर हाथ रखकर बोलीं, "चिन्ता की बात नहीं है, लड़की मैंने देख ली है। इस बार तुम्हीं उससे बात करना। उसकी माँ भी यही चाहती है।"

"क्या उनके घर में कोई और नहीं है?" स्कूटर में पहली बार मैंने माँ को सीधी आँखों से देखा।

"एक विधवा बुआ है, वह कहीं बनारस के पास में रहती है—पिता को गुज़रे दो साल बीत गए...मैंने तुम्हें सबकुछ चिट्ठी में लिख तो दिया था।"

मुझे कुछ याद नहीं आता कि उन्होंने कौन-सी चिट्ठी में क्या लिखा था। माँ की चिट्ठियाँ मैं कतरनों में पढ़ा करता था। बीच में जो टूट जाता, वह हमेशा के लिए छूट जाता था। इससे पहले मैं कुछ और पूछ पाता, स्कूटर अचानक एक झटका खाकर रुक गया,

जैसे कहीं बीच रास्ते में उसे ठोकर लगी हो! मैंने सोचा, शायद इंजन में कोई गड़बड़ी हो! दूसरी हिचकी का हिचकोला खाकर फिर आगे बढ़ेगा, लेकिन जब ड्राइवर ने अपनी सीट से मुँह मोड़कर कहा, "जी, उतरना है या और आगे चलना है?" तो नीचे उतरने के अलावा कोई चारा नहीं बचा था।

नीचे उतरे तो दुपहर की धूप सिमटने लगी थी और पेड़ों की फुनगियों पर रेता-चूने-सी सफ़ेदी बिछल आई थी। इतने पेड़? एकबारगी विश्वास नहीं हुआ कि मैं अपने शहर में ही हूँ। एक बार बचपन में मैं मेरठ की छावनी में गया था, दूर-दूर तक फ़ौजी अफ़सरों के बँगले, मैदान और घने पेड़ों के झुरमुट दिखाई देते थे—कुछ ऐसा ही उस जंगल को देखकर लगा था, जैसे वह हमारे पत्थर और कंक्रीट में तपते शहर के किनारे पर सटी हुई कोई छाँह भरी छावनी हो! माँ चूँकि यहाँ एक बार पहले भी आ चुकी थीं, इसलिए वह आगे-आगे चल रही थीं, लेकिन उनकी चाल से यह नहीं लगता था कि वह सही दिशा में चल रही हैं। वह हर मकान को ऐसे देख रही थीं, जैसे वह किसी आदमी को खोज रही हों! जिससे वह सिर्फ़ एक बार मिली हों, वह उसे न भी पहचान सकें, लेकिन वह उन्हें देखते ही अपने पास बुला लेगा, लेकिन ऐसा कुछ नहीं हुआ—सिर्फ़ सड़क के कुत्ते, जो बालू के ढेरों पर डेरा लगाए पड़े थे, हमें देखकर उठ खड़े हुए, किन्तु भौंकने के बजाय वे भी बग़लें झाँकने लगे, मानो निर्णय न कर पा रहे हों कि इन नये मेहमानों को दुलारकर बुलाया जाए या दुतकारकर भगाया जाए? उनमें से एक लींगड़ी-सी कुतिया ज़रूर चीख़ मारकर रिरियाने लगी थी। माँ उसे देखकर जल्दी से पीछे हट गईं, मुझे देखकर बोलीं, "ज़रा वह पुर्ज़ा तो देख, जो बाबू ने दिया था—मुझे तो सब मकान एक जैसे ही दिखाई देते हैं।"

"पुर्ज़ा मेरे पास कहाँ है," मैंने झीककर कहा।

"तुम्हारे पास नहीं है?"

और तब पता चला कि पते का पुर्ज़ा तो स्कूटरवाले के हाथ में ही रह गया है।

"वापस चलें?"

मैंने घूरते हुए उन्हें देखा, "अपने घर का पता तो मालूम है?"

माँ का चेहरा रुआँसा हो आया, जैसे कोई आख़िरी बाज़ी में पिछड़ जाता है लेकिन वह हार माननेवाली महिला नहीं थीं, "सुनो, मकान कहीं पास में ही है। बाबू को फ़ोन करते हैं, उनसे पता भी चल जाएगा और वे यह भी बता देंगे, उनका घर ठीक-ठीक किस तरफ़ है।"

इस बार मैं अपने को नहीं रोक सका, "तुम्हें इस उजाड़ में कोई फ़ोन बूथ दिखाई देता है? जितनी देर में फ़ोन ढूँढ़ेंगे, उतनी देर में तो मकान मिल जाएगा।"

"क्यों किसी घर से फ़ोन नहीं हो सकता?" उन्होंने विवशता-भरी आँखों से मुझे देखा।

यही एक चारा था, लेकिन मकानों के बन्द दरवाज़ों को देखकर आगे बढ़ने की हिम्मत छूट जाती थी। भरी दुपहर में सारे घर किसी गहरी नींद में सोए जान पड़ते थे।

"तुम यहीं ठहरो, मैं ज़रा देखकर आता हूँ," मैंने माँ से कहा और मेन रोड छोड़कर एक सँकरी-सी लेन में चला गया।

पौधों और गमलों के पीछे कुछ मकान तो बिलकुल छिप गए थे, तभी मुझे एक एकमंज़िले घर का फाटक दिखाई दिया, जिस पर नीम की छाँह गिर रही थी। मैंने झिझकते हुए फाटक पर लगी लोहे की साँकल खटखटाई और उसकी आवाज़ सुनकर ख़ुद पीछे हटकर खड़ा हो गया। कुछ देर तक कहीं कोई हलचल नहीं दिखाई दी, जैसे साँकल की खटखटाहट दुपहर की अनन्त आवाज़ों के बीच लोप हो गई हो, लेकिन तभी बरामदे के पीछे एक छाँह-सी दिखाई दी।

खुले दरवाज़े के बाहर चौखट पर ठिठकी खड़ी रही, फिर धीरे-धीरे फाटक के पास आई, बिलकुल उसके सामने और कौतूहल-भरी निगाहों से मुझे देखने लगी।

"माफ़ कीजिए," मैंने कहा, "क्या आपके घर से एक फ़ोन कर सकता हूँ?"

"जी?"

मैंने सोचा, शायद वह समझीं नहीं, इसलिए कुछ आगे झुककर अपना प्रश्न दुहरानेवाला ही था कि देखा, फाटक खोलकर वह एक तरफ़ खड़ी हो गई हैं और मुस्कराने लगी हैं—मेरी तरफ़ देखते हुए नहीं, लेकिन कहीं मेरे पीछे देखते हुए। मुझे पता नहीं चला था, कब माँ धीरे-धीरे मेरे पीछे चली आई थीं और लड़की उनका हाथ पकड़कर उन्हें भीतर ले जा रही थी। जब वे मेरे पास आए, तो माँ ने तो घबराकर आँखें फेर लीं, लेकिन लड़की ने मुस्कराकर कहा, "आइए, आप भी फ़ोन कर लीजिए..."

मन में खटका हुआ कि कहीं हम ग़लत जगह तो नहीं आ गए? ऐसा हमेशा लगता है, जब हम ग़लती से सही जगह पहुँच जाते हैं। लड़की के चेहरे से भी यह भ्रम होता था कि यह वह नहीं हैं, जिन्हें हम देखने आए थे, बल्कि वह फाटक के बाहर से हमें उसे दिखाने ले जा रही थीं, जो कहीं भीतर है।

भीतर कुछ भी दिखाई नहीं देता था, बाहर की चमचमाती धूप के बाद सब कमरे एक जैसे ही दिखाई देते थे। सिर्फ़ एक किनारेवाले कमरे में बत्ती जल रही थी, अकेली, जिसका न बाहर वाली धूप से, न बाक़ी कमरों के अँधेरे से कोई लेना-देना था।

वहीं से आवाज़ें भी आ रही थीं। मेरे भीतर आते ही वे मुँद गईं, लेकिन तकिये के ऊपर, एक महिला का चेहरा ऊपर उठ आया। मैंने नमस्ते में हाथ जोड़ दिये, जिसके एवज़ में उनकी दोनों पलकें झुक गईं,

मुड़ती गईं, एक कोने की तरफ़ मुड़ गईं, जहाँ एक मूढ़ा रखा था, एक मूक इशारे की तरह वहाँ ठहर गईं, आग्रह करती हुई और मैं मूढ़े पर बैठ गया।

"आपको तकलीफ़ तो नहीं हुई मकान ढूँढ़ने में?"

मुझे अपने पर ही सन्देह हुआ कि आवाज़ कहाँ से आई है। वह बिस्तर से आई थी, कहीं बहुत लम्बा रास्ता पार करते हुए।

"जी, नहीं, माँ तो एक बार पहले भी आ चुकी थीं।"

मुझे डर था, कहीं उस लड़की ने उन्हें टेलीफ़ोन के बारे में न बता दिया हो, लेकिन वह कहीं दिखाई नहीं दी। माँ चुप बैठी थीं, जैसे मुझे यहाँ लाकर उनका रोल पूरा हो गया हो!

"हमें पता नहीं था," मैंने कहा, "हम किसी और दिन आ जाते।" मैंने उनके थके, बीमार चेहरे को देखकर कहा।

"नहीं, यह अच्छा ही हुआ कि आप लोग आ गए।" वह कुहनी के सहारे थोड़ा ऊपर उठ आईं।

"मैं तो आपको देखकर ही पहचान गई। आप वैसे ही लगते हैं, जैसे फ़ोटो में।"

फ़ोटो में? कौन-से फ़ोटो में मेरा चेहरा मेरे जैसा ही लगता है? और तब मुझे याद आया, बाबू ने भेजा होगा। उन्होंने न जाने कितने पासपोर्ट साइज़ के फ़ोटो अपनी फ़ाइल में जमा कर रखे थे, जिन्हें वह तभी भेजते थे जब उन्हें किसी रिश्ते की बातचीत में कोई आशा दिखाई देने लगती थी...।

"आपको तो काफ़ी दूर जाना पड़ता होगा..." उन्होंने कुछ चिन्ता में मुझे देखा, "कोई पास के स्कूल में जगह नहीं थी?"

"जी, ऐसा है...सरकारी स्कूलों में जहाँ वे भेजते हैं, वहीं जाना पड़ता है," माँ ने मेरे लिए कहा।

उन्हें शायद डर था कि अगर मैं चुप रहा तो वह कहीं यह न समझ लें कि घर से बाहर मैं किसी लड़ाई-झगड़े के कारण रहता हूँ। शायद इसीलिए बाबू ने उन्हें मेरे साथ भेजा था। जिस तरह स्कूलों में ख़ाली जगहों को भरने के लिए मुझे भेजा जाता था, मेरी ख़ाली चुप्पियों को भरने के लिए वह मेरे साथ आती थीं।

"वहाँ रहते हैं, तो खाने का क्या करते हैं? क्या कोई बनाने आ जाता है?"

मुझे लगा, हमेशा की तरह मेरा इंटरव्यू शुरू हो गया है, किन्तु धीमी बत्ती के आलोक में जब मैंने उनके कुम्हलाए चेहरे को देखा तो लगा कि उनके स्वर में कुरेदने का भाव उतना नहीं, जितना मुझ तक पहुँचने की जिज्ञासा थी। मैंने धीरे-धीरे सब बता दिया—अपने रहने, खाने, घर लौटने और स्कूल के बारे में और जब सबकुछ कह चुप हो गया, तो देखा, दरवाज़े पर वह भी खड़ी हैं, जिन्हें कुछ देर पहले फाटक पर देखा था।

पता नहीं, वह कितनी देर से चुपचाप देहरी पर खड़ी हुई मेरी आत्मकथा सुन रही थीं।

"चलिए, चाय पी लीजिए।" उन्होंने मुस्कराते हुए मुझसे कहा, इतने सहज भाव से, मानो उन्होंने कुछ न सुना हो।

मैं खड़ा हो गया, लेकिन माँ महिला के पलंग के पास बैठी रहीं, "तुम जाओ, मैं कुछ देर इनके साथ बैठूँगी।"

क्या यह कोई बहाना था, मुझे उस अजनबी लड़की के साथ छोड़ने का? मेरे भीतर एक अजीब-सा डिप्रेशन घुलने लगा, जैसा अक्सर ऐसे मौक़ों पर घिरने लगता था, जब वे मुझे कुछ देर लड़की के साथ अकेला छोड़ देते थे ताकि हम थोड़ा-बहुत एक-दूसरे को जान सकें। होता उल्टा था। अकेला पड़ते ही हम और अधिक दूर छिटक जाते थे। बीच में एक खाई-सी खुद जाती थी। दस-पन्द्रह मिनट के साथ में भला

कौन उसे पार कर सकता था? लड़की नीचे देखती रहती और मैं उसकी ओर। वह सोचती थी, मैं उससे कुछ पूछूँगा, जबकि मेरे मुँह पर ताला लग जाता था। यह नहीं कि मुझे कुछ जानने की उत्सुकता नहीं होती थी, लेकिन लड़की के चेहरे-मोहरे को देखते ही मुझे पता चल जाता था कि कहीं उसने भी मुझे नाप लिया है—अब हम जो कहेंगे—वह सिर्फ़ औपचारिकता होगी, उसके आगे कुछ भी नहीं।

किन्तु उस दिन ऐसा कुछ नहीं हुआ। दूसरे कमरे में जाते ही मुझे लगा, किसी माँ-बाप ने उन्हें मेरे साथ अकेले में नहीं छोड़ा है, बल्कि वह स्वयं मुझे अपने साथ लाई हैं, सिर्फ़ वह हैं और मैं—और बीच में कुछ भी नहीं। मेरे लिए यह अजीब अनुभव था कि बिना एक शब्द बोले बीच की खाई लोप हो जाती है। एक कुर्सी पर वह बैठी थीं, दूसरी मेरी बाट जोह रही थी। चिकों से छनती धूप चाय की केतली और प्यालों पर गिर रही थी। "बैठिए," उन्होंने कुर्सी मेरे आगे सरका दी और खुली आँखों से मुझे देखने लगीं।

उनकी आँखों में कुछ ऐसी चमक थी, जैसे रोने के बाद आती है या पानी से धोने के बाद। वहाँ कोई बहाना नहीं था। कोई अकेले में मिलने का संकोच नहीं, लेकिन वह मुस्कराहट भी नहीं थी, जिसका कौतूहल मैंने फाटक पर देखा था। वहाँ ठहरा-सा धीरज था, जो हमें यह नहीं कहता, इसे अपना घर ही समझिए, बल्कि जहाँ हम यह भूल जाते हैं कि यह हमारा अपना घर नहीं है।

"कुछ लीजिए।" उन्होंने दालबीजी की प्लेट मेरे आगे सरका दी और ख़ुद चाय बनाने लगीं।

उनके हाथों की अँगुलियाँ बहुत छोटी थीं और वह जिसे हम चिचली अँगुली कहते हैं, वह तो उनकी मुड़ी हुई हथेली से कुछ ऐसे बाहर निकल आई थी, जैसे कप के हैंडिल का ही हिस्सा हो!

अचानक उनका हाथ ठिठक गया, "मैं तो बिलकुल भूल गई, आप तो फ़ोन करना चाहते थे?"

मैं हँसने लगा, "उसकी कोई ज़रूरत नहीं, फ़ोन पर आपके घर का ही तो पता चलाना था।"

"आपको मिल गया?"

उन्होंने जिस तरह आँखें उठाकर मुझसे पूछा, मुझे लगा, वह समझीं नहीं, जो मैं कह रहा हूँ।

"जी, आपका घर," मैंने कहा, "हमें यहीं तो आना था।"

उन्होंने सिर हिलाया और चाय डालने लगीं...। वह शायद मुझसे कुछ और पूछ रही थीं और मैं कुछ और कह रहा था।

"आपकी माँ तो पहले भी आ चुकी हैं," उन्होंने कप मेरी ओर सरकाया और मुस्कराने लगीं, "उन्हें शायद याद नहीं रहा।"

मुझे कुछ धक्का-सा लगा। याद न रहना कौन-सा बड़ा अपराध है, मैंने सोचा। और माँ की उम्र? उसमें तो बहुत-से रास्ते भूल जाते हैं, उनका घर पहली बार देखा था।

"हम आप ही के घर के आसपास घूम रहे थे।" मैंने कुछ संकोच, कुछ हँसी में कहा, "अगर आप फाटक पर दिखाई न दे जातीं, तो न जाने कहाँ-कहाँ भटकते रहते!"

"यह अजीब होता, अगर आप हमारे घर से हमें ही फ़ोन करते..." उसने कहा।

"आपके घर से ही आपको फ़ोन?" मैंने कुछ हैरानी से उन्हें देखा।

वह हँस रही थीं, बिलकुल बच्चों की-सी हँसी, जिसने मुझे भी हल्का कर दिया...। इतनी जल्दी आज तक किसी लड़की ने मेरे लिए इतना नहीं किया था कि स्वयं मुझे ही न पता चले कि मैं उसके साथ अकेले में बैठा हूँ और मुझे इसका कोई दुराव भी नहीं है।

"आपके पास हमारे घर का नम्बर नहीं था?" उसने पूछा।

"था..." मैंने कहा, "बाबू ने परची पर लिखकर दिया था, लेकिन वह हमने स्कूटरवाले को दे दी, लेकिन जब हम बाहर आए तो उससे परची लेना भूल गए!"

"पैसों के साथ वह आपके पते को अपने साथ ले गया।" इस बार वह हँसी नहीं, सिर्फ़ मुझे देखती रहीं।

"क्या आपके साथ ऐसा अक्सर होता है?" उनके स्वर में अजीब-सी कोमलता थी।

"कैसा...क्या मतलब है आपका?"

"नहीं, नहीं, ऐसा कुछ नहीं...मेरा मतलब था, क्या इस तरह की परेशानियाँ हमेशा होती हैं?"

याद आया, किस तरह कभी क्लास में पढ़ाते समय लगता था, जैसे पिछली लाइन में बैठे लड़के एक-दूसरे को देखते हुए मुस्करा रहे हैं। जब कभी मैं स्टॉफ़-रूम में जाता था, तो दूसरे टीचर वहाँ आपस में बात कर रहे होते थे, मुझे देखकर अचानक चुप हो जाते थे...क्या यह सब कहना ठीक होगा?

मैंने कुछ दुविधा में उन्हें देखा—तो सहसा वह बहुत व्यस्त हो गईं, "देखिए, मैंने आपको बातों में लगा लिया और आपने कुछ नहीं खाया," उन्होंने दालबीजी और बर्फ़ी की प्लेट मेरे आगे सरका दी।

"नहीं, यह सब रहने दीजिए... शाम को मैं सिर्फ़ चाय पीता हूँ, और कुछ नहीं।"

"शाम होने तक तो आप स्कूल से लौट आते होंगे? माँ जी बता रही थीं कि आपको काफ़ी देर हो जाती है।"

उन्होंने जिस तरह 'माँ जी' का नाम लिया, मैं समझ गया कि वह मेरी माँ की बात कर रही हैं, अपनी नहीं।

"छुट्टी तो जल्दी हो जाती है, लेकिन मैं सीधे घर नहीं लौटता।"

"कहाँ जाते हैं?"

मुझे स्कूल के पीछे वाला ऊबड़खाबड़ मैदान दिखाई दिया, रेल की लाइन, टीले पर हनुमानजी का मन्दिर, पागल-सी इच्छा हुई कि मैं उन्हें सब बता दूँ कि मैं कहाँ-कहाँ जाता हूँ ताकि कुछ देर के लिए उनका ध्यान मुझसे हटकर कहीं और जा सके, लेकिन वह अड़ी रहीं, "घर ख़ाली लगता है, क्या इसीलिए देर से आते हैं?"

मुझे लगा, वह ख़ाली घर की नहीं, ख़ाली मन की बात पूछ रही हैं।

"जी नहीं, आजकल बच्चों के इम्तिहान चल रहे हैं, समय काफ़ी मिल जाता है, मैं घूमने निकल जाता हूँ।"

"भरी दुपहर में?" उन्होंने कुछ हैरानी में पूछा, लेकिन कुरेदा नहीं।

मुझे लगा, वह एक क़दम आगे चलती हैं, फिर ठिठक जाती हैं, जैसे किसी अजानी ज़मीन पर चल रही हों—अपने को गढ़हों, गोमड़ों, कीचड़ से बचाते हुए, जो मेरी ज़िन्दगी थी।

"वहाँ सिर्फ़ मैदान है, धूप भी हो, तो हवा चलती रहती है...मुझे चलना अच्छा भी लगता है," मैंने कहा।

"लेकिन कहीं तो जाते होंगे—या यूँ ही चलते रहते हैं?"

"वहाँ एक हनुमानजी का मन्दिर है—एक छोटे-से टीले पर। ऊँचा ज़्यादा नहीं है, लेकिन वहाँ से सारी इमारतें दिखाई देती हैं—स्कूल, स्टेशन और जब दिन साफ़ हो तो तुगलक़ाबाद के खँडहर भी। मैं कभी-कभी वहीं चला जाता हूँ।"

बोलते हुए मेरी साँस चढ़ गई और मैं चुप हो गया...अपने पर ग़ुस्सा आया, कभी तो ज़ुबान नहीं खुलती, खुलती है तो बन्द नहीं होती। अब नहीं बोलूँगा, मैंने सोचा, चाहे कुछ भी पूछें, तो भी...।

लेकिन उनकी उत्सुकता के सामने मेरा निश्चय एकदम ढह गया। वह पता नहीं, कहाँ से प्रश्न खोद-खोदकर लाती थीं। "क्या करते हैं मन्दिर में—पूजा के लिए जाते हैं?"

"पूजा के लिए?" मैं हँसने लगा, "जी नहीं, दुपहर के वक़्त तो मन्दिर के कपाट बन्द रहते हैं—सारा आँगन सूना पड़ा रहता है। स्कूल के बच्चे होमवर्क की जो कॉपियाँ छोड़ जाते हैं, वहाँ बैठकर मैं उन्हें जाँचता हूँ...वहाँ बिलकुल शान्ति रहती है। इस समय वहाँ कोई नहीं आता—सिवा बन्दरों के!"

"क्या वहाँ सचमुच बन्दर आते हैं?"

"जी, क्यों नहीं—जहाँ हनुमानजी का मन्दिर होगा, वहाँ उनकी सेना नहीं होगी?"

"तब तो मन्दिर बहुत पुराना होगा?"

"नहीं, मन्दिर तो अभी बना है। बन्दर बहुत पुराने हैं—वे हमेशा से यहाँ टीले पर रहते आए हैं।"

"क्या आपकी उनमें श्रद्धा है?"

"बन्दरों में?"

"नहीं, हनुमानजी में?"

मैं सोचने लगा। भीतर टटोला, तो श्रद्धा-जैसी कोई भावना नहीं दिखाई दी। जो कुछ था, वह कहीं बचपन की तहों में दबा था, "वे मुझे अच्छे लगते हैं..." मैंने कहा, "जब मैं छोटा था, तो मुझे पूरी 'हनुमान चालीसा' याद थी।" मैं शायद अपनी रौ में बहता हुआ कुछ और भी कहता, किन्तु सहसा उन पर नज़र गई, तो मैं चुप हो गया।

वह एकटक मुझे देख रही थीं।

मुझे अपने पर गहरी शर्म-सी हो आई। मुझे लगा, वह मुझे फुसलाकर अपने से बाहर ले आती हैं, और जब मैं उनका खेल खेलता हुआ सचमुच अपने से बाहर आ जाता हूँ, तो वह चकित होकर पीछे हट जाती हैं। भला इनसे चालीसा की चर्चा करने की क्या ज़रूरत थी? मुझे अपनी सारी बातें बेतुकी-सी जान पड़ने लगीं—लेकिन आगे उन्होंने जो कुछ कहा, मेरे चकित होने की बारी थी।

"क्या हम कभी आपके वहाँ आ सकते हैं?"

"मेरे यहाँ? आप आना चाहेंगी?"

तभी भीतर के कमरे से उनकी माँ की आवाज़ सुनाई दी और वह उठ खड़ी हुईं, "ठहरिए, मैं अभी आती हूँ।"

वह जाने लगीं, तो उनकी साड़ी का पल्लू बहुत नीचे लुढ़क आया था और उनके जाते हुए पैरों के पीछे-पीछे झूल रहा था। कोई उस समय अचानक मुझसे पूछ लेता कि वह कैसी दीखती हैं, तो शायद मैं कोई सही उत्तर न दे पाता सिवाय इसके कि उनके गोल, साँवले चेहरे पर दो उत्सुक चमकती आँखें बराबर मुझे भेद रही थीं जबकि मैं न जाने कैसी अनर्गल बातें उनसे कहता रहा था। अजीब बात यह थी, मुझे कोई पतछावा नहीं था। औरों के साथ बातें करते हुए मुझे बाद में लगता था कि मुझे यह कहना था, यह नहीं, जबकि उनके सामने मुझे पहली बार यह लगा कि मैं जो था, वही मैं उनसे कह रहा था। दुःख था तो अपनी बातों पर नहीं, बल्कि जो मैं था, उस पर—उस धातु पर, जिससे मैं बना था। मानो उनके पास कुछ ऐसा था, जो मैंने कहीं नहीं पाया था—या कहीं बहुत पहले खो दिया था।

"बेटा, तुमने कुछ खाया नहीं?" सामने उनकी माँ खड़ी थीं। मैं हकबकाकर उठनेवाला था कि उन्होंने धीरे से मेरे कन्धे पर हाथ रखकर कहा, "नहीं, नहीं...बैठो, मैं तो बाथरूम जा रही थी।"

वह धीमे क़दमों से लँगड़ाते हुए कमरा पार कर रही थीं। सींक-सी पतली देह थी और वह भी उन्हें बोझ-सी जान पड़ रही थी, जिसे ठेलते हुए उनकी साँस फूल गई थी।

बाथरूम से लौटीं, तो झिझकते हुए मेरी ओर देखा, एक अजनबी, जो उनकी लड़की को देखने आया था, पता नहीं, मेरे जैसे कितने लोग वहाँ आते होंगे, जिन्हें उन्हें सहना पड़ता होगा। वह मुझे देखती रहीं और तब न जाने उन्हें क्या सूझा, उन्होंने मेरे सिर पर अपना मुरझाया हाथ रख दिया, जैसे कोई प्रार्थना कर रही हों, अपनी बिटिया के लिए, अपने लिए और शायद—मेरे लिए भी, और फिर वैसे ही धीरे-धीरे लँगड़ाते हुए कमरे से बाहर चली गईं।

मेरे भीतर कोई चीज़ भरभराकर गिर गई। अगर उस क्षण मैं अपने को समेटकर बाहर जा सकता? अपने को छोड़, अपने से बाहर—जहाँ से सही यात्रा शुरू होती है? लेकिन तभी वह दिखाई दीं, बिलकुल अलग कपड़ों में मुस्कराती हुई, "माँ जी कहती हैं, आपको थोड़ा घुमा-फिरा लाऊँ। मेरे साथ बाहर चलेंगे?"

"बाहर कहाँ?"

"यहाँ देखने लायक़ कुछ नहीं है—न मन्दिर, न बन्दर, पुराने मकानों के खँडहर ज़रूर हैं...चलिए, मिल्क बूथ तक हो आते हैं। आपकी सैर हो जाएगी, मैं दूध ले आऊँगी।"

मैं उठ खड़ा हुआ।

हमने फूलों की लतरों से ढका आँगन पार किया। आँगन में बहुत-सी चीज़ें बिखरी थीं—पुराने टाट के टुकड़े, घी के ख़ाली पीपे, सफ़ेदी और रोगन के ब्रुश, लकड़ी की सीढ़ी, दीवार के सहारे टिकी हुई। कोने में एक हुक़्क़े की काली, झुलसी हुई चिलम और नली को देखकर बोलीं, "यह बाबू का हुक़्क़ा था। जब मैं छोटी थी, तो उनकी चिलम भरकर लाया करती थी।"

पहली बार उन्होंने मृत पिता का ज़िक्र किया था और तब मुझे लगा, उस घर में माँ और बेटी ही नहीं रहतीं, वह भी रहते हैं, छूटी हुई चीज़ों, और बीती हुई घड़ियों में, वह घर जो मुझे इतना ख़ाली-सा

दिखाई दिया था, उसके भीतर उन्हें न जाने कितनी चीज़ों से बचकर चलना पड़ता होगा।

"इधर से आइए," उन्होंने पिछवाड़े का दरवाज़ा खोला और मुझे रास्ता देने के लिए अलग खड़ी हो गईं।

उनके एक हाथ में दूध का बर्तन था, दूसरे में छोटा-सा बच्चों वाला बटुआ, जिसके अधखुले मुँह से कुछ नोट बाहर झाँक रहे थे। शाम की श्यामल रोशनी में वह बिलकुल बदली हुई दिखाई दे रही थीं। साड़ी की जगह उन्होंने खुली, ढीली-ढाली-सी सलवार-क़मीज़ पहन रखी थी। बालों को एक लाल रिबन से कसकर जूड़े में बाँध लिया था और पैरों में घरेलू स्लीपर की जगह सन्तरी रंग का कैनवस का जूता पहन रखा था...। वह मुझे अपनी ओर इस तरह देखते हुए कुछ सकपका-सी गईं, फिर उनका हाथ अपनी चुन्नी पर गया कि वह तो कहीं ऊपर-नीचे नहीं है?

"चलिए, देर से पहुँचे तो ख़ाली हाथ लौटना पड़ेगा।"

"लाइए, यह मुझे दे दीजिए।"

मैंने बर्तन को लेना चाहा, तो उन्होंने मना कर दिया, "अभी तो ख़ाली है, लौटते हुए ले लीजिएगा।"

वह कोई शॉर्टकट पगडंडी रही होगी, जो पिछवाड़े की गली से होती हुई साँप-सी टेढ़ी-मेढ़ी जाती थी। दोनों तरफ़ अंग्रेज़ों के ज़माने के ख़ाली क्वार्टर थे, जिनमें से कुछ को ढहा दिया गया था, कुछ ढहने को तैयार खड़े थे। पगडंडी बार-बार रेत के टीलों के बीच खो जाती थी। ऊबड़-खाबड़ रास्ते पर चलता हुआ मैं पीछे रह जाता और वह मुझसे आगे निकल जातीं, फिर किसी बात करने के बहाने वह रुक जातीं ताकि मुझे यह महसूस न हो कि वह मेरे लिए रुकी हैं और जब मैं उनके साथ चलने लगता, तो किसी गढ़हे या गोमड़ से मुझे बचाने के लिए मेरा हाथ पकड़ लेतीं, जैसे मुझे नहीं,

उन्हें मेरे सहारे की ज़रूरत है और तब तक पकड़े रहतीं, जब तक बात ख़त्म न हो जाती या रास्ता पार न हो जाता।

किसी के साथ चलने में उसका चरित्र कितनी जल्दी खुल जाता है, पता चल जाता है। क्या हम उसके साथ किसी लम्बी यात्रा पर जा सकते हैं?

मिल्क बूथ का शेड दिखाई दिया, तो वह ठहर गईं, "आप यहीं रुकिये, मैं आती हूँ।"

वह जाने लगीं, तो उनकी निगाहें मेरे जूतों पर पड़ गईं जो रास्ते की धूल और कीचड़ की मार से बहुत दयनीय से दिखाई दे रहे थे। वह परेशान-सी हो गईं, "देखिए, यह मेरी ग़लती है, जो आपको ऐसे बेवक़ूफ़ रास्ते से ले आई।"

"बेवक़ूफ़ कैसा?" मैं हँसने लगा। वह कभी-कभी जड़ चीज़ों को ऐसे सम्बोधित करती थीं, जैसे वे जीवन्त हों!

"मैं हूँ बेवक़ूफ़ और कौन, जो ऐसे जूते पहनकर चला आया। अब मुझे पता चला, आप कैनवस के जूते क्यों पहनकर आई थीं।"

मैंने हँसी में उनकी परेशानी को दूर करना चाहा, लेकिन वह अपने से रुष्ट खड़ी रहीं, फिर उन्हें कुछ याद आया, अपनी क़मीज़ की जेब से उन्होंने टीशू पेपर का एक छोटा-सा बंडल बाहर निकाला और मेरे हाथ में पकड़ा दिया, "देखिए, सामने ढाबे की बेंच है, आप वहाँ बैठकर इन्हें साफ़ कर डालिए, इतने में मैं दूध ले आती हूँ।"

वह जा रही थीं। मैं उन्हें देख रहा था। उनके हाथ में पीतल का बर्तन झूल रहा था। शाम की पीली धूप में चमचमा रहा था। वह रुँधे, सँभलते क़दमों से उस लाइन के पीछे जा खड़ी हुईं, जो मिल्क बूथ की खिड़की के आगे लगी थी। फिर उन्होंने सिर मोड़कर मुझे देखा और मुस्कराने लगीं—एक अजीब आश्वासन-भरी मुस्कराहट जिसे देखकर मैं कुछ भयभीत-सा हो गया, जैसे किसी के अनगढ़,

औघड़ हाथों में कोई बहुत नाज़ुक-सी बेशक़ीमती चीज़ आ जाती है और उसे डर लगता है, जब वह कहीं उसकी पकड़ से छूटकर टूट न जाए। मैं जल्दी से उनकी निगाहों से बचकर ढाबे की ओर मुड़ गया और उसके सामनेवाली बेंच पर जाकर बैठ गया। ढाबे के पीछे खेल का मैदान था, जहाँ किसी ने झरे हुए पत्तों के ढेर में आग लगा दी थी, जिसके इर्द-गिर्द मुहल्ले के बच्चे हँसते-चीख़ते हुए भाग रहे थे। उनके लौटने तक मैं अपने को इतना सँभाल लेना चाहता था कि वह यह न जान सकें कि जिस शॉर्टकट से हम यहाँ आए थे, वह मेरे लिए कितनी लम्बी यात्रा थी।

मुझे पता भी नहीं चला, वह कब लौट आईं। पता तब चला, जब सामने की बेंच पर मैंने दूध की बाल्टी देखी। वह उसे वहाँ रखकर ढाबेवाले से कुछ कह रही थीं। वापस आकर उन्होंने बेंच को अपने दुपट्टे से साफ़ कर दिया, और जहाँ बाल्टी रखी थी, उसके पास बैठ गईं, "यह आदमी अल्मोड़ा का है, बहुत अच्छी पहाड़ी चाय बनाता है।"

"क्या आप यहाँ रोज़ आती हैं?"

"पहले अम्माँ आती थीं, जब वह बीमार नहीं पड़ी थीं। डॉक्टर ने उन्हें रोज़ मील, आधा मील चलने के लिए कहा था, सो उसी बहाने दूध लेने आ जाती थीं।"

"क्या तकलीफ़ है उन्हें?"

"ख़ास कुछ नहीं...जोड़ों में दर्द रहता है। दो महीने पहले जब आपके घर गई थीं, तब बिलकुल ठीक थीं—तब आप वहाँ नहीं थे।"

"मैं सिर्फ़ छुट्टी के दिन घर आता हूँ। आप लोग आए थे, यह मुझे बाद में पता चला।"

"कैसे?"

"माँ मुझे चिट्ठी में सबकुछ लिख देती हैं।"

"अच्छा?" उन्होंने कुछ हँसी, कुछ उत्सुकता से मुझे देखा, "मेरे बारे में भी कुछ लिखा था?"

"जी...आपके बारे में भी।"

"क्या?" उन्होंने कुछ ऐसे पूछा, जैसे मैंने उनका कोई फ़ोटो खींचा हो, जिसे वह देखना चाहती हों।

"वह चाहती थीं, एक बार मैं आपसे मिल लूँ," मैंने कहा।

पहली बार जैसे उन्हें अपने चेहरे का ध्यान आया, जिसे वह ख़ुद नहीं देख सकती थीं, जिसे वह मेरी आँखों से देख रही थीं।

"देख लिया आपने? क्या मैं वैसी ही दीखती हूँ, जैसा आपकी माँ ने आपको लिखा था?" उन्होंने अपनी चुन्नी से अपने चेहरे के पसीने को पोंछते हुए कहा। आग की लपटों में वह दहक रहा था।

"नहीं, आप वैसी नहीं दीखतीं," मैंने कहा।

वह बोलीं कुछ नहीं, मुझे देखती रहीं।

"आपका चेहरा वैसा ही दीखता है—लेकिन आप नहीं," मैंने हिम्मत बटोरकर कहा।

"मैं आपकी बात समझी नहीं? क्या मेरा चेहरा मुझसे अलग है?"

"नहीं, मेरा मतलब यह नहीं था। माँ ने जब आपके बारे में बताया, तो मेरे सामने सिर्फ़ आपका चेहरा था। आपसे मिलकर मुझे वह एक बार भी याद नहीं आया, जो उन्होंने मुझे लिखा था।"

ढाबे का आदमी चाय के दो गिलास हमारे सामने रख गया और हमारी बात वहीं टूट गई। बच्चों का शोर धीरे-धीरे बुझ गया था, लेकिन पत्तों की चिता अब भी जल रही थी। लपटों की छाया में उनका चेहरा कुन्दन-सा चमक रहा था—पसीने में भीगा हुआ, जिसे वह बार-बार अपनी चुन्नी से पोंछ लेती थीं।

"एक बात पूछूँ, आप बुरा तो नहीं मानेंगी?"

"जी?"

"क्या आपको बहुत-से लोग देखने आते हैं?"

एक फ़ीकी-सी हँसी उनके चेहरे पर चली आई, "जी हाँ—अख़बारों में देंगे, तो ऐसा होगा ही..."

"क्या आप उन सबसे वैसे ही मिलती हैं, जैसे—मुझसे?"

वह कुछ देर चुप रहीं, फिर चाय का गिलास उठाया, एक छोटा-सा घूँट लिया और फिर उसे मेज़ पर रख दिया। एक छोटे-से क्षण में मुझे देखा, फिर धीरे से कहा, "चलिए, वे लोग सोचेंगे, हम इतनी देर कहाँ रह गए।"

वह उठ खड़ी हुईं। ढाबेवाला गिलास उठाने आया तो मैंने पैसे देने चाहे, लेकिन उन्होंने हाथ हिलाकर मना कर दिया, लेकिन जब मैंने दूध की बाल्टी उठाई, तो उन्होंने मना नहीं किया।

घर लौटते हुए वह कुछ नहीं बोलीं, और शायद इसलिए कि वह जल्दी में थीं और मुझसे छुटकारा पाना चाहती थीं। इस बार उन्होंने शॉर्टकट की पगडंडी न लेकर पक्की सड़क ली थी—न कूड़ा, न कीचड़, सीधा साफ़ रास्ता, दोनों तरफ़ लैम्पपोस्टों की रोशनियों में चमकता हुआ। कभी-कभी कोई धड़धड़ाती बस निकल जाती, तो उनकी हेडलाइटों में उनका चेहरा एक क्षण के लिए चमक जाता। मैं देखने की कोशिश करता, कहीं वह मेरी बात से नाराज़ तो नहीं हैं, लेकिन एक क्षण की रोशनी में कुछ भी पता चलाना असम्भव था।

जब हम उनके घर के फाटक के सामने पहुँचे, तो उन्होंने दूध की बाल्टी मेरे हाथ से ले ली, "आप भीतर चलिए, मैं इसे चौके में रख आती हूँ।"

उनका स्वर बिलकुल शान्त था—न कोई दरक, न खिंचाव, जैसे बीच में कुछ भी न घटा-गुज़रा हो!

मैं कुछ देर फाटक के आगे ही खड़ा रहा। रात की रानी की बेल रही होगी या चमेली के फूल—एक भरमाती-सी गन्ध चारों ओर फैली थी। आज जब कभी मैं उस शाम को याद करता हूँ तो फाटक पर झूलती लतरें, वह अनजानी-सी ख़ुशबू, धूप के मिटने के बाद का स्वच्छ और चमकीला अँधेरा ही याद आता है। उनके जाने के बाद मैं अकेला छूट गया था। लेकिन पहली बार मुझे लगा कि किसी का दिया हुआ अकेलापन भी कितना भरा-पूरा हो सकता है। क्या वह प्रेम था, या सिर्फ़ उसे पाने की चाहना—जो पहली बार मेरी सूखी, पपड़ाई, पंगु ज़िन्दगी में एक हरियाली का भ्रम देती हुई उग आई थी?

मैंने देखा कि बरामदे की बत्ती जल गई और माँ भीतर के दरवाज़े से निकलकर बाहर आ गई हैं। वहाँ देख रही हैं, जहाँ फाटक के पीछे मैं खड़ा था। समझ में नहीं आया, उस समय मैं क्यों नहीं उनके पास चला आया, क्यों फाटक के पीछे अँधेरे में बिना हिले-डुले खड़ा रहा। जैसे वहाँ खड़ा रहा, मैं माँ और बाबू और घर और स्कूल और अपने अतीत सबसे बाहर आ जाना चाहता था—किसी ऐसी जगह, जहाँ नियति की आँख मुझ पर नहीं पड़ सकेगी।

क्या कभी ऐसा सम्भव हो सकता है कि आदमी अपने से बचकर वहाँ चला जाए जहाँ हाथ की लकीर या जन्मपत्री का नक्षत्र उसका पीछा न कर पाए?

मैंने फाटक खोला और माँ के पास चला आया।

माँ ने बहुत मना किया, लेकिन वह नहीं मानीं। वह हमें छोड़ने बाहर आई थीं। यह तो अच्छा हुआ कि हमें बीच में ही टैक्सी मिल गई और उन्हें बहुत दूर स्कूटर-स्टैंड तक नहीं चलना पड़ा। टैक्सी में हमें बिठाकर जब वह विदाई लेने लगीं, तो माँ ने खिड़की से हाथ बाहर निकालकर उनका हाथ पकड़ लिया, "आपको अब हमारे घर आना होगा। बताइए, कब आएँगी?"

उन्होंने माँ को देखा, फिर मुझे—एक ग़मगीन-सी मुस्कराहट उनके चेहरे पर थी, कहा कुछ नहीं। टैक्सी के स्टार्ट होने पर मैंने पीछे मुड़कर देखा, वह चुपचाप घर की ओर जा रही थीं।

उस रात मैं कुछ इतना थका था कि खाने के तुरन्त बाद मैं सीधा सोने चला गया। मुझे पता भी नहीं चला, कितनी रात बीत चुकी है, जब अचानक मेरी नींद खुली। देखा, बाबू के कमरे की बत्ती जली है और उनके कमरे से बातचीत की धीमी आवाज़ें सुनाई दे रही हैं। कभी माँ का स्वर सुनाई देता, कभी बाबू का। अपने कमरे के अँधेरे से मुझे उनकी बातें तो सुनाई दे रही थीं, लेकिन शब्द नहीं—पूरा शब्द तभी सुनाई देता था, जब उनमें से कोई मेरा नाम लेता था। उनके मुँह से अपना नाम सुनते ही मुझे दहशत-सी महसूस होने लगती थी। जैसे वह किसी ऐसे आदमी का नाम ले रहे हों, जो उनका बेटा तो है—मैं नहीं। उस शाम मैं अपने नाम की केंचुल से बाहर आ गया था। हालाँकि मेरा चेहरा-मोहरा बिलकुल वैसा ही था, जैसा अब तक लोग देखते आए थे।

वे परीक्षाओं के दिन थे और दूसरे दिन मुझे तुरन्त स्कूल पहुँच जाना था। जब मैं सूटकेस में कपड़े रख रहा था, तभी मुझे बाबू दिखाई दिये। वह सुबह का अख़बार हाथ में लिये मिचमिचाती आँखों से भीतर झाँक रहे थे। वह मुझसे कुछ कहना चाहते थे, लेकिन जब उन्होंने देखा, मैं इसके लिए बिलकुल तैयार नहीं हूँ, तो वह अख़बार पटककर गुसलख़ाने में चले गए। मैं यही चाहता था। मैं चुपचाप अकेले में—दोनों की आँख बचाकर—स्टेशन की तरफ़ निकल जाना चाहता था।

लेकिन दुर्भाग्यवश ऐसा बिलकुल सम्भव नहीं हो सका। ऐन जाने की घड़ी में माँ रसोई से बाहर निकल आईं। उनका मुँह तमतमा रहा था। "क्या तुम ऐसे ही चले जाओगे?"

"ऐसे ही?" मैंने उन्हें देखा।

"हमें उन्हें क्या जवाब देना होगा, यह तो कुछ पता चले।"

"अगर वे चुप रहते हैं तो क्या हमें पहल करने की ज़रूरत है?"

"तुम पागल हो...क्या अब भी कोई शक बचा रह गया है?" उनका चेहरा कुछ ढीला-सा हो आया, "देखा नहीं, माँ-बेटी तुमसे कैसे बातें कर रही थीं!"

मुझे लगा, वह सच कह रही हैं। यह भूल गया कि सच के कितने दरवाज़े होते हैं, दिखते एक जैसे ही हैं, जाते अलग-अलग दिशाओं की तरफ़ हैं।

"तेरे बाबू को तो कल रात नींद नहीं आई। कहते थे, इन्हीं गर्मियों में कुछ पक्का हो जाए, तो सबसे अच्छा रहे—तुम दोनों कहीं छुट्टियों में पहाड़ जा सकते हो।"

सूटकेस उठाकर मैं स्टेशन जानेवाली सड़क पर चलने लगा। देर तक माँ के शब्द कानों में गूँजते रहे—माँ-बेटी की बातें, गर्मी की छुट्टियाँ, पहाड़। अप्रैल की धूप में मेरी आँखें चुँधियाने-सी लगीं। पसीना पोंछने के लिए मैंने पैंट की जेब से रूमाल निकालना चाहा, तो अचानक टीशू का रूमाल हाथ में आ गया। मैं कुछ देर आश्चर्य में उसे देखता रहा, और तब मुझे याद आया कि यह उन्होंने कल शाम मुझे दिया था, अपने जूते साफ़ करने के लिए, जिनसे अब मैं अपना चेहरा पोंछ रहा था।

आनेवाले दिनों में ऐसा कुछ नहीं हुआ कि मैं याद रख सकूँ। कारण सोचता हूँ तो वे ख़ाली दिन जान पड़ते हैं। ख़ाली दिनों की याद कैसी? मुश्किल यह है कि इस ख़ालीपन में भी हमेशा कुछ-न-कुछ घटता रहता था। स्कूल की परीक्षा, इन्वीजिलेशन की ड्यूटी, कभी-कभी तो देर शाम तक प्रिंसिपल साहब के कमरे में बैठकर काम करना पड़ता था। एक तरह से यह अच्छा ही था, इन बाहरी व्यस्तताओं के कारण मैं भीतर के ख़ालीपन को भूले रहता।

घर से कोई ख़बर नहीं, न चिट्ठी, न फ़ोन। समय के साथ वह शाम भी धुँधली पड़ने लगी, जब हम उस ऊबड़-खाबड़ पगडंडी को पार करते हुए मिल्क बूथ गए थे, ढाबे की बेंच पर बैठकर पहाड़ी चाय पी थी, जलते हुए पत्तों की लपटों में शाम का धुँधुआता अँधेरा घिर आया था—क्या वह सबकुछ भूल गई थीं?

वे इम्तिहानों के दिन थे। गर्मियों के शुरू के दिन, जब सड़कों पर पेड़ों के पत्ते धूप में टिमकते हुए झरते रहते थे। परीक्षा-हॉल की खिड़कियों से मैं उन्हें देखा करता था। इन्वीजिलेशन के तीन घंटों में जिस तरह परीक्षार्थी अपने-अपने पेपरों पर झुके अपनी भावी नियति का लेखा जुटा रहे होते, मैं अपनी जन्मपत्री के बारे में सोचा करता, जहाँ सब फ़ैसले पहले से ही लिखे जा चुके थे। यह कहना कठिन है कि मैं उनके बारे में जानता नहीं था। जो होनेवाला होता है, उसके संकेत हमेशा किसी रहस्यमय कोड में हमें मिलते रहते हैं। सिर्फ़ उसे पढ़ने का धैर्य होना चाहिए। परीक्षा-हॉल के तीन घंटे कम नहीं होते। हर सुबह ज्योंही परीक्षार्थी अपने पेपरों पर सवाल हल करने लगते, मैं अपनी फटी-पुरानी पोथी लेकर बैठ जाता—जो मेरी ज़िन्दगी थी, जिसके ख़ाली पन्ने पर बाबू का प्रश्न काली स्याही में घूरता रहता—पता नहीं, इस लड़के का क्या होगा?

ऐसी ही एक दुपहर जब मैं हॉल में बैठा था, स्कूल का चपरासी मेरे पास आया, कहा कि प्रिंसिपल साहब मुझे स्टॉफ़-रूम में बुला रहे हैं।

मुझे कुछ आश्चर्य हुआ। परीक्षा की घड़ी में शायद ही कोई टीचर बाहर जाता हो। मैंने सोचा, कोई कक्षा का काम है, जिसे बाद में निपटाया जा सकता है, किन्तु तभी मैंने देखा, मेरे सहयोगी भूगोल के अध्यापक भागते हुए मेरे पास आए, आपसे कोई मिलने आया है। आप जाइए, मैं आपका काम सँभाल लूँगा।

स्टॉफ़-रूम के पास पहुँचा ही था कि मेरे पाँव ठिठक गए, वह खड़ी थीं। स्टॉफ़-रूम के बाहर गलियारे की रेलिंग पर हाथ रखकर वह स्कूल के मैदान को देख रही थीं, उनकी पीठ मेरी तरफ़ थी—और उनके बालों का जूड़ा ढीला-सा उनकी गर्दन के नीचे सरक आया था।

"आप यहाँ?" बरबस मेरे मुँह से निकल पड़ा।

वह झट से मुड़ीं और मेरी ओर देखकर हँसने लगीं, "हाँ, मैं ही हूँ—आपने पहचाना नहीं?" मेरे चेहरे पर कुछ रहा होगा, ख़ुशी, विस्मय, अविश्वास—कि उन्होंने जल्दी से अपने को बचाते हुए कहा, "मैं आपको ख़बर नहीं दे सकी...आप क्या क्लास छोड़कर आए हैं?"

"नहीं, नहीं, मेरी कोई क्लास नहीं, मुझे पहले से पता होता तो मैं स्टेशन चला आता—स्कूल मिलने में तो मुश्किल नहीं पड़ी?"

"नहीं, मैं स्टेशन से सीधी चली आई—आपने बताया तो था।"

मुझे याद नहीं आया, कब मैंने उन्हें बताया था, लेकिन इस तरह उनसे स्कूल के गलियारे में बात करना कुछ अजीब-सा लग रहा था। आते-जाते बच्चे उन्हें देखकर खड़े हो जाते थे। सोचा, उन्हें कैंटीन में ले जाऊँ लेकिन वहाँ पर भी अध्यापकों की निगाहों से छुटकारा नहीं मिलेगा। मैं उन्हें स्कूल की चहारदीवारी से बहुत दूर ले जाना चाहता था।

"आप ज़रा यहाँ ठहरें, मैं अभी आता हूँ।"

मैं प्रिंसिपल साहब के कमरे में गया। वह काग़ज़ों के गट्ठर पर झुके थे। मैं कुछ देर चुपचाप उनके सामनेवाली कुर्सी पर बैठा रहा। मेरे भीतर जो धुकधुकी शुरू हुई थी, वह अब भी मेरी छाती खटखटा रही थी।

लगता था, जैसे दिल के भीतर कोई दूसरा दिल धड़क रहा है, अपनी बेधड़क चाल में जिस पर मेरा कोई बस नहीं। इतने दिनों से मैं उनके उत्तर की प्रतीक्षा में दिन-रात एक किये रहता था और अब उन्हें अचानक सामने पाकर मैं अपने से ही छिपकर यहाँ आ बैठा था। प्रिंसिपल साहब ने सिर उठाया, तो मुझे सामने बैठे देखकर हैरान से हो गए, "आप यहाँ बैठे हैं? आपको नहीं मालूम, आपसे कोई मिलने आया है?"

"जी, मालूम है, इसीलिए आपके पास आया था। क्या मैं कुछ देर के लिए बाहर जा सकता हूँ?"

"आप जाइए...यहाँ अब आपका कोई काम नहीं..." वह पहली बार मुझे किंचित् रहस्यमय ढंग से देख रहे थे। मैं बिना कुछ कहे बाहर चला आया—जल्दी में उन्हें धन्यवाद देना भी याद नहीं रहा।

बाहर वह कहीं दिखाई न दीं—न स्कूल के गलियारे में, न स्टॉफ़-रूम में, न बाहर मैदान में जहाँ अप्रैल की महीन-सी धूप फैली थी। कहाँ जा सकती हैं वह? मैं हकबकाया-सा इधर-उधर देखने लगा—तभी गलियारे के सुदूर कोने में उनकी सफ़ेद साड़ी दिखाई दी। वह प्राइमरी जमात के दो बच्चों के साथ हँसते-बोलते आ रही थीं। मुझे देखकर भी वह उनसे बातें करती रहीं और जब वे चले गए तो मेरी तरफ़ मुड़ीं, "ये लोग मुझे बाथरूम दिखाने ले गए थे। क्या अभी आपको यहाँ कुछ देर और रुकना होगा?"

मैं उन्हें देखता रहा, वह हाथ-मुँह धोकर आई थीं। पानी के इक्का-दुक्का छींटे अब भी उनके चेहरे पर चमक रहे थे। कानों पर झूलते बालों के कुंडल थोड़ा-सा भीग गए थे, लेकिन माथा बिलकुल नंगा था—साफ़-सुथरा, निष्कलंक, दो छोटी लकीरों के बीच दबा हुआ।

"नहीं, अब मुझे यहाँ कोई काम नहीं...चलिए, कहीं बाहर चलकर बैठेंगे।"

उन्होंने कलाई पर लगी घड़ी देखी और फिर मेरी ओर कुछ उलझन-भरी निगाहों से देखा। "क्या यहाँ पास में कोई आयुर्वेदिक क्लीनिक है? मुझे बताया गया था कि वह आपके स्कूल के पास ही है?"

"वहाँ क्या करेंगी?"

"माँ के लिए दवा लेनी थी...लेकिन अगर दूर है तो रहने दीजिए। मैं लौटते हुए ख़ुद चली जाऊँगी।"

"चलिए, वह रास्ते में ही पड़ता है..." मैंने कहा।

स्कूल के अहाते से बाहर निकलते ही हवा ने हमें पकड़ लिया, वसन्त की गुनगुनी हवा, जिसमें झरते पत्तों और उड़ती धूल की गन्ध जमा थी। उन्होंने साड़ी के पल्लू से सिर ढक लिया, लेकिन हवा इतनी तेज़ थी कि वह बार-बार उनके सिर से उलटकर उनके चेहरे से लिपट जाता था। पल्लू के भीतर से जब उनकी मिचमिचाती आँखें बाहर आती थीं, तो वह मेरी तरफ़ देखकर मुस्कराने लगती थीं और मुझे अपने भीतर की पागल-सी अधीर धुकधुकी सुनाई देने लगती थी, जहाँ कुछ भी दिखाई नहीं देता था, जैसे बाहर की हवा की तरह मेरे भीतर भी कोई आँधी चल रही हो और मैं पेड़ों के नीचे किसी भूमिगत भाग्य-रेखा पर चल रहा हूँ जो कभी भी अन्धड़ में अपनी राह खो सकती है—क्या मैं पागल था, जो यह सब सोच रहा था, जबकि वह अपने को बचाते अधमुँदी आँखों से रास्ता टोहते मेरे साथ चल रही थीं?

अचानक वह रुक गईं—सामने आयुर्वेदिक क्लीनिक का बोर्ड दिखाई दिया।

"आप थोड़ी देर रुकेंगे? मुझे ज़्यादा देर नहीं लगेगी।"

वह फाटक खोलकर भीतर चली गईं और मैं बाहर बरामदे की बेंच पर बैठ गया। पहली बार मुझे किसी की प्रतीक्षा में बैठना यातनादायी नहीं जान पड़ा। स्कूल के गलियारे में उनसे भेंट कुछ इतनी अप्रत्याशित थी

कि मैं अब तक अपने को सँभाल नहीं सका था—मुझे मालूम था, इतनी दूर वह सिर्फ़ माँ की दवा के लिए या मेरे स्कूल को देखने नहीं आई थीं, वह मुझसे कुछ कहने आई थीं। वह मुझसे क्या कहेंगी, उस क्षण मुझे उसकी चिन्ता नहीं थी। मैं उनके साथ था, यही बड़ी बात थी। यह इतनी बड़ी बात थी कि उसके सामने पिछले दिनों की मेरी छिछली दुश्चिन्ताएँ बिलकुल छोटी पड़ गई थीं। उनकी सफ़ेद, काले किनारेवाली साड़ी ने जैसे धूल पोंछकर मुझे किसी साफ़ जगह पर बिठा दिया था। मैं बेंच पर शान्त बैठा था—और जब कुछ देर बाद वह डिस्पेंसरी से बाहर आती दिखाई दीं, तो वह नहीं, मैं उन्हें देखकर मुस्कराया था।

"मुझे देर तो नहीं हो गई?" उन्होंने कुछ असमंजस में मुझे देखा।

"नहीं, बिलकुल नहीं। यहाँ तो काफ़ी लम्बी क्यू लगी रहती है। लाइए, यह थैला मुझे दे दीजिए।"

उनके एक हाथ में पोलिथिन का छोटा-सा बैग था, जिसमें दवाइयों की पुड़ियाँ रखी थीं। कन्धे पर एक सफ़ेद और नीले रंग का थैला था, जिस पर चेन लगी थी। बाहर एक लम्बी-सी जेब लगी थी, जिसके भीतर से रूमाल का सिरा बाहर झाँक रहा था। उन्होंने वह रूमाल निकालकर थैला मुझे पकड़ा दिया।

"इसमें कुछ फल हैं—अम्माँ ने आपके लिए भिजवाए थे।"

"क्या यहाँ आने से पहले आप उनसे मिली थीं?"

"नहीं, किसी को नहीं मालूम, मैं यहाँ आई हूँ..."

तब मुझे समझ में आया कि वह अपनी माँ की बात कर रही थीं, मेरी माँ की नहीं। अपनी बीमारी में भी उन्हें मुझे फल भेजना याद रहा? इससे पहले मैं कोई प्रतिवाद करूँ, उन्होंने बिना मेरी ओर देखे कहा, "क्या हम कहीं कुछ देर के लिए बैठ सकते हैं?"

"हम वहीं चल रहे हैं।"

क्लीनिक से बाहर निकलते ही स्टेशन-रोड शुरू होती थी—उस छोटे-से उपनगर में वही एक पक्की, साफ़-सुथरी सड़क थी, जिसके दोनों ओर पीपल, जामुन और इमली के छाँहदार पेड़ लगे थे। वसन्त की धूप में पत्ते चमकते थे और हवा चलते ही झिर-झिर-सी गुंजन होती थी। इन्हीं पेड़ों की छायाओं तले एक छोटा-सा मद्रासी होटल था, जहाँ मैं स्कूल से लौटता हुआ घड़ी-दो घड़ी बैठा करता था, सीढ़ियाँ चढ़कर ऊपर जाना पड़ता था, जहाँ होटल की छत पर जाली डाल दी गई थी, जिसके कारण वह किसी ओपन एयर कैफ़े-सा आभास देता था। मुझे यहाँ बैठने का ख़याल तब आया था, जब वह दवा लेने क्लीनिक में गई थीं।

टैरेस पर उस समय कोई नहीं था। हम जँगले के पास एक ख़ाली मेज़ के आगे बैठ गए।

"माँ की तबियत अब कैसी है?" मैंने पूछा।

"कोई ख़ास अन्तर नहीं है। वैसी ही है, जैसा आपने देखा था," उन्होंने रूमाल से माथे का पसीना पोंछा और कुर्सी पर निढाल-सी होकर बैठ गईं।

कुछ देर बाद जब होटल का लड़का कॉफ़ी के गिलास रखने आया, तो मैंने उनसे पूछा, "क्या वह कॉफ़ी के साथ कुछ लेंगी?"

उन्होंने चुपचाप सिर हिला दिया।

छत की जाली में धूप की बुँदकियाँ मेज़ पर गिर रही थीं और गिलासों से गर्म कॉफ़ी की भाप ऊपर उड़ रही थी। लगता था, जैसे हमारे बीच एक झीनी-सी दीवार है—धूप, भाप, धुकधुकी में काँपती हुई, किसी दूसरी शाम की याद दिलाती हुई, जब हम ढाबे के आगे बैठे थे। डूबते सूरज की रोशनी में और पीछे पत्ते सुलग रहे थे।

"मुझे आपसे कुछ कहना था," उनकी आँखें प्याले पर तैर रही थीं, "मैं इसीलिए यहाँ आई थी।"

"मुझे मालूम है," मैंने कहा।

"आपको मालूम है, मैं आपसे क्या कहने आई हूँ?" एक उदास-सी मुस्कराहट उनके चेहरे पर चली आई।

मैं उन्हें देखता रहा।

"आपकी माँ और बाबूजी घर आए थे।"

"जी?"

"वे अम्माँ को देखने आए थे; क्या आपको मालूम है?"

"नहीं," मैंने कहा।

"उन्होंने आपको कुछ नहीं बताया?"

"मैं जब से यहाँ आया, तब से अपने घर नहीं गया...उनका कोई फ़ोन नहीं आया, न कोई चिट्ठी..." वाक्य के अन्तिम सिरे तक पहुँचते-पहुँचते मेरी आवाज़ ने मेरा साथ छोड़ दिया।

"वे सिर्फ़ माँ जी को देखने नहीं आए थे..." उन्होंने मुझे कुछ टोकते हुए कहा।

"जी, नहीं!" मैंने कहा।

"वे जानना चाहते थे, मैंने क्या सोचा है।"

"आपने क्या कहा?"

"मैं आपसे कहने आई थी!"

"आपने उनसे कुछ नहीं कहा?"

"मैंने सिर्फ़ यह कहा—मैं आपसे कह दूँगी। माँ जी ने कहा, यही ठीक है।"

"और बाबूजी?"

"वह बैठे नहीं। कुछ देर बाद वह बाहर चले गए। जाने से पहले उन्होंने मुझे इस क्लीनिक का पता बताया था। कहते थे, जब मैं आपसे मिलने आऊँ तो अम्माँ के लिए यहाँ से दवाएँ ले सकती हूँ।"

"बस और कुछ नहीं?"

"कहते थे, उन्हें बहुत-सी आशाएँ हैं!"

मैंने उनकी ओर देखा, "आशाएँ कैसी?"

"यह कुछ नहीं बताया। मैंने पूछा नहीं।"

उनका चेहरा अब उस धुँधली, झीनी दीवार से बाहर आ गया था। अब वह बिलकुल सामने था। अब वह बिलकुल साफ़ दिखाई दे रहा था।

"मेरे साथ पहले कभी ऐसा नहीं हुआ," उन्होंने कहा।

"क्या नहीं हुआ आपके साथ?"

"मैं यही बताने आपके पास आई थी। मैं नहीं चाहती थी, यह बात आपको किसी दूसरे से पता चले।"

"दूसरे कौन? माँ मुझसे कह देतीं या बाबू!"

"मेरे लिए वे अब दूसरे हैं जो आप नहीं हैं। मैं नहीं चाहती थी कि आप कुछ ऐसा समझें, जिसका कोई दूसरा मतलब हो। आपको याद है, जब मैंने आपको पहली बार देखा था?"

वह एक क्षण रुकीं। सिर उठाया, तो बाल की एक घुँघराली लट, जो कान पर अटकी थी, नीचे झूलने लगी। "आप फाटक खोलकर भीतर आए थे और फ़ोन करना चाहते थे।"

"आपको मेरी बेवक़ूफ़ी याद रह गई?" मैंने कुछ हँसकर कहा।

"बेवक़ूफ़ी मेरी थी, जो उस दिन मैंने आपको कुछ नहीं बताया... हम इतनी बातें करते रहे, सिर्फ़ वह नहीं जो करनी चाहिए थीं।"

"आप न भी आतीं, तो भी मैं समझ लेता," मैंने कहा, "जब घर से कोई ख़बर नहीं आई, मैंने जान लिया, अब कुछ नहीं होगा...मेरे साथ ऐसा पहले भी हो चुका है।"

"लेकिन मेरे साथ नहीं," उन्होंने अपनी बड़ी, गोल कोयल-सी आँखें मुझ पर गड़ा दीं। "मेरे साथ ऐसा पहली बार हुआ, जब मैं शाम आपके साथ रही और मैं यह भूल भी गई कि यह किस प्रयोजन के लिए था...जब आप चले गए, तब याद आया, आप क्यों आए थे।"

वह चुप हो गईं...। इस बार बोलीं, तो स्वर बहुत धीमा था।

"आपके जाने के बाद मैं अपने बारे में सोचती रही, मेरे साथ ऐसा पहले कभी नहीं हुआ कि मैं दूसरे को लेकर अपने बारे में सोचूँ...जबकि वह कब का वहाँ से जा चुका हो। मैं जब भी शाम को दूध लेने जाती हूँ, तो मुझे ढाबे की बेंच को देखकर लगता है कि आप वहाँ बैठे थे और तब मुझे कुछ ऐसी ख़ुशी-सी होती है कि मैं आपसे कह भी नहीं सकती। मैं सिर्फ़ अपनी ज़िन्दगी के बारे में सोचने लगती हूँ...आपको शायद हमारे घर नहीं आना चाहिए था।"

"आप ऐसा क्यों कहती हैं?"

"ऐसा है—और कुछ नहीं।"

होटल का लड़का सौंफ की थाली लाया, जिस पर बिल रखा था। एक बार हम दोनों को देखा और फिर हमारे जूठे गिलास और कप उठाकर ले गया। उन्होंने शायद उसे देखा भी नहीं। वह जैसे अधूरी बात के सिरे को पकड़कर उसे किसी अन्त तक ले जाने की राह खोज रही थीं, जहाँ मैं बैठा था। मैं उनसे कहना चाहता था कि मुझे अन्त की कोई ज़रूरत नहीं है, मेरे लिए वही अन्तिम है, जहाँ बात का सिरा टूटा है। तभी उनका स्वर सुनाई दिया, "आप सोचते होंगे, मैं कैसी हूँ।"

धूप जाली से छनकर उनके माथे पर गिर रही थी जहाँ पसीने की बूँदें मोतियों-सी दिप-दिप कर रही थीं। उन्होंने उन्हें पोंछा नहीं, वे चमकती रहीं।

"मैं आपके घर गई थी।"

"मुझे मालूम है...लेकिन यह तो बहुत पहले की बात है।"

"नहीं, वहाँ नहीं...यहाँ, जहाँ आप रहते हैं," वह वैसे ही मुस्कराईं, जैसे पहले दिन फाटक खोलकर मुस्कराई थीं, "वहाँ एक महिला ने बताया कि आप स्कूल में हैं। वह कौन है?"

"हमारे स्टेशन मास्टर की घरवाली...मैं उन्हीं के घर में किराए पर रहता हूँ।"

"उन्होंने मुझे आपका कमरा भी दिखाया—क्या वही खाना भी बनाती हैं?"

"जी—मैं उनके यहाँ एक तरह से पेइंग गेस्ट की तरह रहता हूँ, लेकिन आप वहाँ..."

"ऐसे ही...मेरे पास टाइम बहुत था। मुझे नहीं मालूम था, वह इतनी जल्दी बीत जाएगा।" उन्होंने मेज़ से पर्स और पोलिथिन का बैग उठाया, "क्या स्टेशन यहाँ से बहुत दूर पड़ता है?"

"आप जा रही हैं?"

हम अपना स्वर नहीं सुन पाते, दूसरे सुनते हैं। उनके लिए वह सिर्फ़ स्वर नहीं होता; वह एक अधीरता-सी होती है, एक आतुर-सी प्रार्थना होती है—जो पैरों को रोक लेती है। वह उठते-उठते बैठ गईं, कुर्सी के सिरे पर अधर-सी, जैसे अभी बैठी हैं, अभी उठ जाएँगी।

"माँ चिन्ता में होंगी, राह देखती होंगी।" उनकी आवाज़ धीमी होकर मेरे पास चली आई।

"आप उनसे कहकर नहीं आईं?"

"उन्हें मालूम है। यह उनका आग्रह था कि मैं एक बार आपसे ज़रूर मिल लूँ।"

"आपका नहीं?"

वह चुप बैठी रहीं।

"फिर आप आईं क्यों?"

वह जाली के ऊपर सरकते बादल को देख रही थीं, जो सूरज पर आ अटका था। एक सुनहरी-सी छाँह शहर पर गिर रही थी।

"मुझे नहीं आना चाहिए था?"

"मैंने सोचा था, इतनी दूर आई हैं, तो कुछ देखकर जाएँगी।"

"देख तो लिया—आपका घर, स्कूल और..." वह एक क्षण रुकीं, आँखें ऊपर उठीं, "हनुमानजी का मन्दिर रह गया है।"

"देखेंगी?"

जब आदमी हताशा के परे चला जाता है, तो सबकुछ सम्भव जान पड़ जाता है...हँसी का मरु भी, जहाँ रेत में झुलसकर आँखें मुँद जाती हैं और दिन की धूप में अँधेरा-सा दिखाई देता है। लेकिन वह हँस नहीं रही थीं। मुझे देख रही थीं, जैसे कुछ फैसला ले रही हों, न ले पा रही हों और समझ न पा रही हों, यह सब क्या हो रहा है। अचानक मेज़ पर टिके मेरे हाथ पर उन्होंने अपना हाथ रख दिया, किसी नर्म-सी आँच में सुलगता हुआ, पहली बार अपनी देह से मेरी देह को टोहता हुआ।

"चलिए," उन्होंने कहा और उठ खड़ी हुईं।

कैश-काउंटर पर बिल चुकाकर जब मैं बाहर आया, तो वह बहुत आगे जा चुकी थीं। मैं भागता हुआ उनके पास आया, "यह रास्ता मन्दिर को नहीं जाता।"

"कहाँ जाता है?"

"स्टेशन की तरफ़—आप वहीं से तो आई थीं।"

"मैं वहीं जा रही हूँ।"

मुझे समझ में नहीं आया, वह क्या कह रही हैं हालाँकि जो उन्होंने कहा था, वह मैंने सुन लिया था। मैं भी उनके साथ-साथ चलने लगा। मुझे लगा, पिछले दिनों के दौरान मैं उनसे जिस चीज़ से जुड़ा था, वह उसे झटककर अलग कर देंगी, लेकिन उन्होंने ऐसा कुछ नहीं किया। जैसे उन्हें उसका पता ही न हो, उन्हें उसका ख़याल भी नहीं था, जिसे वह अपने साथ ले जा रही थीं—जिसमें मेरी ज़िन्दगी का वह अंश छिपा था, जिसमें न बाबू का साझा था, न माँ का—जो अभी कुछ दिन पहले उगा था—और जो अब उनके साथ-साथ ऐसे चल रहा था, जैसे वह कोई झरा हुआ पत्ता या कुचला हुआ कीड़ा हो, जो उनकी चप्पल से चिपककर उनसे बेख़बर उनके साथ-साथ घिसट रहा हो।

मैं खड़ा हो गया। मेरे भीतर कुछ मर गया। मैं उन्हें जाता हुआ देखता रहा। उनकी साड़ी कभी थोड़ा-सा उठ जाती, तो धूल में सनी एड़ियाँ दिखाई दे जातीं—दुखी और दयनीय-सी वह बार-बार धूप से बचने के लिए सिर को साड़ी के पल्लू से ढक लेतीं। उस छोटे-से शहर की धूल-धूसरित, ढलती धूप में वह बहुत अकेली-सी जान पड़ रही थीं। जब वह बिलकुल आँखों से ओझल हो गईं, तो मुझे होश आया। मैं बीच सड़क पर खड़ा क्या कर रहा था? वह इतनी दूर मुझसे कुछ कहने आई थीं, कोई चीज़ जिस पर मेरी नियति निर्भर करती थी—और वह बिना कुछ कहे जा रही थीं। एक बवंडर-सा मेरे भीतर उठने लगा—जैसे कोई बहुत मूल्यवान चीज़, कोई दुर्लभ निधि हाथ से छूटती जा रही है! मैं उनके पीछे भागने लगा।

वह काफ़ी आगे निकल चुकी थीं। मैंने सोचा, स्टेशन पर जाकर ही उन्हें पकड़ना सम्भव हो सकेगा लेकिन स्टेशन पर एक दूसरी लोकल ट्रेन आकर रुकी थी। यात्रियों का रेला जो बाहर आ रहा था, उसके भीतर रास्ता बनाता हुआ जब मैं प्लेटफ़ार्म पर पहुँचा, तो दूसरी गाड़ी लौटने के लिए तैयार खड़ी थी। मैं भीड़ के जत्थों के बीच भागता हुआ हर कम्पार्टमेंट के भीतर नज़र डाल लेता था, आख़िरी डिब्बे तक पहुँचकर मैं वापस मुड़ा, और उन्हीं डिब्बों के भीतर जल्दी-जल्दी झाँककर दोबारा देखने लगा, जिन्हें पहले भी देख चुका था—वही यात्री, वही चेहरे फिर दिखाई देने लगे, जैसे वे किसी दुःस्वप्न में बैठे प्राणी हों, जिन्हें मैंने पहले भी कभी देखा था—और तब मुझे एक झटका-सा लगा, कोई मुसाफ़िर हड़बड़ाहट में चलती ट्रेन में चढ़ने की कोशिश कर रहा था। मैं कब धक्का खाकर नीचे गिरा, यह मुझे तब पता चला जब एक मर्मभेदी-सी चीत्कारती चीख़ सुनाई दी। सरकती हुई ट्रेन के कम्पार्टमेंट से अचानक उनका आतंकित चेहरा दिखाई दिया। यह उनका चेहरा था, जिसे मैं खोज रहा था या

मेरे भीतर का भ्रम—अब मुझे ठीक से याद भी नहीं आता, न यह याद आता है कि भीड़ के कोलाहल में जो चीख़ सुनाई दी थी, वह उनकी थी या कहीं मेरे भीतर से बाहर आई थी।

मुझे सिर्फ़ इतना याद रहा कि जिन सज्जन ने मुझे प्लेटफ़ार्म से उठाया, वह हमारे स्टेशन-मास्टर थे। हरी झंडी दिखाकर जैसे ही उन्होंने रेल को विदा किया, वैसे ही उनकी नज़र मुझ पर पड़ी थी। पहले क्षण तो उन्हें कुछ समझ में नहीं आया कि मैं प्लेटफ़ार्म पर लेटा हुआ क्या कर रहा हूँ। मुश्किल से जब उन्होंने मेरी लस्तम-पस्तम देह को उठाकर सीधा किया तो उन्हें मिट्टी में सना मेरा पैंट और जगह-जगह से फटी क़मीज़ दिखाई दी। चोट ज़्यादा नहीं लगी थी, सिर्फ़ हाथ-मुँह पर खरोंचें आई थीं। लेकिन उस रात जो बुख़ार आया था, वह इक्कीस दिन तक चलता रहा। स्कूल की डिस्पेंसरी के डॉक्टर ने बताया कि वह एक तरह का मियादी बुख़ार था, जो बहुत दिनों से मुझ पर चढ़ रहा था, और जिसका पता नीचे गिरने के बाद ही लगा था।

यह सब मुझे बाद में पता चला, शुरू के दिनों में मुझे कुछ होश नहीं था कि मेरे साथ क्या हुआ है। बुख़ार की नींद में स्टेशन के शोर के साथ बाबू की बातें और गड्डमड्ड से अभियोग भी सुनाई देते और जब मैं अपने पक्ष में कुछ कहने के लिए सिर उठाता तो सिरहाने के सामने स्टेशन मास्टरनीजी दिखाई देतीं। वह मेरे बारे में कुछ भी नहीं जानती थीं, लेकिन अगर वह न होतीं तो न जाने मेरा क्या हाल होता!

कुछ दिनों बाद जब बुख़ार थोड़ा-सा कम हुआ और तबियत सँभलने लगी तो उन्होंने डरते हुए पूछा, क्या वह मेरे घर फ़ोन कर दें? मैंने उन्हें मना कर दिया। मैं नहीं चाहता था कि कोई मुझे अपनी पुरानी ज़िन्दगी की याद दिला सके। अगर कोई इसका कारण पूछता तो मेरे पास उसका कोई उत्तर नहीं था। उत्तर होता, तो मैं उस शहर के किनारे

क़स्बाती स्कूल में बाक़ी ज़िन्दगी के दिन न गुज़ार देता। बुख़ार उतरने के साथ-साथ न जाने कैसे मैं भी कहीं नीचे उतर गया था—उस सतह के नीचे—जहाँ दुनिया की रोशनी में बाक़ी लोगों की दुनिया बसती है। मैंने कहीं पढ़ा था कि उत्तर के अभाव में ही फ़लसफ़े का जन्म हुआ था। तब यह नहीं सोचा था कि उसके न होने के कारण मेरी ज़िन्दगी एक निपट अजाने सिरे से शुरू हो सकेगी।

स्वस्थ होने के बाद मैंने पहला काम जो किया, वह बाबू को चिट्ठी लिखना था। मैंने उनसे अब तक बिताई ज़िन्दगी के लिए माफ़ी माँगी और यह प्रार्थना की थी कि वह अब अख़बारों में विज्ञापन देना बन्द कर दें और उस फ़ाइल को नष्ट कर दें जिसमें उन्होंने इतने जतन से मेरे फ़ोटो, बायोडेटा व ब्योरे और जन्मपत्री की प्रतिलिपियाँ टाँकी थीं। मुझे लगता है, अगर मैं उन्हें न भी लिखता तो भी वह ऐसा ही करते। अपने बेटे की भूल-भुलैया में भटकते हुए वह कुछ इतना थक चुके थे कि उससे बाहर आने में ही उनकी शान्ति और मेरी मुक्ति का एकमात्र रास्ता बचा था।

लेकिन क्या वह सचमुच मेरी मुक्ति का रास्ता था?

कुछ महीने ऐसे ही बीत गए। इम्तिहान आए और चले गए। गर्मी की छुट्टियाँ भी बीत गईं। जाड़ों की शुरुआत में मैं एक बार घर गया था—अपने बचे-खुचे कपड़े और पुरानी पुस्तकें लेने के लिए। उस रात मैं घर में ही ठहरा। बाबू कुछ नहीं बोले, चोरी-छिपे मुझे देख लेते थे कि कहीं मैं कोई और व्यक्ति तो नहीं हूँ और जब उन्हें मेरा चेहरा-मोहरा कुछ पहचाना-सा लगता तो दूसरी तरफ़ देखने लगते।

उसी रात खाने के बाद माँ ने मुझे अकेले में और बातों के साथ यह भी बताया कि वह अपनी माँ को लेकर विधवा बुआ के घर चली गई हैं। वह कहीं डेहरी-ऑन-सोन में रहती थीं, जिसका मैंने नाम भी नहीं सुना था और जिसे मैं जल्दी ही भूल भी गया। इस ख़बर ने मेरे भीतर कोई हलचल उत्पन्न नहीं की मानो जिस सतह के नीचे मैं रहता हूँ, वहाँ ऊपर की दुनिया की कोई आहट, कोई खरखराहट, कोई आवाज़ मुझ तक नहीं पहुँचेगी।

स्कूल के सहयोगी टीचर मुझे ज़रूर कुछ सनकी, सिरफिरा-सा समझते हैं। उन्हें हैरानी होती है कि न तो छुट्टियों में मैं घर जाता हूँ, न ही प्रोमोशन मिलने पर किसी दूसरे स्कूल में जाना चाहता हूँ। क्लासें ख़त्म होने के बाद मैं या तो खेतों में घूमने चला जाता हूँ या कभी टीले पर हनुमानजी के मन्दिर में जा बैठता हूँ। कॉपियाँ जाँचते हुए जब थक जाता हूँ तो आँगन में लेटकर पीपल के पेड़ पर बन्दरों को उछलता-कूदता देखता रहता हूँ। वे भी मुझे पहचानने लगे हैं। मुझे ज़्यादा तंग नहीं करते और अपने पर अकेला छोड़ देते हैं।

कुछ बरसों बाद मुझे स्कूल के छात्रों के साथ कलकत्ता जाना पड़ा। क्रिसमस की छुट्टियाँ थीं और हमने सोचा था कि हम कलकत्ते में कालीघाट, म्यूज़ियम और रामकृष्ण परमहंस का आश्रम देखने के बाद शान्तिनिकेतन होते हुए लौटेंगे। पूरे चौबीस घंटों की लम्बी यात्रा थी। रात को खाने के बाद हम अपनी-अपनी बर्थ पर सोने चले गए। आधी रात को अचानक नींद खुली तो देखा, ट्रेन किसी छोटे-से स्टेशन पर खड़ी है। अँधेरे में कुछ भी दिखाई नहीं देता था, सिवा प्लेटफ़ार्म पर इक्की-दुक्की धुँधुआती बत्तियों के...। अचानक मुझे अपने डिब्बे के बाहर एक आदमी लालटेन लिये जाता दिखाई दिया। मैंने खिड़की से सिर बाहर निकालकर स्टेशन का नाम पूछा, तो वह जल्दी में कुछ बुड़बुड़ाकर आगे निकल गया...।

डेहरी-ऑन-सोन, उसने यही कहा था। सर्दी की ठिठुरती रात में वह नाम सुनकर मेरे भीतर एक बत्ती-सी जल उठी—यही तो वह शहर था जहाँ वह अपनी बुआ के घर रहने आई थीं। क्या वह अब भी यहाँ होंगी—वही—जिन्होंने मुझे कभी अपने चेहरे, अपनी हँसी, अपनी टोहती आँखों से उस एक चीज़ को दिखाया था, जिसे मैंने कभी पाया नहीं पर जिसे कभी खो भी नहीं सका था। एक बार पागल-सी इच्छा हुई कि सबकुछ छोड़कर वहीं उतर जाऊँ, जो मेरी यात्रा का अन्तिम स्टेशन था, लेकिन तभी अँधेरे में चीत्कारती इंजन की सीटी सुनाई दी और ट्रेन धीरे-धीरे प्लेटफ़ार्म छोड़कर आगे सरकने लगी।

जाले

गुन्नो चाय का गिलास लेकर बाहर बरामदे में आई तो देखा, वह भैया की ईजी चेयर पर सिर टिकाकर सो रही हैं। स्टेशन से जो होल्डाल और सन्दूक़ची लाई थीं, वे धूल में लदे-फँदे क्लान्त-से पड़े थे। शॉल के पास उनका एक हैंड बैग पड़ा था, जिसके मुँह से तौलिए का मैला सिरा झाँक रहा था। उनका मुँह भी थोड़ा-सा खुल आया था। हल्की-सी हूक लिये साँस बाहर आता, भीतर चला जाता। वह कुछ देर चुपचाप अपनी बहन को देखती रही, फिर धीरे से उनका कन्धा झिंझोड़ा, "जीजी, उठो, चाय पी लो, फिर आराम से सोना।"

उन्होंने आँख खोली और सूने में गुन्नो को देखती रहीं, जैसे समझ न पा रही हों, वह इतनी लम्बी यात्रा के बाद कहाँ आ पहुँची हैं।

"भैया कहाँ गए?"

"बाहर गए हैं—आते होंगे!" उसने तिपाई खींचकर बहन के आगे कर दी और उस पर चाय का गिलास रख दिया। "रेल में तो तुम्हें क्या नींद आई होगी?"

जीजी ने कुछ नहीं कहा सिर्फ़ दोनों हाथ चाय के गिलास पर रख दिये, जैसे सर्दी में ठिठुरते हाथों को सेंक रही हों।

"छोटी अभी नहीं आई?" उन्होंने धीरे से पूछा।

गुन्नो का चेहरा म्लान-सा पड़ गया। जब से स्कूटर से उतरी हैं, तीसरी बार उन्होंने छोटी के बारे में पूछा था।

"गाड़ी लेट है—भैया ने फ़ोन करके पूछा था।"

दोनों बहनें अलग-अलग शहरों से आई थीं। तीन साल पहले जब एक-दूसरे से मिली थीं तो सबकुछ समाप्त हो चुका था। भाभी की अरथी बरामदे में रखी थी। जब वे उन्हें श्मशान ले गए तो वह आख़िरी धागा भी टूट गया, जिसने उन्हें इस बँगले से बाँध रखा था। छोटी उन दिनों अमेरिका में थी, उसे सिर्फ़ टेलीग्राम से ख़बर दी जा सकती थी।

"तुम कब आ गई थीं?" चाय से आँखें उठाकर जीजी ने गुन्नो को देखा, वह अपनी काली शॉल में गुड़मुड़ी-सी होकर बैठी थी।

"भैया की चिट्ठी मिली तो उसी रात का रिज़र्वेशन करवा लिया...। मैं तो बिलकुल डर गई थी, यहाँ आकर पता चला कि उन्होंने तुम्हें और छोटी को भी लिख दिया है...तुम्हें क्या लिखा था?"

"सलाह करना चाहते हैं—मकान के बारे में।"

जीजी ने कहा, "क्या बेचना चाहते हैं?"

गुन्नो ने कुछ इतने ऊँचे स्वर में कहा कि जीजी का मन दहल-सा गया। आँखें अनायास बँगले के ख़ाली कमरों की ओर मुड़ गईं कि कहीं उनकी आवाज़ें भीतर न पहुँच जाएँ—जैसे उन्हें डर हो कि कहीं बचपन के माँ-बाप अब भी कहीं बैठे हों। वे कभी भी आकर पूछ सकते थे—तुम दोनों बैठे क्या बातें कर रहे हो?

यह सिर्फ़ उनका डर था, और कुछ नहीं। भीतर कोई नहीं था। घर के कमरे साँय-साँय कर रहे थे। सिर्फ़ पिछवाड़े का दरवाज़ा हवा चलने से कराहने लगता था। वह एक बहुत पुराने क़िस्म का मकान था।

अंग्रेज़ों के ज़माने में सिविल लाइंस के बँगलों की याद दिलाता हुआ—एक छोटा-सा लॉन, बीच में बजरी की सड़क, जो फाटक तक जाती थी। दोनों तरफ़ झाड़ियों की फेंस, जहाँ अब जगह-जगह ख़ाली सुराख़ दिखाई देते थे। उनके भीतर से आती हुई हवा से दिसम्बर की महीन कमज़ोर धूप कुछ और ठिठुरी-सी दिखाई देती थी।

"अच्छा हुआ, तुम आ गईं..." गुन्नो ने कहा, "कल रात मैं देर तक लॉन में बैठी रही...खाने के बाद भैया तो अपने कमरे में चले गए, मुझे कुछ समझ में नहीं आया, मैं किस कमरे में अपना बिस्तर लगाऊँ।"

जीजी ने सिर उठाया, खोई आँखों से अपनी छोटी बहन को देखती रहीं, "क्यों, इतने तो कमरे थे!"

उन्होंने 'थे' कुछ ऐसे स्वर में कहा, जैसे वह किसी बीते हुए मकान की बात कर रही हों, उस घर की नहीं, जिसमें वे बैठे थे।

"सबके ताले बन्द थे," भैया ने मुझे चाभियों का गुच्छा पकड़ाकर कहा, मैं जिस कमरे में चाहूँ, वहाँ सो सकती हूँ...किसी भी कमरे में। एक बार तो मन हुआ, मैं आउट हाउस में जाकर महाराजिन के क्वार्टर में सो जाऊँ...वह हँस रही थी। जीजी को हमेशा गुन्नो की बातें कुछ अजीब-सी लगती थीं—घर में एक वही थी जिसने जीजी के ब्याह के बाद सारे घर को सँभाल लिया था। पढ़ाई भी बीच में छोड़ दी थी... वह जब कभी ससुराल से आती थीं तो स्टेशन पर अकेली गुन्नो ही उसे लेने आती थी—सिवा उस दिन के जब मुन्नू की ख़बर मिली थी...तब स्टेशन पर कोई नहीं था।

"कहाँ सोईं तुम?"

"माँ जी के कमरे में..." वही एक कमरा था जो चौके के दरवाज़े से खुलता था। अँधेरे में कौन-सी चाभी कौन-से ताले में लगती है, इस चक्कर में मैं नहीं पड़ना चाहती थी..." एक हल्की-सी हँसी सुनाई दी, तो जीजी चौंक गईं, "क्या बात है गुन्नो!"

"तुम्हें मालूम है—माँ जी का पानदान वहाँ उसी आले में रखा है जहाँ वह अपने ठाकुरजी रखती थीं। सिंहासन तो वहाँ देखा, लेकिन ठाकुरजी कहीं दिखाई नहीं दिये।"

"मौसी उन्हें साथ ले गईं..." जीजी ने कहा, "आख़िरी दिनों वही तो पूजा-पाठ करती थीं—माँजी से तो बिस्तर से उठा भी नहीं जाता था।"

वह असली मौसी भी नहीं थीं—बाल-विधवा थीं, जिन्हें बाबू की मृत्यु के बाद माँ नील के कटरे से ले आई थीं, जहाँ उनका ननिहाल था। माँ जहाँ भी जातीं, वह छाया की तरह उनके साथ जातीं—अन्तिम दिनों में माँ ने सारी तीर्थयात्राएँ उन्हीं के साथ की थीं। सबने सोचा था कि माँ जी की मृत्यु के बाद वह भैया के साथ रहेंगी...लेकिन वह एक दिन भी नहीं रुकीं, कहती थीं, "जो उन्हें इस घर में लाया था, अगर वह ही इस घर से चला गया तो वह पीछे रहकर क्या करेंगी..."

जब से वह गईं, भैया बिलकुल अकेले रह गए। किसी को कुछ भी नहीं मालूम, वह कैसे रहते हैं, दिनभर क्या करते हैं; कभी कोई बहन आती, तो कमरों के दरवाज़े खुलते, भाभी का ड्रेसिंग-रूम, माँ जी का पूजाघर, बाबू का स्टडी-रूम और वह कमरा, जहाँ मुन्नू रहता था जब कभी वह छुट्टी पर आता था। भैया कभी चिट्ठी नहीं लिखते थे, सिर्फ़ महाराजिन के उलटे-सीधे अक्षरों से उनकी ख़बर मिलती रहती... इसीलिए जब वह पत्र भैया के हाथ का लिखा मिला, तो वे सब इतना हैरान हो गए थे, जैसे उनके साथ कोई दुर्घटना घटी हो!

अचानक एक झटका-सा लगा था। भैया ने सहसा बँगले को छोड़ने का फ़ैसला लिया था—किसी को नहीं मालूम, वह कहाँ जाएँगे, अपनी ज़िन्दगी के बाक़ी दिन कहाँ बिताएँगे? शायद इसीलिए उन्होंने अपनी तीनों बहनों को बुलाया था—वह नहीं चाहते थे कि इस उम्र में कोई ऐसा काम हो जिससे किसी को ठेस पहुँचे। जीजी को लगा, जैसे कहीं वह भी इसके लिए उत्तरदायी हैं—सबसे बड़ी बहन होने के नाते

उन्हें क्या घर इस तरह भैया पर छोड़ देना चाहिए था, जबकि भाभी की मृत्यु के बाद वह इतना अकेले रह गए थे?

जीजी कुछ देर उनींदी आँखों से बरामदे के सफ़ेद खम्भों को देखती रहीं—बुगुनबेलिया की लतरें बजरी पर झुक आई थीं। आँखें सरकती गईं; कुछ दूर जाकर जामुन के पेड़ पर रुक गईं, जो लॉन के किनारे खड़ा था। अचानक जीजी को कुछ याद आया। वह अपनी चादर सँभालते हुए बरामदे की सीढ़ियाँ उतरीं और धीरे-धीरे चलते हुए लॉन के फेंस और जामुन के पेड़ के बीच घास के एक छोटे-से टुकड़े को देखने लगीं, जहाँ एक छोटा-सा गोमड़ निकल आया था। क्या वह वही जगह थी जहाँ उन्होंने पिया को दफ़नाया था? रातभर छोटी उसे अपनी छाती से चिपकाए लेटी रही थी, ज़रा-सी हिलती तो पिया के मुँह से चीख़ निकल जाती। कितनी पीड़ा थी उस छोटी-सी जान में—रातभर बिलखने के बाद उसे सुबह मुक्ति मिली थी। पहली बार उसने देखा था, कुत्ते की मौत कैसी होती है, जैसे परिवार में होनेवाली वह पहली मृत्यु—आनेवाली वंचनाओं की शुरुआत हो। वे भाई-बहन उसकी पथराई लाश को बाग़ के इसी कोने में ले आए थे, मुन्नू ने क़ब्र खोदी थी जिसमें पिया के साथ उसकी चेन, दूध की प्लेट और गले के पट्टे को भी दफ़नाया गया था—छोटी का रोना रुकता नहीं था। एक छोटी-सी कुतिया के लिए इतना सन्ताप?

क्या यह वही सन्ताप था, जो बाद के वर्षों में छोटी के चेहरे पर छाया की तरह चिपका रहता था?

तभी उनकी नज़र बग़ीचे के परे फेंस पर पड़ी। वहाँ एक बंगाली-सी दिखनेवाली महिला खड़ी थीं—उत्सुकता से जीजी को देख रही थीं। उन्होंने प्रणाम किया तो जीजी ने भी हाथ जोड़ दिये।

"हम पासवाली कोठी में रहते हैं," महिला ने कहा।

जीजी ने मुस्कराकर सिर हिलाया—इतनी उम्र बीत गई लेकिन अब भी उन्हें अजनबियों से बात करने में तकलीफ़ होती थी।

"क्या आपने यह बँगला ख़रीदा है?" महिला ने पूछा।

जीजी ने सकपकाते हुए सिर हिलाया, "जी नहीं, यहाँ हमारे भाई रहते हैं—मैं उन्हीं से मिलने आई हूँ।"

"आपको कभी देखा नहीं?"

"मेरा बहुत कम आना होता है..." फिर अचानक जीजी के भीतर एक सूखा-सा उबाल उठने लगा, "यह हमारे फ़ादर ने ख़रीदा था, जब वह रिटायर हुए थे...हमारा बचपन यहीं गुज़रा था।" वह एक साँस में सबकुछ कह गईं, फिर रुक गईं, जैसे उन्होंने कोई झूठी बात कह दी हो, जिस पर कोई विश्वास नहीं करेगा।

और शायद उस महिला ने किया भी नहीं। वह सिर्फ़ उन्हें कुछ आश्चर्य में घूरती रहीं, "वह आदमी जो यहाँ अकेले रहते हैं, आपके भाई हैं?"

"जी..." जीजी से आगे कुछ नहीं कहा गया; उन्हें सहसा अपने भीतर एक गहरी थकान-सी महसूस हुई, बिना कुछ कहे मुड़ गईं, धीमे क़दमों से बरामदे की तरफ़ जाने लगीं, जहाँ अब भी उनकी सन्दूक़ची, थैला और होल्डाल रखे थे।

महाराजिन ने चौका धो दिया। बर्तन माँज लिये, चूल्हे पर सब्ज़ी चढ़ाकर देखा तो गुन्नो बीबी खिड़की के पास खड़ी दिखाई दीं।

"मैं कुछ देर क्वार्टर हो आती हूँ, आप ज़रा सब्ज़ी देख लीजिएगा?"

गुन्नो का ध्यान भटक गया, व्यस्त होकर बोली, "बस, तुम जाओ। मैं सब देख लूँगी। भैया कहाँ गए हैं?"

"वकील साहब के घर होंगे—बुला दूँ?"

"नहीं..." वह कुछ हिचकिचाईं, फिर पूछा, "क्या दिनभर वहाँ रहते हैं?"

"यहाँ और है कौन?" महाराजिन ने कुछ शिकायत-भरे लहजे में कहा।

"कभी तो खाना भी वहीं खा लेते हैं...मैं कब तक उनके पीछे भागती फिरूँ? बहूजी थीं तो ठीक टाइम पर आ जाते थे, अब तो उनका पता नहीं चलता।"

"ठीक है, तुम जाओ—ज़रूरत पड़ी तो मैं बुला भेजूँगी।"

महाराजिन से बात करते हुए डर लगता था। घर का कौन-सा भेद था जो उससे छिपा था! कितनों का बचपन उसकी गोद में बीता था, कितनों की मौतें उसकी आँखों से गुज़री थीं...। समय के अनवरत यातायात में एक वही थी, जो पुराने स्टेशन-सी एक जगह ठहरी थी। माँ भी उससे डरती थीं—'हँसी-हँसी में कहती थीं, भगवान ने मुझे सास से तो बचा लिया लेकिन महाराजिन में ऐसा फँसा दिया—कि उससे छुटकारा पाना आसान नहीं है।' शादी से पहले वह कितना उसकी गोद में सिर छिपाकर रोई थी...लेकिन बाबू कहाँ माननेवाले थे। तब महाराजिन ने एक रात चिल्लाते हुए कहा था—'तुम्हारी कोई लड़की कभी सुखी नहीं रहेगी—तुम लोगों के ख़ून में जो पागलपन है, वह सबको डुबोकर रखेगा।'

ख़ून में पागलपन? आज भी उसकी बात याद आती है तो उसे आश्चर्य होता है कि वह कौन-सा जादुई आईना था जिसके भीतर से उसने हम सब लोगों का भविष्य देख लिया था? बाद के वर्षों में जब वह कोई ग्रीक नाटक पढ़ती थी, तो उसे लगता था कि वहाँ जैसे कोरस का रोल होता था, वैसे महाराजिन का रोल हमारे परिवार में रहा होगा—बुड़बुड़ाते हुए अनर्गल शब्दों में अँधेरी भविष्यवाणियाँ करना, जिन पर कोई ध्यान नहीं देता था, लेकिन जो अनजाने मौक़ों पर ताश के पत्तों-सी खुल जाती थीं...। उसने जल्दी से सब्ज़ी के पतीले को गैस से उतारा और चौके की खिड़की के पास आकर खड़ी हो गई।

दिसम्बर की धूप लॉन की पीली घास पर गिर रही थी। एक अजीब-सा ऊँघता हुआ सन्नाटा घिर आया था। इमली का पेड़, फेंस की झाड़ियाँ, बजरी की सड़क पर पत्तों का ढेर...कहीं कुछ हिलता

दिखाई नहीं देता था। अचानक उसकी आँखें घास पर भागती गिलहरी पर ठिठक गईं—पता नहीं, पिछले कितने वर्षों से उसने गिलहरी नहीं देखी थी। लखनऊ के जिस हिस्से में उसकी ससुराल थी, वहाँ दूर-दूर तक कुछ भी हरा नहीं दिखाई देता था। सिर्फ़ नालियों में बहता पानी, पुराने घरों के चबूतरे, एक-दूसरे की पीठ छीलती हुई हवेलियाँ—जब पहली बार ब्याह के बाद गई थी, तो भाग जाने को मन होता था। भाग तो नहीं सकी, लेकिन कभी वहाँ ज़्यादा दिन टिककर भी नहीं रही। जब कभी मौक़ा मिलता, अपनी घर-गृहस्थी छोड़कर यहाँ चली आती थी। उसके पति को हमेशा हैरानी होती थी कि इतने वर्षों बाद भी उनकी पत्नी अपने माँ-बाप के घर के प्रति ऐसा बचकाना लगाव रख सकती है, जैसे वह कभी उससे छूटा न हो! कोई भरा-पूरा मायका होता, तो भी बात थी, लेकिन जिस घर में जीवित लोगों की संख्या घटती जाए और ख़ाली कमरों में मृतात्माएँ डेरा लगाती जाएँ, उस घर में आख़िर क्या चीज़ थी, जो उसे बार-बार खींच लाती थी?

गुन्नो की आँखें गिलहरी का पीछा करते हुए फेंस पर ठिठक गईं। उसने देखा, जीजी वहाँ खड़ी किसी अनजान औरत से बात कर रही हैं। एक स्वप्न-सी मुस्कराहट गुन्नो के चेहरे पर चली आई—कैसी लगती हैं जीजी? दूर से देखो तो माँ जैसी दिखाई देती हैं—बिलकुल गुड़िया-सी। दोनों ही दुबली-पतली, क़द में नाटी—लेकिन रंग बुर्राक-सा सफ़ेद, बिलकुल नील के कटरे की खत्रानियों जैसा; जब दोनों साथ चलतीं तो माँ-बेटी नहीं, छोटी-बड़ी बहन दिखाई देती थीं। बाबू क्लब में जाते तो उसे अपने साथ ले जाते थे; कौन कह सकता था कि जिस बिटिया पर इतना लाड़-प्यार न्योछावर किया था, उस पर इतनी विपदाएँ टूटेंगी! अपनी आँखों के सामने जिसने जवान लड़के की मृत्यु देखी हो, वह इस दुनिया में इतने धीर-गम्भीर भाव में रह सकती हो, यह उसे आश्चर्य में डाल देता था। उन्हें कभी पति का सुख नसीब नहीं हुआ—

लेकिन चेहरे पर क्लेश की छाया तक नहीं...शायद ही मन की बात उन्होंने किसी से कही हो। कभी-कभी बाबू पर बेहद ग़ुस्सा आता था, जिस बेटी से इतना प्यार, उसका ब्याह ऐसे घर में किया?

बरामदे में पैरों की आहट सुनाई दी—एक क्षण के लिए भ्रम हुआ, जैसे छोटी स्टेशन से आ गई हो—भागते हुए बाहर आई तो पैर ठिठक गए—भैया बाहर से आए थे और चुप खड़े घर की आवाज़ों को सुन रहे थे।

"यह बरामदे में सामान किसका है?"

"जीजी आई हैं..." गुन्नो ने कहा, "तब से तुम्हें पूछ रही हैं—कहाँ गए थे तुम?"

"जीजी आ गईं।" उनके चेहरे पर रोशनी चली आई, "कहाँ हैं?"

"नहाने गई होंगी—उन्हें देर लगेगी। तुम खाना खा लो।"

"महाराजिन से कह दो—वह भेज देगी। गुन्नो..." वह एक क्षण हिचकिचाते-से खड़े रहे, जैसे वह कोई बात सोचकर आए हों और ऐन मौक़े पर भूल गए हों।

"क्या बात है भैया?"

"उनसे अभी मकान की बात मत करना—रात को बैठेंगे तभी सब तय कर लेंगे। तब तक छोटी भी आ जाएगी।"

वह मुड़ गए, तेज़ी से अपने कमरे की ओर चलने लगे, जो गलियारे के अन्तिम छोर पर था। जब से वह आई है, पता नहीं क्यों, उसे भैया को देखकर लगता है, जैसे मुन्नू ने जो जवानी में किया, वह ठीक था—और यह विचार आते ही मन आतंकित हो उठता है।

हाँ, उसने भी देखा था—बरामदे में सरकती छाया को—जो धीरे-धीरे भैया के कमरे की ओर बढ़ रही थी। भैया की छाया और भैया में जैसे कोई अन्तर न हो, जैसे जो क़दम गुन्नो को इतनी तेज़ी से बढ़ते जान पड़े थे, वही जीजी की आँखों में सहमे-से दिखाई दिये थे।

एक बहन और दूसरी बहन की आँखों में इतना अन्तर? क्या इसीलिए कि जीजी ने भैया को गोद में खिलाया था और सात वर्ष का अन्तर जो बचपन में इतना बड़ा लगता था, वह ढलती उम्र में सिर्फ़ छोटी-छोटी बातों में पता चलता था?

बचपन में भैया उनके सबसे निकट थे—जो बात माँ जी से नहीं कह पाते थे—वह जीजी से कहते थे। पता नहीं, जीजी के कितने रहस्य उनके पास जमा थे, कुछ समझते थे, कुछ को सुनकर हतप्रभ-से रह जाते थे, कुछ अँधेरी खोखल में डाल देते थे। ब्याह के एक रात पहले वह उसे छाती से चिपकाकर रोती रही थीं। समझ में नहीं आता था, कोई अपने स्कूल, अपने घर, अपनी रसीबसी दुनिया को छोड़कर कैसे अनजाने शहर में जा सकती हैं?

क्या वह शुरुआत थी अलग होने की, घर के बिखरने की? जीजी ने एक साँस ली, फिर दूसरी साँस—गले में कुछ अटकने लगा। इच्छा हुई, एक बार भैया के कमरे में जाकर कहें—देख, मैं वही हूँ, जिससे मिलने तुम जबलपुर आए थे...बाबूजी ने भेजा था जानने के लिए, जीजी कैसे रहती हैं, जैसे उन्हें सन्देह था कि कुछ ग़लत हुआ है। रात को सोने से पहले तुमने पूछा—जीजी, ये तुम्हारी दीवारों पर किस औरत की तसवीरें लगी हैं—किस औरत की? और तब तुम्हें पहली बार पता चला था कि यह तुम्हारे जीजाजी की पहली पत्नी थी, उनका दूसरा ब्याह हुआ था...।

सुनते हैं, बहुत सुन्दर थी। बहुत सुन्दर बच्चा जना था, लेकिन न ही वह बच सका, न वह ही जीवित रह सकी...भैया, मुझे कभी-कभी रात को सोते हुए उसकी सूरत दिखाई देती है—कहती है—तुम कौन हो, जो मेरे कमरे में रहती हो, मेरे पलंग पर सोती हो...कौन हो तुम?

कितने बरस बीत गए और जीजी आज तक उस औरत का जवाब नहीं दे सकीं—जिसे उन्होंने कभी नहीं देखा था। कितना अजीब था,

जीजी जो उठती हुई जवानी में अपने ससुराल गई थीं, धीरे-धीरे बूढ़ी होती गईं और वह औरत जो बरसों पहले मरी थी, दीवार के फ़ोटो में वैसी ही मस्त और हँसमुख दिखाई देती है, जैसे अभी-अभी उसका ब्याह हुआ है!

"बीबी, चलिए, खाना तैयार है।"

महाराजिन की आवाज़ सुनकर जीजी होश में आईं। एक छोटी-सी मुस्कान में चेहरा चमक उठा, जैसे किसी सपने से जागी हैं।

"तू अब तक कहाँ छिपी थी?"

"अपने क्वार्टर गई थी—गुन्नो बीबी ने बताया कि आप यहाँ हैं... कितने सालों बाद आप आई हैं!"

महाराजिन के होंठों पर हरी बुँदकी अब भी वैसे ही कँपकँपाती है, जब वह हँसती है। बचपन में उसके साथ लॉन में गुल्ली-डंडा खेलते थे—वह, मुन्नू और गुन्नो। उसके क्वार्टर में सबकी आँखों से छिपकर इमली की चटनी चाटते थे। बाप शराब पीकर जब उसकी माँ को पीटता था, तो माँ जी उसे अपने साथ ले आतीं और वह उनके कपड़े पहनकर उन्हीं के कमरे में सोती थी। चेहरे पर झुर्रियाँ चली आई थीं। लेकिन आँखों की चमक में कोई मैल नहीं आया था।

"माँ जी होतीं, तो आप लोगों को देखकर बहुत ख़ुश होतीं—उनकी हमेशा यह शिकायत रहती थी कि तीनों बहनें अलग-अलग आती हैं... साथ कभी नहीं," महाराजिन ने मुस्कराते हुए कहा।

"तुम तो हमेशा उनके साथ रहीं—यह छोटी बात है?"

महाराजिन के चेहरे पर एक छाया-सी चली आई, "आख़िरी दिनों में आपको बहुत याद करती थीं—आपसे जो मन की बात कहती थीं, वह किसी से नहीं।"

"ऐसा था, तो मुझसे इतनी जल्दी छुटकारा क्यों पा लिया?" जीजी का स्वर धीरे से काँपा था, जैसे बरसों से कहीं भीतर जमा ग़ुस्सा,

नाराज़गी, शोक एकसाथ उमड़ आया हो! फिर उन्होंने मुँह मोड़ लिया, एक सूखी-सी किरक आँखों में चुभने लगी, "तुम जाओ, मैं अभी आती हूँ।"

लेकिन महाराजिन गई नहीं, ड्योढ़ी पर खड़ी रही। कुछ देर सिर्फ़ सन्नाटे की आवाज़ सुनाई देती रही।

"बीबी, एक बात पूछनी थी।"

"क्या है?"

"मुन्नू भाई साहब का कमरा साफ़ करवा दूँ—कितने दिनों से ताला पड़ा है।"

जीजी कुछ देर तक लॉन पर उतरती धूप को देखती रहीं। क्यारियों पर एक साँवली-सी छाँह गिर रही थी, एक पीली-सी उछास। कहीं दूर झाड़ियों में हवा की सरसराहट गूँज रही थी।

"नहीं महाराजिन, उसे छोड़ दे—छोटी आएगी, तो वही खोलेगी।"

पता नहीं क्यों, महाराजिन के सामने उसके मुँह से मुन्नू का नाम नहीं निकल सका, जैसे मुँह से बाहर निकलते ही वह किसी अज्ञात, अजाने ख़तरे में पड़ जाएगा। वह उसे बचाना चाहती थीं, जबकि वह हमेशा के लिए उन सबसे बचकर निकल गया था। ख़तरों की कोई कमी है? एक कमरे से दूसरे कमरे में जाओ तो बीच में कितने जोख़िम, कितने जाल, कितने गड्ढे दिखाई दे जाते हैं।

तभी आँखें भैया पर पड़ीं, तो मन धक्-सा रह गया। उसे पता भी नहीं चला था कि कुछ लोग उनसे मिलने आए थे—बिलकुल अजनबी चेहरे, जिन्हें कभी आस-पड़ोस में नहीं देखा था। भैया बग़ीचे की फेंस के सामने खड़े थे और उन्हें कुछ दिखा रहे थे, बँगले की ढलुआँ छत या पलस्तर झरती दीवारें या चिमनियाँ, जहाँ से सर्दियों में आग में जलती लकड़ियों का धुआँ निकलता था। वे मकान के हर हिस्से को कुछ वैसी ही लोलुप आँखों से परख रहे हैं, जैसे कसाई किसी बूढ़े जानवर को।

भैया जो कुछ उन्हें बताते जाते हैं, एक आदमी उसे अपनी नोटबुक में दर्ज किये जाता है—कितना बाग़-बग़ीचा है, आउट हाउस की कितनी कोठरियाँ, कितनी एकड़ ज़मीन, जामुन, इमली और सेमल के कितने पेड़? याद आया, जब वह स्कूल से लौटती थी, तो बरामदे में बस्ता पटककर इन्हीं पेड़ों के पीछे छिप जाती थी। माँ खाने के लिए बुलातीं तो खोई-सी खड़ी रहती; बस्ता तो यहीं का यहीं पड़ा है, आप पता नहीं कहाँ कुदक्कड़े मार रही है—माँ उसे बुलातीं और उनकी आवाज़ हवा में तैरती हुई उसके पास आती और वह उससे बचती हुई कभी एक पेड़—कभी दूसरे पेड़ के पीछे छिपती जाती। फ्रॉक के नीचे उसकी नंगी टाँगों पर काँटे बिंध जाते, मांस छिल जाता, ख़ून की खरोंचें खिंच जातीं। माँ के साथ आँख-मिचौनी खेलते हुए वह भूल जाती कि माँ उसे खोज रही हैं, या वह माँ को। उसे क्या मालूम था कि एक दिन हँसते हुए वह झाड़ी के पीछे से आएगी और माँ उसे कहीं दिखाई नहीं देंगी! सारी दुनिया ख़ाली पड़ी होगी और वह हर जगह, हर मोड़, हर मुक़ाम पर खड़े होकर चिल्लाएगी—मैं यहाँ हूँ, मैं यहाँ हूँ और उसे पकड़ने कोई नहीं जाएगा, सिर्फ़ उसकी आवाज़ ख़ाली बँगले की दीवारों, खम्भों, गलियारों से गुज़रते हुए उसके पास उलटे पाँव लौट आएगी—मैं यहाँ हूँ, मैं यहाँ...।

"कौन है, कौन?" जीजी भागते हुए बरामदे में गईं और उसने देखा, बरामदे की सबसे निचली सीढ़ी पर अपना बैग उठाए कोई लड़की खड़ी है, हँसती हुई...।

"छोटी, तू?" वह नीचे उतरी और उसे अपने में भींचकर रोने लगी।

चौका धोकर महाराजिन बाहर निकली तो अचानक पैर ठिठक गए। देखा, मुन्नू का कमरा खुला है। भीतर झाँककर देखा तो वहाँ कोई नहीं था। सिर्फ़ एक बासी, भुरभुरी-सी गन्ध हवा में ठहरी थी। खिड़की के परदों से सर्दी की महीन धूप भीतर आ रही थी। एक शहतीर-सी खिंच आई थी, जिस पर धूल की बुँदकियाँ नाच रही थीं। वह कमरा, जो इतने अर्से से बन्द पड़ा था, वह जैसे हैरानी से मुँह खोले सारे मकान को ताक रहा था।

सहसा कमरे के भीतर से एक अजीब खड़खड़ाहट सुनाई दी और महाराजिन के मुँह से एक दबी चीख़ निकल गई...एक मटियाली रंग की बिल्ली बाहर निकली, सिर मोड़कर चमकीली आँखों से महाराजिन को देखा और खुली खिड़की फाँदकर लोप हो गई। लगा, जैसे कोई प्रेतात्मा उसे छूकर सरसराती हुई बाहर निकल गई हो!

वह जल्दी से पीछे मुड़ी तो भैया दिखाई दिये।

"कमरा किसने खोला है?"

"आपको नहीं मालूम...छोटी आई है?"

"कब आई?"

"आप कमरे में थे। बुलाऊँ?"

"नहीं, नहीं, अभी नहीं!" भैया कुछ सहम-से गए। छोटी के नाम से जो ख़ुशी का ज्वार उठा था, वह उसमें उसे नहीं देखना चाहते थे। "अभी नहीं," उन्होंने कहा, "इतने लम्बे सफ़र से आई है, थोड़ा आराम कर लेने दो।"

चलते-चलते एक उड़ती-सी निगाह मुन्नू के कमरे में पड़ गई, वह अजीब-सा नंगा दिखाई दे रहा था। क्या पुराने घर के कुछ कमरे भी अपंग अंगों-से हो जाते हैं? दिखाई तो देते हैं, लेकिन हिलना-डुलना बन्द कर देते हैं, जैसे नाड़ियों में बहता ख़ून उन्हें छोड़कर कहीं और बहता है, और वे अपाहिज़ ढूह-से खड़े रहते हैं...वही मेज़, जिस पर पुरानी

पत्रिकाओं का अम्बार लगा था और उस पर धूल की परतें जमा थीं। किसी ने किताबों का बंडल पुरानी धोती में बाँधकर कोने में रख दिया था। दूसरे कोने में फोल्डिंग बेड रखा था और उसके पास एक तिपाई थी, जिस पर एक ऐश-ट्रे दिखाई दे रही थी। जब बाबू भीतर आते थे, तो मुन्नू जलती सिगरेट को ऐश-ट्रे पर रख देते थे, उसे बुझाते नहीं थे। बाबू जल्दी से जल्दी अपनी बात ख़त्म करके चले जाते थे और सिगरेट तब भी सुलगती रहती थी।

भैया कुछ देर तक सुन्न-से वहाँ खड़े रहे। उन्हें विश्वास नहीं हुआ कि बरसों से बन्द कमरे में दबी हुई यह सिगरेट की गन्ध है, जो वहाँ बँधी रह गई है या उस चिट्ठी के जले हुए अक्षरों की गन्ध, जिसे उन्होंने सबसे छिपकर मुन्नू के कमरे में जलाया था। विचित्र बात यह थी कि मुन्नू की यह चिट्ठी उन्हें अपनी पत्नी की अलमारी से मिली थी, उनकी मृत्यु के कई महीनों बाद, जब वह उसकी साड़ियों को बाहर निकाल रहे थे। यह चिट्ठी उसने मद्रास से भेजी थी, अपने विवाह से एक सप्ताह पूर्व—न किसी बहन को, न भाई को...माँ और बाबू को तो उसकी ख़बर ही नहीं थी, घर के किसी सम्बन्धी को कुछ भी नहीं मालूम कि मुन्नू के साथ क्या हो रहा है—सिवा उनकी पत्नी के, जो बाहर से आई थी, जिसका इस घर के अतीत से कोई वास्ता नहीं था...। मृत्यु से पहले लिखा हुआ भाई का पत्र, जो उन्हें पत्नी की मृत्यु के बाद उनकी अलमारी के कपड़ों के बीच मिला था—खुली अलमारी के पीछे से एक पुरानी स्मृति उघड़ आई—उनकी पत्नी की त्रस्त-सी आँखें, जब उन्होंने उससे विवाह के कुछ महीनों बाद हँसी में पूछा था, 'कैसे लगते हैं मेरे घर के लोग?' उनकी पत्नी ने सहसा मुँह मोड़ लिया, जब उससे उन्होंने कई बार पूछा तो उसने धीरे से कहा—'और तो सब ठीक हैं, लेकिन छोटे लाला?' वह हँसने लगे। वह कभी सोच भी नहीं सकते थे कि मुन्नू कभी लाला के नाम से पुकारे जाएँगे। 'तुम्हारा मतलब मुन्नू से है।

क्यों, उसे क्या हुआ?' जब वह कुछ नहीं बोली तो हँसी की जगह एक आतंक-सा भर आया—'बोलो, बोलती क्यों नहीं? मुन्नू में ऐसा क्या है जो तुम्हें समझ में नहीं आता?' और तब पत्नी ने अपने सारे आवेश और आक्रोश को दबाकर कहा था—'सच पूछो, तो तुम्हारे परिवार में मुझे कुछ समझ में नहीं आता...लेकिन मुन्नू? तुम्हारे घर का सबसे लाडला लड़का, तुम भाई-बहन क्या इतने अन्धे हो कि तुम्हें अब तक कुछ पता नहीं चला कि उसके साथ क्या हो रहा है? क्या हो रहा था मुन्नू के साथ—तुम्हें तब पता चलेगा, जब बहुत देर हो चुकी होगी...'

विवाह के दो दिन पहले तार मिला था—किसी को मालूम नहीं, उसने ऐसा क्यों किया? अगर विवाह करने की इच्छा नहीं थी तो कह सकता था। बाबू को लिखते हुए डरता था, तो अपनी किसी बहन को लिख सकता था। कहा कुछ नहीं आख़िर तक—मुन्नू का भेद जैसे दाह-संस्कार की लकड़ियों के साथ ही राख होना था। शायद उसने ठीक ही किया। उसे मालूम था, हमारे परिवार के लोग जिस दुनिया में रहते हैं, वहाँ धोखे ने इतनी जगह घेर रखी है कि बेचारे सच के लिए बित्तेभर की थाह नहीं...मुन्नू ने शायद अपने किसी गोपनीय सच का चेहरा देखा था और वह इतना स्तम्भित हो गया था कि उसने आख़िरी मौक़े पर घर लौटने से इनकार कर दिया था...वह नहीं, उसकी लाश लौटी थी। इसीलिए तो भैया चाहते थे, उसके बन्द कमरे को बँगले के साथ ही बेच दिया जाए। किसी को पता भी नहीं चलेगा कि कीचड़, ख़ून, मिट्टी में सना एक सच भी चला गया है।

तभी उन्हें आवाज़ें सुनाई दीं, दूर लॉन की हवा और धूप में छनती हुई...क्या यह छोटी है या गुन्नो...? बरसों बाद क्यों बचपन की पहचानी आवाज़ें भुतैली-सी जान पड़ती हैं? जैसे उम्र के साथ उन्होंने पुरानी पहचान खो दी है या शायद इसलिए कि बड़े भाई होने के नाते मैंने हमेशा उन्हें दरवाज़े के पीछे से सुना है! मुझे देखते ही वे चुप हो जाती थीं,

जैसे मरे हुए माँ-बाप का मैं आख़िरी प्रतिनिधि हूँ, जिससे बचकर निकल जाना ही बेहतर है। आज रात जब हम मिलेंगे, मैं इनसे कहूँगा, अब निकलने की मेरी बारी है, इसीलिए मैंने तुम्हें बुलाया है, मैं ज़िन्दगी के आख़िरी पहर में इस घर का प्रहरी बनकर नहीं रहना चाहता...मैं जाना चाहता हूँ...मैं कभी इसका केयरटेकर था, रखवाला, चौकीदार, जो परिवार के भेदों पर ताला लगाकर ख़ाली कमरों के चक्कर लगाता था, सोते रहो, सोते रहो, जब तक मैं यहाँ हूँ, जागने का कोई कारण नहीं, लेकिन मेरे जाने का कोई कारण? यही मैं नहीं समझ पाता, यही पूछने के लिए मैंने तुम्हें बुलाया है, तुम जो अपने-अपने सुदूर सुरक्षित कोनों से यहाँ आते हो, कभी तुमने सोचा है कि जो घर छोड़कर नहीं जाता, वह मुड़कर कहीं नहीं जा सकता, हर दरवाज़ा खोलते ही हवा में झूलते जाले चेहरे से टकराते हैं, हर आहट कराहती-सी जान पड़ती है, यह मैं हूँ, यह मैं हूँ...और मैं झपटकर दोबारा दरवाज़ा बन्द कर देता हूँ...लेकिन उनसे छुटकारा नहीं पा सकता जो कभी यहाँ रहते थे, तुम सोचते हो, वे मर गए?

वे मुझसे कहीं ज़्यादा जीवन्त हैं...।

उन्होंने जल्दी से मुन्नू के कमरे के खुले दरवाज़े को फटाक से बन्द कर दिया और तेज़ क़दमों से अपने कमरे की ओर जाने लगे... तभी पैर सहसा ठिठक गए।

कोई हँस रहा था—मिसरानी की लड़की जमना चाय के बर्तन लेकर बाहर जा रही थी—उससे छोटी हँसते हुए कुछ कह रही थी... दोनों लॉन के उस कोने की तरफ़ जा रही थीं, जहाँ जीजी पीपल के नीचे किताब लेकर बैठी थीं और तब भैया को लगा कि यह दिन वैसा ही शान्त ऊँघता-सा है जैसा बरसों पहले होता था, जब माँ-बाप जीवित थे—और बीच में कुछ भी घटा-बढ़ा नहीं था। सर्दी का एक साधारण उज्ज्वल दिन।

जीजी की आँखें किताब से उठकर बँगले की ओर मुड़ गईं...वह कुछ भी नहीं देख रही थीं, जो कहानी पढ़ रही थीं, उसकी एक तसवीर ढलती दुपहर की रोशनी में एक धब्बे-सी जम गई थी, जब वह हवा में घुल जाता, तो आँखें फिर छूटी पंक्ति पर लौट आतीं, कहानी फिर चलने लगती। बँगले की आवाज़ों के बीच होते हुए भी उनसे अलग अकेली पगडंडी पर चलती हुई। वह याद करतीं, फिर भूल जातीं, कहानी के अक्षर उन्हें अपनी दुनिया में बुलाने लगते, वह आगे बढ़तीं, फिर कोई उनका पल्लू खींच अपनी दुनिया में ले आता, जहाँ उनकी ससुराल थी, फिर याद आता, वहाँ से तो गाड़ी में बैठकर वह अपने पिता के घर में आ गई हैं, वह दुपहर है, वह कहानी के बीच सोचतीं, कल मैं चली जाऊँगी, नींद का एक झोंका आता, जिसमें हँसी की आवाज़ सुनाई देती—वही आवाज़ जिसे भैया ने मुन्नू के खुले दरवाज़े के आगे सुना था, हँसी को वहीं देहरी पर छोड़कर वह फिर कहानी के साथ हो जातीं, बस दो पन्ने ही तो बचे हैं, ख़त्म करके सोऊँगी। सोने लगतीं, कहानी अपनी पुस्तक छोड़कर उनके सपने में आ जाती, लॉन की धूप और हँसी और बँगले के सन्नाटे और झाड़ियों के बीच पुरानी कहानियों को उघाड़ती हुई आँखें दोबारा खुल जातीं, देखतीं, किताब उनके हाथ से लुढ़ककर घास पर पड़ी है। पढ़ते-पढ़ते पता नहीं चला था, अँधेरा कितनी जल्दी नीचे उतर आया था। अँधेरा भी नहीं, सिर्फ़ एक पीली मुरझाई-सी तलछट, जो जनवरी की शामों पर देर तक रेंगती रहती है, रोशनी की पतली तह पर एक दुखी चिथड़ा टँगा रहता है, हिलाओ तो हवा की घंटी बजने लगती है, दिल की एक-एक धड़कन पर हथौड़ा चलाती हुई। उन्होंने नीचे झुककर किताब उठाई...क्या यह छोटी की आवाज़ है? और यह हँसी? क्या यह किताब से बाहर आई है?

मिसरानी की लड़की जमना चाय के प्याले लेकर आ रही थी—उसके पीछे छोटी, जो हँसते हुए न जाने उससे क्या कह रही है।

छोटी के छोटे बाल, लेकिन पीछे गर्दन पर बहुत घने, काले स्वेटर के ऊँचे गोल घेरे पर गिरते हुए, दोनों पतली बाँहें, स्वेटर की ढीली-ढाली बाँहों के बाहर झाँकती हुई, बाँहों के भूरे रोयें चमकते हुए, कपड़ों की अगर कोई निस्संगता होती है, तो वह सिर्फ़ चोटी की छरहरी देह पर ही दिखाई देती है, सलेटी रंग की जींस और लम्बी बाँहोंवाले स्वेटर के बीच एक लड़की, जिससे न जाने सब क्यों इतना डरते हैं, जबकि वह घर में सबसे छोटी थी, सबसे कमज़ोर, सबसे ज़्यादा अरक्षित, अकेली, क्या इसलिए कि एक दिन वह अपने पिता का घर छोड़कर अपने प्रेमी के साथ चली गई थी और फिर से उसे छोड़कर बाहर दुनिया में आ गई थी, उस दुनिया में जहाँ न मैं, न गुन्नो जाने का साहस बटोर पाए थे...सिवा मुन्नू के?

लेकिन वह तो बहुत दूर चला गया, न केवल घर की दीवारों को फाँदकर, बल्कि जहाँ इस दुनिया की हद भी ख़त्म हो जाती है... एंड ही वेंट टू फ़ार, टू फ़ार...कहाँ पढ़ी थी उसने अंग्रेज़ी कविता की यह लाइन, इतना आगे, इतना दूर, इतना परे, जैसे बचपन के खेल में कोई गेंद अँधेरे में जाकर हमेशा के लिए लोप हो जाती है और उसे घर लाने का साहस किसी को नहीं होता।...टू फ़ार, टू फ़ार...उसने किताब उठाई और ऐनक आँखों पर सीधी की, लेकिन कहानी के अक्षर काग़ज़ से उठकर कहीं आँख के पानी पर तैर रहे थे—इतने पास कि उन्हें पढ़ पाना असम्भव था...।

उन्होंने धीरे से किताब बन्द कर दी। पलकें धीरे-धीरे मुँदने लगतीं, फिर हठात् झटके से खुल जातीं। ससुराल में थी, तो समय का पता नहीं चलता था। नौकर-चाकर, ड्राइवर, पति, बड़े होते हुए बच्चे, तीन-मंज़िला पुरानी हवेली में वह कभी ऊपर जाती थी, कभी नीचे। लगता था, जैसे सारी उम्र सीढ़ियाँ चढ़ते-उतरते ही गुज़र गई हो। किन्तु यहाँ आते ही लगता था, जैसे माँ-बाप का घर जिस दिन मायका बना था,

उस दिन से समय एक जगह इकट्ठा होता गया था—कटी हुई उम्र के कुँवारे जंगल में एक शान्त नीली झील जैसा। मायके का मायावी समय, जिन्हें तीनों बहनें घर छोड़ने के बाद पीछे छोड़ गई थीं...क्या बँगले के बिकने के साथ वह समय हमेशा के लिए सूख जाएगा और जो नये लोग आएँगे उन्हें पता भी नहीं चलेगा कि जिन पत्थरों पर वे चल रहे हैं, उनके बीच कहीं पानी बहता था?

एक ठंडी-सी झुरझुरी सारी देह में फैल गई। कन्धे पर हल्का-सा स्पर्श पाकर सिर उठाया तो सामने छोटी दिखाई दी, "जीजी, तुम ठंड में ठिठुर रही हो, भीतर नहीं चलोगी?"

"पढ़ते-पढ़ते आँख लग गई थी।" वह खिसियानी-सी होकर हँस दीं। "भैया नहीं आए...उन्हें चाय के लिए बुलाया था।"

"वह अपने कमरे में हैं..."

"तुम उनसे मिल ली थीं?"

"हाँ, उन्होंने सबको अपने कमरे में ही बुलाया है?"

"अभी?" जीजी ने कुछ घबराकर छोटी को देखा।

"जब भी फुरसत हो..."

छोटी कुर्सी खिसकाकर सामने बैठ गई। शाम के पीले धुँधलके में उसका चेहरा बहुत सफ़ेद, कुँवारा, चमकीला जान पड़ता था, जैसे बहुत-से आदमियों की छुअन पाकर वह अब भी अनछुआ पड़ा था! न जाने उसे देखकर हमेशा उसे लगता था, जैसे वह किसी रूसी उपन्यास से बाहर आई हो, जिसके पीछे सत्य के सामने अपने घरेलू दुख-सुख बहुत बौने-से जान पड़ते हैं, हालाँकि वह उसके परिवार में सबसे छोटी थी और शायद सबसे अन्तिम भी...।

अन्तिम? क्या किसी घर का कोई प्राणी अन्तिम हो सकता है, जिसके आगे कुछ भी नहीं?

शाम की अवसन्न कुहासिका में दोनों चुप अपने में बैठे रहे। दिन में यह पहला मौक़ा था, जब उन्हें कुछ देर के लिए अकेलापन मिला था। अब उन्हें समझ में नहीं आ रहा था कि वे कहाँ से शुरू करें। बीच में इतना कुछ बीत गया था कि लगता था, कोई भी सिरा पकड़ेंगे तो अपना ही भोगा हुआ हाथ में आएगा, दूसरे का नहीं, जो उसने अलग, अकेले में भोगा था।

"छोटी?" जीजी ने कुछ झिझकते हुए पूछा, जैसे वह किसी अँधेरे गड्ढे में पाँव रख रही हों। "क्या कभी नवीन से मिलना होता है?"

"नहीं, अब नहीं..."

"क्या तूने सचमुच अलग रहने का फ़ैसला ले लिया?"

छोटी के चेहरे पर एक रूखी-सी मुस्कराहट चली आई। "फ़ैसला साथ रहने के लिए होता है जीजी, अलग होने का क्या फ़ैसला?"

बड़ी के भीतर ग़ुस्से का उबाल उठने लगा—इस ज़िद्दी, ढीठ, कठोर लड़की पर, जिसे वह सबसे ज़्यादा चाहती थी, और जो अब एक अजानी अजनबी की तरह उसके सामने बैठी थी।

"अगर ऐसा था तो साथ रहने का भी क्या मतलब था? माँ या बाबू ने तो हमारी तरह तुम पर कोई बन्धन नहीं डाला था। तुमने जो किया, अपने मन से किया, किसी दूसरे का मन रखने नहीं..." बड़ी ने अपने को सँभालते हुए कहा, लेकिन आवाज़ फिर भी थरथरा-सी गई, जैसे बरसों पहले की दबी फाँस अचानक टिसटिसाने लगी हो!

"तुम भी अपने मन से मना कर सकती थीं...तुम्हें क्या मालूम नहीं था कि जीजाजी की एक शादी हो चुकी थी, पत्नी मर चुकी थी... तुम्हें क्या सब मालूम नहीं था?"

"मालूम होता तो क्या बाबू-माँ मुझे बचा सकते थे? मालूम था, लेकिन मैं तेरी तरह घर से भाग नहीं सकती थी..."

"और जो नहीं भागा...मुन्नू? उसका हश्र नहीं देखा...?"

"छोटी!"

दोनों जैसे किसी अतीत के बवंडर में फँस गई थीं, बाहर आने के लिए छटपटा रही थीं। एक-दूसरे की आत्माओं को छील रही थीं, लेकिन बाहर कुछ नहीं था...बाहर सिर्फ़ हल्का-सा अँधेरा था। हवा थम गई थी और पेड़, झाड़ियाँ सुन्न खड़े थे। दोनों की आँखें वहाँ निहारती रहीं जहाँ लॉन की फेंस उनके घर को उस दुनिया से अलग करती थी, जहाँ से वे आए थे, एक-दो रातों के लिए, यही छोटी-सी मुहलत उन्हें मिली थी, जिसमें उन्हें वे सब दूरियाँ, अन्तराल, गढ़हे पार करने थे, जिन्हें माँ-बाप पीछे छोड़ गए, एक-दूसरे के निकट आने की हड़बड़ाहट में, वे ऐसी जगहों को छू लेते थे, जहाँ पता नहीं, कैसे रिसते हुए घाव दबे थे। जो हाथ एक-दूसरे को सहलाने उन पर उठते थे, वे ख़ून से सने वापस लौट आते थे...।

"छोटी, जब कभी तेरे बारे में सोचती हूँ, तो अपने पर बड़ी ग्लानि-सी होती है...माँ जाने से पहले तुझे हम पर छोड़ गई थीं, क्योंकि तू सबसे छोटी थी, और हमने क्या किया तेरे लिए..."

"जीजी...तुम पागल हो! देखती नहीं, मैं तुमसे, सबसे ज़्यादा सुखी हूँ...?"

"हममें से अकेली तू है, जिसका कोई घर नहीं...एक यह घर बच गया था और अब..."

इस 'अब' के आगे कुछ नहीं था। सिर्फ़ दोनों की साँसें थीं—अँधेरे में एक-दूसरे के होने, न होने की गवाही देती हुईं। धीरे-धीरे बँगले की पीली दीवारों पर ढेर-से तारे छिटकने लगे। एक छोटी-सी आभा चारों तरफ़ फैली थी...और तब अचानक बरामदे की बत्ती भक से जल उठी... अतीत की सारी छायाएँ जो इस दौरान अँधेरे का फ़ायदा उठाकर दोनों बहनों के पास सरक आई थीं, सहसा छिटककर भाग गईं...कोई उन्हें बुला रहा था और तब एक साथ दोनों के मन में एक ही विचार कौंध

गया—क्या यह माँ की आवाज़ है, जो इसी तरह शाम की घड़ी में बरामदे से उन्हें बुलाया करती थीं? और यह विचार आते ही जैसे कोई अन्तिम छाया एक क्षण के लिए अँधेरे में लोप होने से पहले फेंस के सामने ठिठक गई हो! क्या सचमुच इन्होंने मेरी आवाज़ को पहचान लिया?

नहीं, यह मैं हूँ, गुन्नो ने कहा, हालाँकि बचपन में मेरी आवाज़ को सुनकर तुम उसे माँ की आवाज़ समझ लेते थे और भागते हुए चले आते थे। पूछते थे, माँ, क्या तुमने बुलाया है? कितना अजीब है, वह चली गईं, लेकिन अपनी आवाज़ मेरे पास छोड़ गईं। मैं अपने से बोलती हूँ, तो लगता है, मैं उन्हें सुन रही हूँ। वह मुझे बताती जाती हैं और मैं उन्हें सुनती जाती हूँ। इसीलिए मैं जब भाभी की अन्तिम बीमारी के दिनों में उनका हाथ सहलाते हुए पूछ रही थी, क्या बहुत कष्ट होता है भाभी? तो उन्होंने आँखें फाड़ते हुए मुझसे कहा था, गुन्नो, मैं सोचती हूँ, मेरे जाने के बाद तेरे भैया का क्या होगा? वह इस ख़ाली घर के कमरों में कैसे इतनी लम्बी ज़िन्दगी गुज़ारेंगे और तब मैं उनके पास चली आई, बिलकुल सट गई—वहाँ, जहाँ तकिये के एक सिरे पर उनका सिर था, दूसरे सिरे पर मृत्यु का सिरहाना। उन दोनों के बीच मैंने उनसे फुसफुसाकर कहा, सुनो, अगर यह कष्ट है तो कुछ भी नहीं...क्योंकि मैं यहाँ हूँ, माँ ने मेरे हाथ ज़रूर पीले कर दिये, लेकिन मेरे पैर? वे यहाँ हैं, मैं ससुराल भी जाती हूँ, तो भी वे इस चौखट के भीतर रहते हैं...घर छूट जाए तो वह क्या हमसे बाहर हो जाता है? भैया जब इस मकान को बेच देंगे तो क्या हम यहाँ से चले जाएँगे? गुन्नो हँसने लगती है... वह भूल गई कि कभी उसने यह बात आख़िरी साँसें गिनती हुई औरत

से कही थी...वह भाभी के बिस्तर से उठकर बरामदे में चली आई थी। देख रही थी—कैसे जीजी किसी सपने में कुर्सी से उठी हैं, छोटी का हाथ पकड़कर चल रही हैं, हल्के से लँगड़ाते हुए, इसलिए नहीं कि घुटनों में कोई तकलीफ़ है, बल्कि उम्र का बोझ कुछ इतना बोझिल है कि एक टाँग उसे दूसरी पर डालते ही काँपने लगती है, बरामदे से आती रोशनी के फ्रेम में जड़ित हो जाती है जबकि उनका हाथ पकड़े छोटी सिर्फ़ एक छाया है—गढ़हों, ढेलों, घास की पत्तियों पर सरकती हुई, बीबी के क़दमों को सुझाती, सँभालती हुई...और तब गुन्नो को लगा, यह छोटी जो एक साल बाद अपने पति-प्रेमी को छोड़कर चली गई, ऊपर से चाहे कितनी अकेली दिखती हो, अपने में अकेली नहीं है। इसीलिए वह इतनी पतली-दुबली, जीर्ण-शीर्ण काया में भी इतनी भरी-पूरी जान पड़ती है, जैसे अकेले में भोगी हुई सारी विपत्तियाँ, दु:ख और प्रेम में खाए हुए सारे घाव और आँसू एकसाथ उसकी हँसी में खिलने लगते हैं! वह कहीं से भी पिक्चर पोस्टकार्ड भेजती है, लन्दन, न्यूयॉर्क, पेरिस—वहीं से हम अपने-अपने परिवारों से छूटकर उसके होटल के अकेले कमरे में जमा हो जाते हैं...।

अब वे बिलकुल पास आ गए हैं, हालाँकि बरामदे के जिस कोने में मैं खड़ी हूँ, वहाँ से वे मुझे नहीं देख सकते। जीजी की किताब को छोटी ने अपने हाथ में ले लिया है, थोड़ा-सा झुककर उसके कानों में कुछ कह रही है और जब जीजी सिर उठाकर ध्यान से उसकी बात सुनती हैं तो उनकी नाक पर बिंधी हीरे की लौंग कुछ इस तरह चमकती है, जैसे नीले अँधेरे लॉन के ऊपर बिछले तारों में से कोई तारा नीचे उतर आया है—कोई भाग्य-नक्षत्र, परिवार की नियति को सबसे बड़ी और सबसे छोटी बहन के बीच उठाकर चलता हुआ...।

तभी जीजी के पैर रुक गए, उनकी आँखें ऊपर उठीं। यहाँ कुछ देर पहले डूबे सूरज के रंग अब भी आकाश के एक कोने में बिखरे थे,

जैसे धूप उन्हें उठा ले जाना भूल गई हो और अँधेरे ने उन्हें अलग छोड़ दिया हो। उन्होंने कसकर छोटी का हाथ पकड़ लिया—देखा तुमने, आग जल रही है।

छोटी ने सिर उठाया तो आँखें घर की छत पर घिरे आकाश पर स्थिर हो गईं। बँगले की चिमनी से काले धुएँ की लकीर ऊपर उठ रही थी, जैसे कभी दूसरे समय की सर्दियों में देखा करते थे जब बाबू अपने कमरे की फ़ायर प्लेस में लकड़ियाँ जलाते थे—पेड़ों की सूखी टहनियाँ...जिन्हें बूढ़ा माली बाग़ से बटोरकर लाया करता था और एक सोंधी-सी गन्ध हवा में तिरती हुई सारे घर में, घर के बाहर, बरामदे को पार करती हुई लॉन के उस कोने तक चली आती थी, जहाँ वे खेल रहे होते थे और वे अचानक अपना खेल छोड़कर छत को देखने लगते थे, जैसे कोई काला साँप सिरसिराता हुआ चिमनी के बाहर आ रहा है और वे सबकुछ भूलकर घर की तरफ़ भागने लगते थे—इस हड़बड़ी में, कौन बाबू के पास अँगीठी के सामने सबसे पहले पहुँचता है और तब देखते थे, भैया वहाँ पहले से ही बैठे हैं। माँ ने उन्हें गुँधे हुए आटे की गोलियाँ दी हैं, जिन्हें वे हथेली पर फैलाकर अँगीठी की खिड़की पर चिपका देते हैं जो कुछ ही देर में छोटी-छोटी गोल रोटियों में सिंककर उतर आती हैं...।

और तब न जाने कैसे जीजी अपनी पीड़ा, तकलीफ़, उम्र का बाँध, सूखी हड्डियाँ, यहाँ तक कि छोटी का हाथ सब छोड़कर अँधेरे लॉन पर भागने लगीं—वहाँ, जहाँ से आग की लपट उठ रही थी, हवा में धुआँ सिरसिराता था, झाड़ियों से चिड़ियाँ उड़ती थीं...वहाँ जहाँ कमरे की गरमाई थी, रोटी की सोंधी गन्ध, जहाँ सब कमरे खुले थे...।

जहाँ से गुज़री हुई ज़िन्दगी को आना था।

ख़ाली जगह से

स्मृति का रहस्य पहली बार तब पता चला जब बरसों पहले मैं अजन्ता-एलोरा की गुफ़ाओं में गया था...गाइड ने टॉर्च जलाई और एक चकाचौंध में बुद्ध का चेहरा दिखाई दिया—अटल, तल्लीन, समय के सुख और विषाद से सर्वथा मुक्त! एक क्षण के लिए वह दिखाई दिये और टॉर्च की रोशनी के सरकते ही अँधेरे में विलुप्त हो गए। विलुप्त मेरे लिए...वे वहाँ हमेशा से थे।

हमें जो याद है, वह कहीं मृत अतीत से उत्खनित होकर नहीं आता एक भित्तिचित्र की तरह, हमेशा से वहाँ विद्यमान है, कहीं एक पोर्ट्रेट गैलरी है जो अतीत की होते हुए भी अतीत में नहीं है। वह उस वर्तमान में भी नहीं है जो हर क्षण विगत में लीन होता जाता है। सच पूछा जाए तो 'समय' का कोई चौखट उसमें फिट नहीं हो पाता। अभी मैं कमरे में बैठा हूँ, कौन कह सकता है कि अभी, इसी कमरे में बैठा हुआ मैं, किसी दूसरे कक्ष में नहीं चला जाऊँगा और वह किसी गुप्त गलियारे से

मुझे किसी तीसरे, बिसरे कक्ष में नहीं ले जाएगा, जहाँ मैं उन्हें देखूँगा, जिन्हें कभी मैं बचपन में देखता था अपने शिमला वाले घर में, बरामदे की खुली हवा में, छोटी बहन के झूले के पास, माँ के सामने बैठे हुए अपनी चादर फैलाए...।

कौन हैं वे, क्या कर रहे हैं वहाँ, इतने सफ़ेद बाल, गोरा पहाड़ी चेहरा, झुकी देह, मैली चादर और माँ जो उनसे कुछ कह रही हैं और मैं पचास वर्ष बाद अपनी मेज़ के सामने बैठा हुआ उन्हें देख रहा हूँ।

वे बूढ़े थे, कहना मुश्किल है। बुढ़ापा उम्र के साथ जुड़ा होता है और मैंने अपने बचपन में उन्हें देखा था जहाँ लोग बड़े-बूढ़े नहीं होते; वे सिर्फ़ होते हैं, अपनी अनोखी मुद्राओं के साथ; स्नेह, अपनापा, क्रूरता, डर—ये सब उनके चेहरों की विचित्र भंगिमाओं, हाव-भाव, होंठों की हँसी और आँखों की चमक के साथ जुड़े होते हैं। बचपन के स्टेज पर समूचा जीव-जगत एक चलता-फिरता थिएटर-सा जान पड़ता है, जहाँ हर प्राणी एक अभिनेता की रहस्यमयी दुनिया के साथ प्रकट होता है। ऐसे अनूठे लोगों की रैपर्टरी में अगर उनका सबसे विशिष्ट स्थान था तो शायद इसलिए कि मेरी स्मृति में वे दो ऐसी चीज़ों से जुड़े थे, जिनके बिना मेरा बचपन अकल्पनीय था, एक पहाड़, दूसरी माँ—एक बहुत दूर, दूसरी बिलकुल निकट। वे कहीं सुदूर पहाड़ों से उतरकर हमेशा माँ के साथ बैठे दिखाई देते थे। हमें लगता था, वे कहीं बहुत ऊँचे से अवतरित होकर हमारे घर आए हैं। उनके चेहरे की झुर्रियों पर हमें उम्र की पदचाप नहीं, पहाड़ी पगडंडियों की छाप दिखाई देती थी।

उन्हें देखते ही हम भाई-बहन भागते हुए माँ के पास आते थे, "वो शोगी के बाबा आए हैं।"

शोगी के बाबा—उनका यह नामकरण भी हमने ही किया होगा। हमारे परिवार में बहुत-से लोगों के नाम उनके शहरों के नाम से जाने जाते थे। कुछ साल पहले बिहार में यात्रा करते समय अचानक हमारी ट्रेन

एक ऐसे स्टेशन पर रुकी, जिसका नाम दानापुर था और तब मुझे याद आया कि हमारी एक दूर की माँ भी थीं, जिन्हें सब लोग 'दानापुरवाली' कहते थे—मेरी बड़ी बहन विवाह के बाद अर्से तक अपनी ससुराल के लोगों में 'शिमलावाली' और उनकी जेठानी 'झाँसीवाली' के नाम से जानी जाती थीं। इसलिए आश्चर्य नहीं कि वे हमारे लिए शोगीवाले बाबा ही के नाम से जाने जाते थे, हालाँकि जब कभी हम माँ से पूछते कि शोगी कहाँ है, तो वे एक बहुत धुँधले ढंग से पहाड़ों की तरफ़ इशारा करती थीं...।

वे पहाड़ों की तरह ही शान्त और विशाल और चिरन्तन दिखाई देते थे, इसलिए उनके साथ किसी तरह का क्रियापद ग़लत जान पड़ता था। वे कहीं से आते हुए, उतरते हुए दिखाई देते थे, वह भी कहीं घर के भीतर नहीं, बल्कि खुले बरामदे में, माँ के सामने, अतीत के चलचित्र न होकर समृति के स्थिर चित्र, एक स्टिल-लाइफ़।

माँ उन्हें 'सीधा' दे रही हैं और वे क़रीने से सधे हाथों उसे अलग-अलग छोटी-छोटी पोटलियों में बाँध रहे हैं—गेहूँ, चावल, दाल, मसाले। जब कभी कल्याण के अंक में, मैं सुदामा का चित्र देखता, अपनी धोती में चावल बाँधते हुए, तो मुझे हमेशा सुदामा की जगह शोगीवाले बाबा का चेहरा याद आ जाता।...माँ की धुँधली छाँह और वे और किसी अदृश्य कोने में बैठा मैं, उन्हें मंत्रमुग्ध होकर निहारता हुआ—सिनेमा का सीन नहीं जो एक पल में पलक मारकर ग़ायब हो जाता है, बल्कि एक ठहरा हुआ क्षण, जो किसी प्रागैतिहासिक छवि की तरह हमेशा के लिए स्मृति-पटल पर अंकित हो जाता है।

यदि इस 'छवि' का एक पहलू उसकी स्थिरता थी, तो दूसरा पक्ष थी उसकी ख़ामोशी में निश्छलता और नीरवता, दोनों एक साथ। ज़रूरी नहीं, सब छवियों के साथ ऐसा ही हो। रमण महर्षि किसी भी चित्र में बोलते हुए भी चुप दिखाई देते हैं, रामकृष्ण परमहंस से बिलकुल विपरीत, जो चुप होते हुए भी हमेशा बोलते हुए जान पड़ते हैं।

कुछ वैसे ही जैसे गांधीजी 'स्थिर' होते हुए भी हमेशा चलते दिखाई देते हैं, और श्री अरविन्द हमेशा स्थिरासीन। मेरे स्मृति-चित्र में माँ और उनके अतिथि शोगी बाबा, दोनों बरामदे की खुली हवा में—निश्चल ही नहीं, नितान्त निस्तब्ध भी दिखाई देते हैं।

यह कुछ इसलिए भी अजीब जान पड़ता है क्योंकि असली जीवन में माँ हमेशा चलती-फिरती दिखाई देती हैं। जब सो रही होती थीं, तो भी लगता था, वे सपने पर सवार किसी यात्रा पर निकली हों, हर की पौड़ी पर पैर धोती हुई, मथुरा के मन्दिरों की परिक्रमा करती हुई, वृन्दावन की गलियों में भटकती हुई, वे हमेशा कहीं से आती हुई या कहीं जाती हुई दिखाई देती हैं। फिर शोगी के बाबा के साथ ही क्यों इतना 'स्थिर' दिखाई देती हैं? क्या स्मृति-गाथा एक दिशा में चलती है और जीवन-गाथा किसी दूसरी दिशा में? लेकिन सम्भव है, जिसे हम 'जीवन' कहते हैं, उसका असलीपन उसके प्रत्यक्ष यथार्थ नहीं, उसकी प्रच्छन्न आकांक्षा में निहित रहता है।

माँ जो दिल्ली के भरे-पूरे कुटुम्ब परिवार से आई थीं, शिमला के एकाकीपन में अपने को, छूटे हुए संसार से कितना विरही और वंचित पाती होंगी? शायद इसीलिए उस निर्जन वीरानी में, वे बाहर की दुनिया से, पहाड़ों के पीछे से कोई भी साधु-संन्यासी, कोई तिब्बती लामा, कोई भिक्षुक-भिखारी आता था तो वे फिर बिना संकोच या भय के उनके साथ अपना अकेलापन बाँटने बैठ जाती थीं। बाहर जाने की आकांक्षा मानो बाहर से आनेवालों में सम्पूर्ति पा लेती थी। उनका भटकता मन एक थाह पाकर स्थिर हो जाता था। क्या यही कारण था कि स्मृति में बैठी माँ उतनी ही स्थिर और निश्चल जान पड़ती हैं, जितने पीछे खड़े पहाड़ और पहाड़ से आए बाबा?

जब माँ पीतल के गिलास में उन्हें चाय देती थीं तो हम जान जाते, अब उनके जाने की घड़ी आ पहुँची है। वह धीरे-धीरे सुड़कते हुए चाय

पीते और जब गिलास ख़ाली हो जाता था, तो गले में लटके दुशाले से मुँह पोंछते। माँ उनके हाथ में चाँदी का रुपया रखतीं, जिसे वे अपनी धोती की अंटी में फाँस लेते। पोटलियों को कन्धे पर लटकाकर अपने घिसे-पिटे धूल में सने जूते पहनते सीढ़ियाँ उतरने लगते तो मैं भागकर बरामदे के जँगले के पास खड़ा हो जाता।

वे उन पर चढ़ते जाते, पहली चढ़ाई पार करते जो प्राइमरी स्कूल से उठकर उन पर जाती थी और पानी की टंकी के पास जाकर उनकी पीठ दिखाई देती थी। फिर उनका क़द कुछ छोटा हो जाता और वे कुछ ऊपर उठ जाते, फिर वे सरकारी डिस्पेंसरी के पास दिखाई देते, पेड़ों के पीछे एक तिरता-सा धब्बा। एक बिन्दी, एक बिन्दु, एक हिलता हुआ कण, एक आदिम अणु, एक थोड़ा-सा कुछ भी नहीं।

सिर्फ़ हवा, पेड़, पहाड़।

मैं पीछे मुड़ता तो माँ दिखाई देतीं, वैसी ही निश्चल, जैसा वे उन्हें छोड़ गए थे। फिर एक दिन आया कि वे नहीं आए। वर्ष बीतते हुए। हमारा शिमला आना छूट गया और फिर एक दिन मैं उन्हें भूल गया।

रोलाँ बाख़्त ने अपनी मेज़ की दराज़ टटोलते हुए अचानक एक दिन अपनी माँ का फ़ोटो देखा था, जब वे जवान थीं और वह बच्चे थे। माँ की मृत्यु के बाद पहली बार उन्होंने उस फ़ोटो में कैमरे की आँख से उनका और अपना जीवन आँका था—क्या हमारी स्मृति भी किसी दराज़ से खुलकर बाहर आती है और सारा जीवन ताश के पत्तों की तरह खुल जाता है? लोग कभी-कभी विगत की घटना सुनाते हुए कहते हैं, 'अगर मेरी स्मृति धोखा नहीं देती तो'—उन्हें क्या मालूम कि स्मृति हमेशा धोखा देती है। इसी में उसकी लीला है और उसका शोक। प्रूस्त ने जिस अतीत को अपने सात उपन्यासों में पाने की कोशिश की, वह उनका अतीत नहीं, मार्सेल का जीवन था—विगत क्षणों से झरकर जीवित शब्दों में पुनर्जीवित होता हुआ। मेरे साथ उल्टा हुआ।

कुछ साल पहले कालका से शिमला जाते हुए बीच के किसी स्टेशन पर गाड़ी रुक गई—मैंने खिड़की से बाहर देखा, तो एक हरे शेड के नीचे बेंच दिखाई दी। बेंच की पीठ पर—अगर मेरी स्मृति धोखा नहीं देती तो हिन्दी अक्षरों में स्टेशन का नाम लिखा था एक शब्द 'शोगी'। और तब रुकी हुई गाड़ी की खिड़की से उस एक शब्द ने—प्रूस्त के मेडलिन और बाख़्त के फ़ोटो की तरह एक मरे हुए अतीत को किसी खोई हुई दराज़ से बाहर निकाल दिया। मैं वहीं पहुँच गया, जहाँ बचपन का बरामदा था, बहन का डोलता हुआ झूला था, जिसके आगे बाबा बैठे थे, और माँ? वे अब भी उनकी पोटलियों में सीधा रख रही थीं।

वे अब भी वहाँ थे, सिर्फ़ एक जगह ख़ाली थी, जहाँ बैठकर मैं उन्हें देखा करता था। समय की लीला थी या स्मृति का चमत्कार कि वे जो दुनिया छोड़कर अरसा पहले जा चुके थे—वे अब भी बरामदे में बैठे थे—और वह जो ट्रेन की खिड़की से उन्हें देख रहा था, कब का मर चुका था।

❀